뉴라이트

뉴라이트

지은이 | 임정

1판 1쇄 펴낸날 | 2009년 12월 15일

펴낸이 | 이주명
편집 | 문나영
출력 | 문형사
종이 | 화인페이퍼
인쇄 · 제본 | 한영문화사

펴낸곳 | 필맥
출판등록 제300-2003-63호
주소 | 서울시 서대문구 충정로2가 184-4 경기빌딩 606호
이메일 | philmac@philmac.co.kr
홈페이지 | www.philmac.co.kr
전화 | 02-392-4491
팩스 | 02-392-4492

ISBN 978-89-91071-73-5 (03810)

* 잘못된 책은 바꾸어 드립니다.
* 값은 뒤표지에 있습니다.

이도서의 국립중앙도서관 출판시도서목록(CIP)은 e-CIP 홈페이지(http//www.nl.go.kr/cip.php)에서
이용하실 수 있습니다.(CIP제어번호 : CIP2009003811)

임정의 역사추리소설

뉴라이트

필맥

차례

New Light

1_

모텔 구로장

"마실래?"

한 뼘가량의 맥주잔에 선혈색 포도주가 채워지자 메모장을 뒤적이던 황지니(黃志翫)는 피식 웃었다.

"이제 취재가방에 술까지 넣어갖고 다니는 거야? 그 포도주는 어디 꺼지? 라벨도 없고, 포도주 색깔은 왜 그리 붉어? 선지 같다."

선지 같다는 말에 고은산(高銀山)은 콧등을 찡긋거리고 한 모금 음미했다.

"사촌형님이 포도농사 하시잖아. 내년부터 지역단위농협 이름으로 포도주도 시판할 거라는데 미리 맛보기로 주셨어. 내가 기자니까 홍보라도 해줄까 기대해서 주신 게지."

"스캔들이나 범죄 기사만 싣는 잡지라는 거 알고 계셔?"

"한번 훑어보고 대뜸 그러시던데. '선데이서울 복간했냐?'"

깔깔 웃는 지니의 손에서 메모장을 뺏으며 은산은 지니의 목덜미에 입을 맞추었다.

"모텔에 들어와서까지 논문준비야? 나 이따가 취재 나가야 돼."

"나도 요즘 바빠서 철인3종 경기 준비도 못하고 있다고."

뒤늦게 자신이 모텔에 들어왔음을 상기했는지 지니는 고개를 돌려 은산을 바라보았다. 은산은 입안 가득 포도주를 머금고 지니의 입에 키스하며 조금씩 흘려 넣었다. 당황한 지니는 은산의 어깨를 잡았지만 반항하려는 기색은 없었다. 지니는 한편으로는 입안으로 흘러들어온 포도주를 삼키며 또 한편으로는 자신의 혀로 은산의 혀를 말아 감싸 안았다.

은산이 입술을 떼자 지니의 입가에서 흘러내린 포도주가 목덜미를 타고 가슴으로 흘렀다. 은산은 흘러내린 포도주를 따라 지니의 목덜미를 핥아 내려가다가 젖가슴까지 탐했다. 은산의 손이 젖가슴에 닿자 지니는 움찔했지만 막지는 않았다. 은산은 옷 밖으로 젖가슴을 꺼내고 왼쪽, 오른쪽을 교대로 입에 물었다. 지니는 눈을 지그시 감고 가늘게 숨을 내쉬며 은산의 머리를 쓰다듬었다. 은산은 지니의 옷을 벗겼다.

대학 전임강사지만 취미로 철인3종 경기를 하는 여자라서 팔뚝과 종아리는 까맣게 탔지만 속살은 여지없이 하얗고 투명한 지니였다. 까만 팔다리와 비교되어 속살이 더욱 하얗게 보였다. 햇빛도 침범하지 못한 속살이라는 생각에 무척 탐스러워보였다.

땅 속의 다이아몬드라는 송로버섯을 찾는 돼지처럼 은산은 탐욕스럽게 지니의 육체를 더듬었다. 송로버섯 향기를 맡은 돼지가 거칠게 땅을 파는 것처럼 은산의 움직임이 거칠어졌고, 지니의 육체는 쾌락의 향기를 머금었다. 지니의 이마에 송골송골 맺히는 땀하며 살짝 찡그린 미간이 오히려 섹시함을 더했다. 지니의 깊숙한 속살은 오랜만에 방문한 낯선 물건에 놀랐는지 당황했는지 혼자 꿈틀거리고 야단이었다. 허리를 움직이지 않아도 은산은 이미 황홀경을 내달리고 있었다. 인도의 아발로키테스바라(한국에서는 관세음보살)는 손이 천 개나 된다고 하던데, 지금 은산은 천 개의 손가락에 의해 조몰락거림을 당하는 기분이었다!

은산의 몸이 경직되고 눈이 초점을 잃어가자 지니는 두 다리의 힘을 풀고 허리를 뒤로 뺐다. 그와 동시에 아발로키테스바라의 손가락에서 풀려난 은산은 꾸역꾸역 쾌락을 토해냈다. 지니의 도톰한 양 젖가슴 사이에 얼굴을 묻고 숨을 진정시키는데, 지니가 은산의 등을 토닥이면서 속삭였다.

"내 남편보다 기특한 걸."

순간 은산의 황홀경이 산산이 깨어져 유리조각처럼 혓바닥을 아리게 했지만, 짧은 한숨으로 아픔을 억눌렀다. 어쩔 수 없었다. 불륜이니까.

"내가 신문 정치면을 유심히 보는 건 아니지만, 넌 남편하고 같이 안 다니는 것 같다?"

"김민세(金敏世)가 정치인이지, 황지니가 정치인은 아니잖아."

40대 초반의 잘 나가는 꽃미남 정치인이 지니의 남편이었다. 발랄한 말 한 마디가 신문 지상을 장식하고 화사한 미소가 TV 교양프로그램을 수놓는 연예인 같은 변호사이며, 차후 20년 내에 대권에 도전할 가능성이 있는 정치인이기도 했다. 몇 달 후 선거에서 서울시장에 당선된다면 20년까지 기다릴 것도 없이 10년 안에 봉황이 될 가능성도 부인할 수 없었다.

"네 남편, 화사한 미소에서 엄청난 권력욕이 엿보이던데. 장차 영부인이 될지도 모르는데 화면에 같이 등장해줘야 하는 거 아냐?"

"난 누구들 마누라처럼 한복 입고 억지미소 지으며 사람들한테 인사하는 거 딱 질색이거든. 난 이 논문으로 유명해질 거거든."

지니가 바람피우러 모텔에 들어온 것조차 잊게 한 저 메모장. 은산은 지니가 샤워를 하는 사이에 메모장을 들춰보았다. 낯선 이름들과 주소, 전화번호…….

"나보다 네가 더 기자 같네. 취재 다니냐? 이 사람들 누구야? 다 남자네. 일본인도 있잖아."

지니는 비누를 떨어뜨리며 깔깔 웃었다.

"왜? 나한테 너 말고 다른 남자들이 더 있을까봐?"

지니는 욕실 문을 살짝 열고 고개를 내밀었다.

"솔직히 말해서 어떤 때는 10킬로미터 마라톤이 섹스보다 더 짜릿해. 내가 3종경기를 하는 것도 그런 맛이 있어서지, 후훗. 남자는 이제 족해. 그 메모장에 이름이 적힌 남자들은 논문자료를 수집하려고 만난 사람들이야. 다들 노땅이라구."

물기를 털고 나오는 지니의 몸매에 은산은 다시금 욕정이 일었지만 잠시 뒤에 나가야 하기 때문에 참았다.

"저 논문을 완성해 발표하고 나면, 난 남편보다 더 유명해질지도 몰라."

"넌 사학관데, 엄청난 고고학적 발견을 하는 게 아닌 이상 뭐 대단할 게 있을까?"

지니가 고개를 쳐들고 의기양양한 표정을 지으니 젖가슴이 더욱 봉긋 솟았다.

"역사학 논문이긴 하지만 한국 정계와 재계를 뒤집어놓을 논문이라고. 나중에 완성되면 첫 번째로 독점취재를 허락해줄게."

은산은 주섬주섬 옷을 입으며 시큰둥한 표정을 지었다.

"난 역사에는 별 관심 없어. 일 때문에 먼저 나간다."

구두를 신은 은산은 옷을 막 입으려는 지니의 젖가슴에 입을 맞추고 투실한 엉덩이를 토닥여주었다.

“실은 오늘 뭐 물어볼 게 있어서 만나자고 한 건데, 취재 때문에 바쁘다고 그러니 다음에 물어봐야겠네.”

“뭐야, 내가 보고 싶어 만나자고 한 게 아니고 용건이 있어서 만나자고 한 거야? 뭔데? 뭐가 궁금한 건데?”

“저번에 스와핑에 대해 취재한 거 있잖아. 그거 취재파일 좀 얻을 수 있을까 해서.”

은산은 찜찜한 표정으로 지니를 노려보았다.

“하필 스와핑을? 너 이상한 데 관심 갖지 마라.”

은산의 벌레 씹은 표정을 보고 지니는 깔깔 웃었다.

“불온한 상상 하지 마. 논문 때문에 그러는 거니까.”

“무슨 역사논문을 쓰기에 스와핑에까지 관심을 갖냐? 다음에 만날 때 갖다 줄게.”

은산은 모텔 문을 열기 전에 다시 한 번 지니를 바라보았다. 그토록 오랫동안 만나온 사이였지만 애틋한 감정은 여전했다.

“우리 좀 자주 만나자. 한 달에 한 번 보기도 힘드니 애인 사이도 아닌 것 같잖아.”

모텔 창문 밖의 붉은 네온사인을 등지고 있어서인지 지니의 표정이 어두워 보였다.

“남편한테 들키고 싶지 않아. 그리고 너처럼 스캔들 노리는 기자도 사방에 널렸다고.”

은산은 마른침을 꿀꺽 삼키고 모텔 방을 나섰다. 이 관계를 청산해야 하나 싶은 생각이 스쳤지만 결심이 서지 않았다.

지니 하고는 대학교 1학년 때 사귄 캠퍼스 커플이었다. 은산이 군대에 가면서 서서히 멀어졌고, 가정형편상 뒤늦게 복학했을 때 지니는 이미 졸업한 후였다. 굳이 찾지도 않았다. 그런데 은산이 졸업한 뒤 일상생활에 젖어 들어갈 때 둘이 우연히 다시 만나게 되었다. 인기스타가 된 김민세 변호사를 인터뷰하러 자택으로 찾아갔을 때 현관에서 마주친 인연이란! 불과 5초 정도에 은산은 오만 가지 회상에 빠져들었다.

그 후 은산과 지니의 새로운 인연이 시작되었다. 가정에 소홀한 김민세 덕분에 은산과 지니는 서서히 덫 안으로 발을 디뎌버렸다.

사이드 브레이크를 풀면서 은산은 한숨을 내쉬었다. 취재가방에 들키지 않도록 설치해 놓은 마이크로 카메라의 상태를 점검한 후 시동을 걸었다. 모텔 주차장을 빠져나가며 은산은 무심코 자기가 들었던 호실의 창문을 바라보았다. 지니도 막 방을 나섰는지 불이 꺼져 있었다.

"후, 일에 집중하자, 은산!"

혼잣말을 크게 되뇌며 은산은 차를 몰았다.

이번에 은산이 잠입취재를 하려는 목적은 공문서 위조단의 범죄현장을 찍으려는 것이었다. 경찰청 사이버테러대응센터에서 관련 정보를 입수했다. 국내 매춘업자들이 일본이나 미국에 매춘부를 수출할 때 그 공문서 위조단이 만든 위조여권을 이용한다는 얘기였다. 모든 문서를 다 위조한다고 들었는데, 은산의 관심은 오로지 위조여권으로 외국에 수출되는 매춘부들을 추적하는 데 있었다. 잘하면 외국출장 나가서 취재 핑계로 홍등가에 가볼 수도 있었다.

대로변의 고층빌딩 뒷골목으로 차를 몰자 3층 정도의 낮고 작은 상가

들이 밀집해 있었다. 백미러를 아슬아슬하게 스치고 지나가는 오토바이에 대고 욕을 하던 은산은 적당히 개구리주차를 해놓고 차에서 내렸다. 저녁 8시를 넘어가면서 골목에는 식욕을 자극하는 안주의 기름진 냄새가 은산의 허기진 배를 요동치게 했다.

요기라도 할까 하다가 시간이 늦어지면 취재가 불가능할 것 같아서 은산은 수첩에 적어둔 주소를 찾아갔다. 1층의 삼겹살집 냄새를 외면하며 2층으로 올라갔다. 계단 청소를 대강 했는지 누런 구토물 흔적이 군데군데 보였다.

똑똑.

겉에 건축사무실 간판이 붙어있는 회색 철문을 두드렸다. 인기척이 안 느껴져 다시 한 번 노크했지만 여전히 반응이 없었다. 문고리를 살짝 비틀려고 하는데 돌연 문이 벌컥 열리더니 덩치가 크고 인상이 험악한 남자가 고개를 내밀었다. 박박 민 대머리가 조폭다운 느낌을 주었다.

"무슨 일이시죠? 일 끝났는데."

"인터넷에서 광고 보고 왔습니다. 서류 좀 꾸밀 일이 있어서요."

남자는 3초가량의 침묵을 사이에 두고, 회색 철문에 붙어있는 건축사무실 간판을 손가락으로 두드리며 대답했다.

"우리는 인터넷에 광고 안 합니다. 건축사무실인데 인터넷에 뭐 하러 광고합니까?"

남자가 문을 다시 닫으려는 찰나 은산은 문 사이로 발을 넣었다. 남자의 인상이 험악하게 변하는 걸 보고 은산은 억지미소를 지으며 마이크로 카메라의 스위치를 눌렀다. 남자의 겨드랑이 사이로 사무실 안쪽을 찍으며 대꾸했다.

"이메일로 분명 확인하고 온 거라니까요."

"아, 정말!"

그렇잖아도 험악한 인상의 사내 얼굴이 더욱 사나워졌다. 곧 주먹이라도 한 방 휘두를 기세였다. 은산은 순간적으로 맞을 각오를 하고 어금니를 꽉 깨물었다. 코피라도 나면 경찰을 불러서 동행취재 해야겠다.

"들어오라고 그래."

사무실 안쪽에서 들려오는 무미건조한 목소리. 은산은 절로 한숨을 내쉬고 힐끗 사무실 안쪽을 바라보았다. 긴 머리를 질끈 동여매고 짧게 턱수염만 기른 남자가 서류를 들여다보고 있었다.

"형님, 이 새끼가 누군지도 모르는데 들여보냅니까?"

"해외 유명대학 박사학위라도 필요한 모양이지."

그 남자는 찢어진 청바지에 검은색 짧은 조끼를 걸치고 있었는데 입에는 어울리지도 않는 담배파이프가 물려 있었다. 멋으로 물고 있나보다 싶었는데 뻐끔 연기가 피어오르는 것으로 봐서는 파이프담배 애호가인 모양이었다.

"무슨 일로 오셨습니까? 필요한 서류라도 있습니까?"

'어?'

그 남자와 눈이 마주친 은산은 잠시 멈칫하며 고개를 갸웃했다. 분명 예전에 어디선가 본 사람인데 누구였는지 기억이 나지 않았다. 그 남자 역시 은산이 초면이 아닌 모양이었다.

"우리 구면인 거 같은데 어디서 봤더라?"

은산은 자기 이름을 대고 고향과 출신학교를 줄줄이 말했지만 일치하는 게 없었다.

"이거 고향사람도 아니고 학교가 같은 것도 아닌데 낯은 익으니…….
아 참, 무슨 일로 오셨습니까?"

"인터넷에서 소문 듣고 찾아왔습니다. 필요한 서류를 장만하는 데 아주 유용한 곳이라고 들었습니다."

그때 문이 벌컥 열리며 대머리 사내가 들어왔다.

"근처에 짭새는 전혀 없는데요, 형님."

'날 경찰 끄나풀로 생각하는구나. 잘못하면 경치겠는걸.'

그 남자는 파이프담배를 내려놓고 의자 등받이에 몸을 기대며 두 손을 깍지 꼈다. 별것 아닌 행동이었지만 은산에게는 은근히 위협적으로 느껴졌다.

"필요한 건?"

"네, 미국 여권 하고 버클리대학교 졸업장이 필요합니다."

"소문 듣고 왔다니 가격이 어느 정도인지도 아시죠? 우리는 아직 걸린 적이 없을 정도로 완벽한 서류를 만들어 드립니다."

"가격은 원하시는 대로 지불할 용의가 있습니다. 다만 제가 시간이 좀 촉박해서 그런데 당장 만들어주실 수 있겠습니까?"

그 남자가 눈초리를 치켜 올렸다.

"현금 갖고 오셨습니까? 미국 여권은 다른 나라 것에 비해 비쌉니다. 그리고 당장 만들어달라고 하시니 더 지불하셔야겠습니다."

구체적인 액수를 말하지 않고 많이 달라고만 하니 은산은 어쩔 수 없이 가방을 열어 현금을 꺼내 보여주려 했다. 그 순간 대머리 사내가 가래침을 뱉듯이 욕을 지껄이더니 은산의 손목을 확 잡아챘다.

"왜 이러십니까?"

"형님, 이 새끼 기잔가 본데요."

은산이 뭐라고 변명도 하기 전에 주먹부터 날아왔다. 어이쿠 하고 소파 밑으로 나자빠지는데 그 대머리 사내는 은산의 가방에서 마이크로 카메라를 덥석 꺼내 들었다.

"이 새끼가 뒈지려고. 이거 뭐야, 씨발놈아! 감히 카메라를 들고 와?"

"그건 보통 디지털 카메라입니다. 오해 마세요."

재차 발길질이 날아왔다. 은산은 배를 움켜쥐고 바닥에 굴렀다.

"뭐가 오해야, 이 새꺄! 가방에 구멍 뚫어놓고 요 조그만 카메라로 찍고 있었잖아!"

대머리 사내는 멱살을 움켜잡고 은산을 일으켜 세웠고, 머리를 뒤로 묶은 남자는 차가운 눈빛으로 은산을 노려보았다. 은산은 여기서 어떻게 살아나가나 고심했다. 그때 비로소 뇌리를 스치는 것이 있었다.

"형님, 이 새끼 어쩌죠? 어디다 묻어버릴까요?"

"자, 잠깐만요! 참맛 통닭! 기억하세요?"

"뭐가 통닭이야, 이 새꺄!"

가볍게 치는 것 같아도 주먹이 예사 주먹이 아니었다. 은산은 금방 입안이 찢겨서 피가 흘러나왔다.

"그게 언제더라, 하여튼 옛날에 뺑소니 당했잖아요! 그때 통닭 배달하던 사람이 구해준 거 기억나세요?"

"이 새끼가 계속 헛소리네."

재차 주먹이 날아올 찰나 그 남자가 대머리 사내를 말렸다.

"아는 새낍니까?"

은산은 반색을 하며 말을 이어갔다.

"기억나시죠! 거기가 어디냐, 얼른 생각이 안 나네, 뺑소니 당해서 길가에 누워있던 걸 제가 뺑소니도 잡고 병원에 연락해 구해드렸잖아요! 이름이 어떻게 되시더라?"

은산은 대학 1학년 때 통닭집에서 아르바이트를 한 적이 있었다. 한밤

중에 배달하러 오토바이를 몰고 가다가 뺑소니 사고를 목격하게 되었다. 트럭이 오토바이를 뒤에서 받았는데 오토바이는 가로등에 부딪치며 부서졌고, 그 오토바이를 탔던 사람도 인도에 나자빠져 일어나지 못했다. 트럭은 그대로 내뺐는데 은산이 그 뒤를 쫓아가며 차번호를 외운 뒤에 다시 돌아와 구급차를 불러서 인도에 쓰러진 위급환자를 구한 적이 있었다. 그때 구해준 인연으로 두 사람은 은산이 군대 가기 전까지는 제법 친하게 지냈었다. 하지만 15년도 더 된 옛날 일이어서 자세하게는 기억나지 않았다. 게다가 그때 구해준 사람은 머리가 짧았는데 지금 이 사람은 머리도 길고 턱수염까지 길러 알아보기 힘들었다.

"아, 그때 날 구해준 사람이었군. 한데 어쩌나? 우리 사업기밀을 노출시키는 건 용서할 수 없는데."

"절대 기사화하지 않겠습니다! 어디 가서도 여기 일은 말하지도 않을게요!"

그 남자가 망설이는 태도를 보이자 대머리 사내가 퉁명스럽게 말했다.

"형님, 친한 사이가 아니면 손봐주죠. 기자라는 놈을 어떻게 믿어요? 게다가 폭행당했다고 짭새들한테 반드시 일러바칠 텐데. 여기 들통 난 거 큰형님이 아시면 좋을 게 없잖아요. 요즘 세상엔 어디 묻어버리면 10년이 지나도 못 찾는데 말입니다."

은산은 남자의 이름을 떠올리려고 애를 썼다. 이름을 부르며 애원하면 고비를 넘길 수 있을 것도 같았다. 하지만 워낙 옛날 일이라 남자의 이름이 생각나지 않았다.

"은산아, 내 이름 기억하냐?"

"저, 죄송합니다. 15년도 더 된 옛날 일이라 기억이 잘 안 납니다."

"카메라 값은 못 준다."

그 남자는 마이크로 카메라를 짓밟아 박살을 내고는 대머리 사내에게 눈짓을 했다. 대머리 사내가 은산의 멱살을 놓자 은산은 긴 한숨을 몰아 내쉬었다. 다리에 힘이 풀려 저절로 주저앉고 말았다.

"옛날에 나 구해준 거 이걸로 갚은 거다. 하지만 어디 가서 입 잘못 놀리면 네 안전은 장담 못 한다."

"그럼요, 형님. 고맙습니다, 형님."

은산의 입에서 형님 소리가 절로 나왔다. 두 살 많았던 것으로 기억하니까 형님이 맞을 터였다. 지금은 어떻게 해서든 무사히 살아나가는 게 중요했다. 자신이 메이저 신문사 기자라면 이런 조폭 깡패한테 쫄 이유가 없겠지만, 이름도 시원찮은 주간지 기자이니 몸조심은 스스로 해야 했다.

"야, 뒷정리 좀 하고 퇴근해라. 난 오랜만에 만난 이놈이랑 술 한 잔 할 테니."

"네, 형님."

가방을 챙기고 나오는데 은산은 자신의 신세가 처량해서 은근히 화가 났다. 범죄자들한테 얻어터지고도 목숨을 구걸해야 했으니 자존심이 상했다.

근처의 작은 호프집에 들어간 두 사람은 맥주를 시켜놓고 지난 얘기를 두런두런 나누었다.

"너도 좀 싸가지 없는 놈이기는 했어. 군대 갔다 휴가 나와 보니 넌 이사 가고 없더라. 연락처도 바뀌고 말야."

"아버지께서 직장 퇴사하시고 다른 일 하신다고 지방에 내려가시는 바람에 같이 가게 됐죠. 집안형편도 어려워서 학교 계속 다니는 것도 어려웠고요."

안주도 맛이 없었고, 호프집 안에 손님도 거의 없었다. 한창 손님이 올

시간대인데도 주인장이 TV를 틀어놓고 멍하니 시간을 때우고 있을 정도였다.

"큭큭큭, 너 아까 나 기억하지 못했으면 정말 뒈질 뻔했다. 기자생활은 할 만하냐? 내가 하는 일은 어디서 들은 거냐?"

"경찰청 사이버수사대한테서 들은 겁니다."

"그래? 이거 사무실 옮겨야겠네."

둘이 딱히 할 말이 없어 잠시 침묵이 흐르는 동안 주인장이 틀어놓은 TV에서는 그날의 사건사고가 흘러가고 있었다.

'오늘 오후 일곱 시 ××동의 모텔 구로장에서 서른여섯 살 황모 여인이 흉기로 피살된 채 발견되어 경찰이 수사에 나섰습니다. 모텔 주인 김모 씨에 따르면 옆방에서 심하게 싸우는 소리와 비명소리가 난다는 투숙객의 말을 듣고 가보니 황모 여인이 흉기에 난자된 채 쓰러져 있어 경찰에 신고했다고 합니다. 경찰은 황모 여인과 같이 투숙했다가 먼저 모텔을 나선 30대 중반의 남자를 유력한 용의자로 보고 추적에 나섰습니다. 다음 뉴스입니다. 청와대는 이번에 뼈 있는 쇠고기가 발견된 데 따른 후속대책으로…….'

"어?"

화면에 얼핏 스친 모텔은 은산이 잊을 수 없는 장소였다. 이미 몇 번 이용하기도 했던 곳이었고, 두어 시간 전에는 지니와 뜨거운 시간을 보내기도 한 곳이었다. 이름도 똑같은 구로장이었다.

"왜? 아는 사람이라도 나왔냐?"

은산은 주인한테 부탁해, 뉴스가 나오는 다른 방송으로 채널을 돌려 보았다. 케이블 뉴스 화면을 보는 순간 은산의 동공이 확 커졌다. 선혈을 감추느라 모자이크 처리가 되긴 했지만 화면에 비친 그 방은 분명 은산이 머물렀던 방이었다. 게다가 케이블 뉴스는 한 마디를 더 했다. '경찰이 함께 투숙했던 고모 씨를 유력한 용의자로 지목하고 수배 중'이라는 내용이었다.

은산은 너무나도 충격적인 뉴스라서 그대로 얼어붙은 것처럼 TV를 응시했다.

'지니가 흉기에 피살됐다고? 게다가 용의자가 고모 씨……, 나?'

"야, 왜 그러냐? 무슨 일이야?"

"저, 형님, 저 경찰에 가봐야겠어요. 제가 아는 사람이 죽었대요."

"뭐?"

그 남자는 얼이 빠진 은산에게 종잇조각을 내밀었다.

주현상, 010－×××－××××

'아, 이 형님 이름이 주현상이었지.'

주현상은 은산의 등을 두드려주었다.

"무슨 일인지는 모르겠지만 힘내고 정신 차려. 그리고 나중에 연락 한 번 해라."

"네, 형님, 먼저 일어나겠습니다."

아까 그 대머리 조폭한테 맞을 때도 이렇게 정신없지는 않았다. 은산은 완전히 얼이 빠져서 자기가 아까 개구리주차를 해놓은 차를 찾는 데도 한참 걸렸다. 차키를 꽂아 문을 열려는 순간 은산은 등 뒤에 수상한 인기척을 느꼈다.

2_

조각그림 맞추기

"고은산 씨 되십니까?"

은산이 뒤를 돌아보자 한 덩치 하는 두 남자가 은산을 포위하듯 다가왔다. 스포츠머리의 사내가 품 안에서 신분증을 꺼내 보여주었다.

"경찰에서 나왔습니다. 서까지 동행해주시죠."

"황지니는 어떻게 된 겁니까!"

조금 머리가 긴 남자가 뒤춤에서 수갑을 꺼내며 히죽거렸다.

"댁이 과도로 난자해 죽여 놓고 왜 우리한테 물어보슈?"

"저, 정말로 나는 죽……."

은산은 차마 자기 입으로 지니의 죽음을 언급하기가 싫어 입을 다물었다.

'이럴 수는 없는 거야. 걔가 무슨 죽을 잘못을 저질렀다고. 불륜 말고는, 간통 말고는 아무 죄도 없는데.'

은산은 그 남자가 수갑을 손목에 채우려는 순간 손을 뺐다. 이렇게 맥

놓고 있다가는 모든 걸 뒤집어쓸 우려가 있었다. 정신 차리고 현실을 직시해야 했다.

"난 용의자지 피의자가 아닙니다. 서까지는 기꺼이 같이 가겠지만 수갑은 찰 수 없습니다. 그리고 서에 도착하면 변호사를 선임할 겁니다."

"맘대로 하쇼."

머리가 조금 긴 남자가 운전대를 잡았고, 스포츠머리의 사내는 은산의 옆자리에 앉았다. 흘러가는 서울의 야경을 바라보며 은산은 누가 지니를 해쳤는지 곰곰 생각해보았다. 단순한 강도사건인지, 아니면 남편인 김민세가 사주한 살인사건인지, 지니에게 은산이 모르는 원한관계가 있었던 것인지……, 이리저리 궁리했다. 서울시장 선거를 앞두고 있는 김민세가 아내를 살해할 이유는 없어 보였다. 아내가 바람을 피운다는 것을 알았다고 해도 조용히 덮어두려고 하겠지 아내를 죽이면서까지 드러낼 이유는 전혀 없었다. 김민세를 곤란하게 만들기 위해 상대 정당이 살인까지 저지를 것 같지도 않았다. 혹시 내가 이 정도로 원한을 산 적이 있었나? 나한테 살인죄를 덮어씌우려고 할 만한 사람은? 은산은 주간지 기자를 하면서 뒤꽁무니를 좇아다니며 남을 괴롭힌 적은 많았다. 하지만 사람의 목숨을 앗아가게 할 정도의 원한을 살 일은 한 적이 없었다.

차는 시 외곽으로 빠지고 있었다. 은산은 문득 구로경찰서에서 이 두 사람을 본 적이 없음을 깨달았다.

"실례지만 어디 관할 형사십니까? 범행현장이 구로면 구로경찰서 아닙니까? 사건취재 때문에 구로서에는 몇 번 다녀봤지만 두 분은 초면인데요?"

두 사람은 말이 없었다. 은산은 덜컥 겁이 났지만 최대한 침착하게 보이려고 애썼다.

"게다가 이 차는 어디로 가는 거죠? 이 길은 구로서로 가는 게 아닌데요."

운전대를 잡은 사람이 짜증을 냈다.

"이봐요, 당신이 죽인 사람이 누군지 잊었어? 서울시장 후보 부인을 죽인 거잖아? 이 사건이 일개 경찰서에서 다룰 문제인 줄 알아?"

자기 심장소리가 들릴 정도로 은산의 가슴이 요동쳤다. 아까 대머리 조폭을 상대할 때와는 다른 공포였다. 퍼뜩 은산의 뇌리를 스치는 생각이 오금을 저리게 했다.

이 자들은 지니의 죽음과 연관이 있다!

차가 신호등에 걸려 멈춰 섰을 때 은산은 차 문을 열려고 했다. 그러나 잠겨 있었다.

"이 새끼, 가만있지 못해? 결국 수갑을 채워야 쓰겠네."

차는 다시 출발했고, 은산은 발버둥을 쳤다. 수갑을 차지 않으려고 몸부림을 쳤다. 사람 살리라고 소리를 질렀다. 좁은 차 안에서 거칠게 반항하자 스포츠머리의 사내도 쉽사리 은산을 제압할 수 없었다. 오른손에 수갑이 채워지자 은산은 호주머니에서 차키를 꺼내 운전석의 사내 목을 거칠게 찔렀다.

끼이익! 쾅!

운전석의 사내는 목 뒤쪽이 찔리자 저도 모르게 핸들을 꺾었고, 중앙선을 넘은 차는 마주오던 승합차와 충돌하고 말았다. 승합차 뒤를 따라오던 트럭이 피하려고 방향을 꺾긴 했지만 승합차 대신에 은산이 탄 차의 옆을 강하게 들이받았다.

이런 제기랄, 음주운전 아냐? 똥 밟았네, 씨발. 119 불러. 죽은 거 아냐? 어머, 피 좀 봐. 이 사람 안 움직인다. 이봐요, 정신 들어요? 함부로 움직이지 마세요. 저희가 꺼내드리겠습니다. 좀만 참으세요. ……

은산은 사고 당시 앞좌석에 심하게 머리를 부딪쳤다. 게다가 야간이어서 오가는 차량들의 불빛이 눈부셔 더욱 정신이 없었다. 운전을 하던 사람은 에어백에 머리를 박은 채 움직이지 않았고, 은산 옆에서 수갑을 채우려던 사람은 얼굴 전체가 피범벅이 된 채 의식이 없었다. 은산은 희미해져가는 정신을 꼭 붙잡으며 달아나야겠다는 생각만 했다.

윙!

구급대원이 불꽃을 튀기며 문을 절단하고 있었다. 누군가가 은산에게 뭐라고 소리치며 말을 걸었지만 혀가 움직이지 않았다. 들것에 실리는 순간 마음이 놓였는지 은산은 잠시 정신을 잃었다.

"맥박은 정상이고요, 출혈도 그다지 심한 편은 아닙니다. 코뼈가 주저앉은 거 같은데 병원 가서 사진 찍어봐야죠. 그런데 이 피투성이 열쇠는 뭔데 꽉 쥐고 있는 거지?"

'열쇠'라는 말에 은산은 정신이 들었다. 자기가 아까 앞자리에서 운전하던 사람의 목을 마구 찔러댄 것이 기억났다. 여기서 달아나야 해.

"일어나지 마세요. 좀 있으면 병원에 도착합니다."

은산의 왼손에는 피투성이 열쇠가 쥐어져 있었고, 오른쪽 손목에는 수갑이 채워져 있었다. 병원에서 치료를 받게 되는 순간 의사들이 은산을 수상하게 여길 것이고, 교통사고 처리를 위해 경찰도 출동할 터였다. 이상한 일에 말려들었다고 말하면 경찰이 그런 내 말을 믿을 것인가? 유력한 서울시장 후보의 아내가 피살된 사건이다. 게다가 난 유력한 용의자야. 그런데 정체를 알 수 없는 형사들은? 이건 정치적인 사건이다. 경찰은 내 변명을 믿어주지 않을 거야.

구급차의 문이 열리는 순간 은산은 침대에서 일어났다. 구급대원들이 계속 누워 있으라고 하며 말렸지만 은산은 그들의 손을 뿌리쳤다.

"난 괜찮아!"

땅에 발을 내딛는 순간 왼쪽 발목이 시큼했다. 아까 사고 중에 삔 모양이었다.

"치료를 받아야 합니다!"

그러나 은산은 절뚝거리며 병원 입구로 걸어갔다. 마침 택시 한 대가 도착해서 어느 아줌마가 내리고 있었다. 은산은 얼른 그 택시에 올라타며 출발하자고 소리 질렀다.

"어디로 모실까요?"

"일단…… 안양으로 갑시다!"

우선은 서울을 벗어나는 게 좋을 거 같았다. 집으로 갈까 하고 생각해 봤지만 취재 나온 곳까지 쫓아온 것으로 봐서는 집 앞에는 이미 형사 아니면 수상한 놈들이 지키고 있을 것 같았다.

은산은 지니가 죽었다는 생각이 드니 절로 울음이 터져 나오려는 것을 침을 꿀꺽 삼키며 참았다. 지금은 지니의 죽음을 슬퍼할 때가 아니었다. 처음 보는 형사들이 자기를 납치해 어디론가 끌고 가려고 했다. 그들이 가짜 형사라면 그나마 이 사건은 쉽게 풀릴지도 모를 일이다. 하지만 그들이 진짜 형사라면? 상부로부터 누군가의 지시를 받고 그러는 거라면? 지니가 자기 일 때문에 피살된 건지, 아니면 은산 자신의 일 때문에 피살된 건지 분간이 되지 않았다. 구린 구석이 있는 공무원을 협박하고 폐수를 방류한 업체한테서 돈을 받아낸 적은 있었다. 도의원의 불륜을 포착해 든든히 호주머니를 채운 적도 물론 있었다. 하지만 겨우 그런 일로 사람을 죽인단 말인가. 지니가 피살될 만큼 누군가한테 원한을 샀으리라는 생각도 들지 않았다. 남편 김민세가 의심스럽기는 했지만, 그 냉철한 변호사가 바람을 피운다고 아내를 살해할 것 같지도 않았다. 우발적인 사고인가? 그렇다면 은산을 끌고 가려고 했던 그 형사들의 정체는?

은산은 흐르는 코피를 닦을 휴지나 손수건을 꺼내려고 품 안을 뒤지다가 주현상이 준 쪽지를 발견했다. 지금은 나도 범죄자니 이 형님한테 도움을 요청할까? 은산은 주현상의 전화번호를 입력하다가 편집장한테서 전화가 오는 바람에 그것부터 얼른 받았다.

"어떻게 된 거야! 지금 어디 있는 거야! 지금 경찰이 여기 뒤지고 난리났다고! 코딱지만한 잡지 발행하는데 이런 일 당하고 싶지 않거든! 일주일 전에 사표 낸 거 내가 돌려줬었지! 책상서랍에 그대로 놔두었나? 그거 지금 수리할 거니까 그렇게 알라고! 우리는 자네에 관해 일체 알지도 못하니까 자네가 한 짓에 우리가 엮이지 않게 해줘."

인간성이 희박한 편집장인 줄은 알았지만 꽤나 매정하게 자기 할 말만 쏟아내는 거였다. 누군가 편집장의 전화를 빼앗아 "여보세요, 고은산 씨?" 하고 말을 붙였지만, 은산은 얼른 전화를 끊었다. 전화를 갖고 다니면 위치가 추적될지도 모르겠다는 생각이 들었다.

전화를 버려놓고 내릴까 하고 차 안을 돌아보던 은산의 눈에 핀이 보였다. 예전에 취재하다가 형사들한테서 수갑 푸는 법을 배워둔 게 다행이었다. 택시기사가 룸미러로 힐끔 은산을 쳐다보았다. 은산은 태연히 창밖을 내다보면서 왼손으로는 열심히 오른손의 수갑을 풀려고 애를 썼다. 찰칵 소리와 함께 수갑이 풀렸다.

"어, 더워."

은산은 창문을 내려 바람을 쐬는 척하다가 창밖으로 가래침을 뱉으면서 수갑을 길가 수풀 속으로 던져버렸다.

안양역에서 내려 택시비를 내고 나니 지갑에 남은 돈은 만 원 한 장, 천 원 한 장이 전부였다. 가까운 편의점으로 들어가 ATM기에서 돈을 찾으려고 하는데 뜻밖의 메시지가 떴다.

'정지된 카드라고?'

은산이 두 장의 다른 카드를 꺼내 그것으로 돈을 인출하려고 했지만 모든 카드가 다 지급정지 상태였다. 지니의 죽음이 단순한 우발적 사건이 아니라는 게 확실해졌다. 경찰이 각 카드사에 요청을 넣어 이렇게 빨리 카드를 지급정지시켰단 말인가? 경찰은 행동이 워낙 굼뜰 뿐 아니라 정재계 거물이 걸려들면 공항을 통해 출국할 수 있도록 출국금지 조치도 천천히 한다. 그런 경찰이 은산의 카드에만 이렇게 신속하게 조치를 했다는 건 애초에 뭔가를 노리고 있다는 뜻이었다. 등골이 오싹했다.

은산은 휴대전화를 라면국물 버리는 통에 버리고 바지 안쪽 주머니에서 다른 직불카드를 꺼냈다. 노숙자 명의로 만든 대포통장과 연결된 카드였다. 구린 비자금을 모아놓은 통장이었다. 은산은 그 카드로 20만 원을 찾은 다음 공중전화 박스로 가서 전화를 걸었다. 지금 가족이나 친구한테 전화를 하면 안 될 것 같았다. 무슨 커다란 음모가 있는 모양인데, 가족이나 친구에게 피해가 가게 할 수는 없었다.

"제발, 제발 전화 좀 받아라! …… 여보세요, 형님, 접니다, 고은산! 이런 말씀 드려 죄송합니다만, 저 좀 숨겨주세요! …… 실은 저도 일이 어떻게 돌아가는 건지 모르겠습니다. …… 여기요? 안양역인데요. …… 무슨 수작 부리려는 게 아닙니다! 웬 형사라 자칭하는 녀석들이 저를 납치하려 하질 않나, 제 카드를 정지시켜 놓지 않나, 정신이 없습니다. …… 어디요? …… 거기가 어딘지 대강 알 거 같아요. …… 네, 감사합니다."

공중전화 박스에서 나온 은산은 택시를 잡으려다가 그냥 보내버렸다. 택시기사가 자기 얼굴을 기억할까봐 겁이 났다. 버스정류장으로 가서 주현상이 아는 사람이 운영한다는 호텔로 가는 버스를 타려다가 그것도 관두었다. 얼굴이 드러나지 않는 곳으로 가는 게 나을 거 같았다.

은산은 거리에 서서 술주정하는 사람들의 뒷모습을 멍하니 지켜보다가 허름한 여인숙으로 들어갔다. 요에 누런 흔적이 있는 더러운 곳이었지만 여기는 아무도 모를 것이라고 생각하니 한편으로는 마음이 편하기도 했다. 옆방 투숙객의 거친 신음소리를 들으며 은산은 벌렁 누워 천장에 달린 형광등을 바라보았다.

"지니야."

나지막하게 읊조리듯 지니의 이름을 부르다가 절로 눈물이 났다. 남편에게는 보여주지 않았던 지니의 환한 미소가 떠올랐다. 은산 자신의 품안에서 열병에 걸린 아기처럼 신음하며 몸부림치던 지니의 육체가 떠올랐다. 둘이서 차량통행이 뜸한 도로의 노변카페에서 마시던 커피의 향내가 그리웠다. 비록 여자이긴 했지만 철인3종 경기로 다져진 그 육체를 과연 누가 과도로 난자할 수 있는 건지 의문이 들었다.

초조해진 은산은 벌떡 일어나 여인숙의 좁은 방 안을 서성거렸다. 최대한 냉정해지려고 애를 썼다. 모텔에 강도가 들어서 지니를 살해했을 가능성이 있다. 그리고 김민세가 불륜을 저지르는 아내를 살해했을 수도 있다. 질투에 눈이 멀면 누구든 과격해질 수 있는 거니까. 또는 그가 흥신소 사람들을 동원해 아내를 죽였을 수도 있다. 하지만 가정보다 자기의 야망을 더 중하게 여기는 사람이 설마 아내가 밉기로서니 죽이기까지 할까? 서울시장 선거를 앞두고 있는데 그런 무모한 짓을 할까? 상대 당이 김민세를 흠집 내려고 살인까지 저질렀다고는 생각할 수 없었다.

'만약에 목표가 지니가 아니고 나였다면? 내가 먼저 모텔에서 나간 것을 모르고 나를 해코지하러 들어왔다가 우연찮게 지니를 죽인 거라면? 빌어먹을, 기자노릇이나 하면서 건전하게 살 걸. 그런데 죽이고 싶을 정도로 나를 눈엣가시로 여기는 사람이 누가 있을까? 내가 청렴하게 살지는 못했어도 살해 위협을 받아야 할 정도로 악하게 살지는 않았는데 누가 날 죽이려드는 걸까?'

'당신이 죽인 사람이 누군지 잊었어? 서울시장 후보 부인을 죽인 거잖아? 이 사건이 일개 경찰서에서 다룰 문제인 줄 알아?'

그 형사가, 아니 형사일지도 모르는 그 사람이 한 말은 분명 의미심장했다.

'적어도 이건 확실해. 나를 죽이려했다가 지니가 재수 없게 대신 살해당한 게 아니다. 만약에 내가 피살됐어도 일개 경찰서에서 다룰 수 없는 문제일까? 지니가 애초부터 목표였던 거다. 그리고 나한테 뒤집어씌우려는 거다. 그런데 왜? 서울시장 후보의 마누라가 바람피운 것이 목숨을 빼앗겨야 할 정도의 죄악이란 말인가?'

은산은 밤새 악몽과 각종 소음에 시달리며 잠을 설쳤다. 새벽녘이 되어서야 청소차 소리를 들으며 잠들 수 있었다.

'난 이 논문으로 유명해질 거거든. 저 논문을 완성해 발표하고 나면, 난 남편보다 더 유명해질지도 몰라. 역사학 논문이긴 하지만 한국 정계와 재계를 뒤집어놓을 논문이라고.'

은산은 눈을 번쩍 떴다. 잠깐 동안 지금 자기가 있는 곳이 어디인지 몰라 당황하기는 했지만, 이내 정신을 차리고 자리에서 일어났다.

"논문?"

깊은 잠을 자지 못해 머리가 무겁고 골치가 아팠지만 커피 한 잔만 마시면 머리가 맑아질 것 같았다. 또한 그의 뇌리를 번갯불처럼 스쳐간 생각이 피곤한 머리를 깨우고 있었다.

"무슨 논문이기에……."

한동안 지니는 논문준비 한답시고 애인인 은산도 안 만났고, 취미로 즐겨 하던 철인3종 경기 연습도 전혀 하지 않았다. 은산은 지니가 정교수 자리를 노리기 위해 논문준비에 열심인가 보다 생각했지 그 논문이 어떤 건지는 관심도 없었다. 만약에 그 논문이 지니의 목숨을 앗아갈 정도로 위험한 내용을 담고 있다면?

여인숙에서 나오자 지하철역 주위는 이른 점심을 먹으려는 사람들로 붐비고 있었다. 다행히 왼쪽 발목의 통증은 가신 상태였다. 콩나물 해장국을 사 먹고 자판기 커피로 입가심을 하는데 은산의 옆에 앉은 남자가 신문을 보며 뭐라고 중얼거리고 있었다.

"이거 여자들 동정표 얻어서 당선되는 거 아냐?"

그 신문을 기웃거리던 옆의 남자도 킥킥대며 한 마디 거들었다.

"김민세 그놈이 겉모습은 반지르르해도 아랫도리는 부실했던 거야. 그러니까 마누라가 바람을 피우지."

이미 스포츠신문은 지니 살인사건을 대서특필하고 있었다. 은산은 서둘러 식당을 떠나 신문가판대에 가보았다. 메이저 신문사들도 그 사건을 크게 다루고 있었다. 기사내용이 너무나 궁금했지만 차마 들여다볼 엄두가 나지 않았다. 혹시나 수배를 한다고 자신의 사진이 신문에 난 것은 아닐까 두려웠다. 지하철역 입구에서 한 행상이 싸구려 선글라스를 진열해 놓고 파는 모습이 눈에 띄었다. 은산은 얼른 달려가 색이 가장 진하고 알도 가장 큰 선글라스를 하나 샀다. 디자인이 무척 촌스럽긴 했지만 얼굴을 가리기에는 충분할 것 같았다.

은산은 길거리에 떨어져 뒹구는 무가지를 집어 들고 그늘진 곳으로 갔다. 노숙자 하나가 무심하게 은산을 바라보았다. 은산은 그런 시선에도 겁이 났다.

서울시장 유력후보 김민세의 부인 피살!

"…… 실은 아내의 부정을 알고는 있었습니다. 아내는 제발 가정으로 돌아와 달라는 제 부탁을 듣고 그 사람을 만나 관계를 정리하겠다고 했고, 다짐도 받아두었습니다. 아마도 그 사람은 제 아내가 자기를 떠나 가정으로 돌아가겠다고 하자 격분해서 그런 짓을 저지른 게 아닐까 싶습니다."

눈물을 흘리며 인터뷰에 응하는 김민세의 사진이 신문 1면의 절반을 차지하고 있었다. 은산은 아랫입술을 깨물고 무가지를 쭉 훑어보았지만 다행히도 자신의 사진은 실려 있지 않았다.

은산은 길 건너편 파출소를 바라보며 망설였다.

'가서 자수할까? 아니, 자수가 아니지. 난 간통은 저질렀지만 살인은 하지 않았어. 변호사를 선임하고 정식으로 법적인 절차를 밟을까?'

그러나 은산은 자기를 어디론가 끌고 가려 했던 형사들이 마음에 걸렸다. 뭔가 커다란 정치적 음모가 숨겨져 있다고 생각했다. 지니와 자기를 희생시켜서 무언가를 지키거나 얻으려는 자들이 있는 거라고 생각했다. 은산은 머리를 쥐어뜯으며 괴로워했다.

'중앙대학교 중앙음악연구소 소장 전진평.'

문득 은산은 지니의 메모장에 적혀 있었던 이름을 떠올렸다. 지니가 만나서 취재했던 사람들을 찾아가 만나보면 지니가 논문에서 무엇을 다루려고 했는지를 알 수 있으리라는 생각이 들었다. 지니의 논문에서 핵심적으로 다뤄지게 돼있었던 인물이 지니를 해쳤을 수도 있었다.

은산은 지하철역 화장실에서 간단히 세수를 한 뒤 지하철을 탔다. 전진평이라는 사람과 지니가 만난 건 분명하니 우선 그 둘이서 만나 무슨 얘기를 나누었는지를 알아보리라고 생각했다. 지하철을 타고 두어 정거장 지나쳤을 때 은산은 놓고 온 차를 찾으러 갈까 망설였다. 하지만 괜히 차를 찾으러 갔다가 수상한 그 형사들을 다시 만날까봐 두려웠다. 자기를 어디로 끌고 가서 무슨 짓을 하려고 한 것인지 은산은 상상만 해도 등골이 오싹했다. 인터넷으로 대통령도 만든 나라가 아직도 형사들을 시켜 그런 짓을 할까 싶었다. 혹시 가짜 형사일까? 은산이 서울시에서 근무하는 모든 형사를 다 아는 건 아니었다. 차라리 가짜라면 좋으련만. 그러나 만약에 그들이 정말로 진짜 형사라면 누구의 지시로 움직이는 형사일까?

7호선 상도역에서 내린 은산은 터벅터벅 중앙대를 향해 걸어갔다. 80년대 말에 민주화의 첨병이었던 그 대학의 이미지는 이제 어디에도 남아 있지 않았다. 하긴 은산 자신도 소위 말하는 386이 아니라 소비시장의 주체로 떠오른 X세대였고, 은산이 대학에 입학할 즈음에는 이미 이념서클이 종말을 맞이하고 있었다. 소비에트연방의 붕괴를 고등학교 시절에 TV를 통해 목격하고 대학에 들어갔으니 그에게 이념이 먹힐 리 없었다. 그것은 자본주의의 승리였고, 이어 DJ가 대통령이 됐으니 한국의 민주화도 거의 다 이루어진 것이라고 여겼다. 은산은 아직도 그렇게 생각하고 있었다.

"전진평 교수님요? 약속이라도 하셨나요?"

"아뇨."

"게다가 잘못 찾아오셨어요. 중앙대 국악대학은 안성 캠퍼스에 있거든요."

"예?"

전화번호는 얻었지만, 전화로 간단히 알아낼 수 있는 문제가 아닌 듯했다. 은산은 중앙대를 나오면서 차가 없다는 것이 무척 아쉬웠지만 렌터카를 빌리는 것도 삼가기로 했다. 대중교통편을 이용해 이동하는 것이 자기를 추적하는 자들을 따돌리는 좋은 방법일 터였다.

안성으로 가는 버스를 타기 전에 은산은 주현상에게 전화를 걸었다.

"간밤에 너 어디 있었냐? …… 오늘 아침에 TV 보니까 장난 아니던데. 서울시장 후보 마누라 죽인 게 너 맞지? …… 뭐? 경찰을 알아봐줄 수 있냐고? 지금 너한테 급한 건 변호사 아니냐? 변호사는 내가 몇 명 안다. …… 그래? 그럼 이따가 밤에 보자. 하지만 나한테 너무 많은 걸 기대하지는 마라. 난 이미 너한테 진 빚을 다 갚았다. 너 때문에 내 인생이 불편해지는 건 싫다."

주현상이 폭력조직에 속해 있으니 형사나 경찰을 잘 알 것이라고 은산은 생각했다. 어제 자기를 어디론가 끌고 가려 했던 두 형사의 얼굴을 잘 기억하고 있으니 그들의 정체를 밝힐 수 있을 터였다. 그들이 진짜 형사라면 얘기가 복잡해지지만 가짜라면 은산은 안심하고 경찰에 출두해 진실을 밝힐 생각이었다.

버스를 타고 꾸벅꾸벅 졸면서 은산은 중앙대 안성 캠퍼스로 갔다. 과 사무실에 기자라고 말하고 전진평 교수를 만나려는 건 단순한 취재 목적이라고만 해두었다. 마침 그가 강의 중이라서 은산은 강의실 밖에서 자판기 커피를 뽑아 마시며 시간을 죽였다.

수업을 마친 학생들이 줄줄이 나오자 은산은 벌떡 일어나 전진평 교수의 뒤를 따라갔다. 약간 희끗한 머리에 인자한 수염까지 전형적인 예술계 대학교수의 풍모였다.

"실례합니다. 전진평 교수님 되시죠?"

"네, 맞습니다만 누구시더라?"

은산은 무심코 품에서 명함을 꺼내려다 멈추고 손을 뺐다. 자신의 정체를 밝히면서 돌아다닐 이유가 없었다.

"주간지 〈사건과 진실〉의 기자입니다."

은산은 경쟁 잡지사의 이름을 대고 찾아온 이유를 밝혔다.

"아, 네. 아침 뉴스에서 보기는 했지만, 황지니가 김민세 변호사의 아내인 줄은 몰랐습니다. 황지니는 그냥 평범한, 논문을 준비하는 시간강사인 줄로만 알았습니다. 게다가 그 여자를 만난 것도 두 달 전이라 딱히 기억나는 것이 없군요."

"무슨 논문을 준비 중이었는지 아십니까? 논문의 주제가 뭐였는지, 교수님과 나눈 얘기가 뭐였는지 말씀해주실 수 있겠습니까?"

"국악에 대한 거였어요. 살인사건과는 아무런 연관이 없는 얘기지요. 궁금하다면 내 연구실로 가시죠. 자세하게 설명해드리겠습니다. 말로만 설명하는 것보다 음악을 직접 듣는 게 더 낫지요."

은산은 국악에는 전혀 관심이 없었지만 지니가 준비하던 논문의 내용을 추적하기 위해서는 국악도 기꺼이 들을 용의가 있었다.

여느 교수의 방처럼 책으로 가득 찬 그의 방에는 군데군데 장식품처럼 악기가 걸려 있었다. 거문고나 가야금과 같은 우리 악기도 있었고, 어디 건지 구체적인 국적은 알 수 없는 아시아의 악기도 자리를 차지하고 있었다.

"여느 한국인처럼 국악에는 별 관심이 없죠?"

은산은 어색한 미소를 띠고 뒤통수를 긁적였다.

"실은 그렇습니다."

"국악과에 지원하는 고등학생들이 입시를 위해 제일 열심히 공부하는 곡이 〈영산회상(靈山會相)〉입니다. 부처님이 영취산에서 제자들에게 설법하는 모습을 표현한 음악입니다. 〈영산회상〉은 거문고로 시작됩니다. 이 음악은 여러 악기가 함께 하는 합주음악인데도 시작은 거문고로만 합니다. 거문고는 국악기 중에서 상당히 대접을 해주는 악기입니다. 모든 악기 중 으뜸이라고 해서 백악지장(百樂之丈)이라고도 하지요."

교수는 장식으로 놓아둔 듯한 거문고를 힐끔 보더니, 연주하기가 귀찮은 듯 책상 위의 작은 컴포넌트를 작동시켜 국악 한 곡조가 흘러나오게 했다.

"《삼국사기》의 잡지 제1의 '악(樂)'에 거문고의 유래가 나오는데, 지금은 전해져 있지 않은 《신라고기(新羅古記)》를 인용해 이렇게 설명합니다. 처음에 진나라에서 고구려로 칠현금을 보냈는데, 고구려는 그것이 악기인 줄은 알았지만 다룰 줄을 몰라서 연주할 줄 아는 사람에게 상으로 주기로 합니다. 이때 제2상(相)인 왕산악이 칠현금의 모양은 그대로 둔 채 그 주법만 고쳐서 거문고를 만들고, 100여 곡을 지어 연주했는데 검은 학이 날아와 춤을 추었다고 기록되어 있습니다. 그런데 문제는 중국에는 거문고는 물론이고 그와 비슷한 악기도 없었다는 것입니다. 아마 그 옛날에는 선진문물이 다 중국을 통해 들어왔으니까 거문고도 당연히 그랬으려니 하고 그런 기록을 남긴 모양입니다. 그렇다면 거문고는 어느 나라에서 온 걸까요?"

느닷없는 질문에 은산은 고개를 갸웃했다. 교수는 빙긋 웃더니 힌트를 하나 주었다.

"〈영산회상〉은 불교음악이다, 이게 힌트입니다."

"그럼 인도에서 들여온 악기라는 겁니까?"

교수는 고개를 끄덕인 다음 의자 등받이에 몸을 기대고 시선을 멀리 두었다. 가늘게 뜬 그의 눈은 먼 과거에 가 있는 듯했다.

"1985년에 국악과 인도 음악의 연관성을 찾기 위해 인도에 갔더랬습니다. 거기서 인도의 전통음악인 라가를 듣게 되었는데, 인도의 라가가 우리나라의 〈영산회상〉과 구조가 똑같다 이겁니다. 어디 보자, 그게 어디 있더라."

교수는 컴포넌트의 CD 플레이어에서 〈영산회상〉 CD을 꺼내고 다른 CD를 집어넣었다.

"라가는 우선 느린 무장단의 '알랍'으로 시작합니다. 〈영산회상〉의 다스름과 비슷합니다. 다스름은 조음(調音)이라고 하는데, 음을 조율한다는 뜻이죠. 기악 연주자는 악기의 줄이 맞는지를 살펴보고, 성악가는 목소리가 잘 준비됐는지를 살펴보는 겁니다. 그동안 청중은 마음을 정돈하는데, 서양음악으로 말하면 전주곡인 셈입니다."

인도 음악을 처음 듣는 은산으로서는 스피커에서 나오는 음악이 〈영산회상〉과 얼마나 비슷한지 감이 오지 않았다. 국악도 거의 들어본 적이 없는데 〈영산회상〉과 라가라는 인도 음악의 유사점을 은산이 알 리가 없었다. 전문가인 교수가 설명하니 그런가 보다 할 뿐이었다.

"알랍 다음으로는 느린 빌람빗, 마디야, 그리고 두르따로 이어집니다. 이건 〈영산회상〉의 상영산(上靈山), 중영산(中靈山), 그리고 도드리(換入)와 같은 구조입니다. 이처럼 세 곡이 한 틀을 이루는 것을 '세 틀 형식'이라고 하는데, 세종대왕이 작곡한 무용음악 〈봉래의(鳳來儀)〉라는 곡도 형식이 똑같습니다. 선율악기와 타악기의 조화라는 점에서도 흡사합니다. 한국 음악은 장구 반주로 하는데 인도 음악의 반주는 따블라나 빠까바즈라는 북을 사용하죠."

교수는 두꺼운 책에서 흑백사진 한 장을 꺼내 보여주었다. 깡마른 인도 남자가 어떤 타악기를 어깨에 두른 모습이었다.

"우리의 장구랑 흡사하죠? 장구가 인도에서 기원했다는 증거입니다. 12세기 중국 음악가 진양(陳陽)은 《악서(樂書)》라는 음악이론서에 장구와 흡사한 중동고(中銅鼓)를 그려놓고 이런 설명을 덧붙입니다. 중동고는 남만천축에서 나왔다(中銅鼓 出於南蠻天竺). 남만천축이 인도를 뜻하는 지명이란 건 알죠?"

교수는 두 손바닥으로 무릎을 치면서 장단을 맞추었다.

"덩 덕 쿵덕, 덩 덕 쿵덕. 자진모리 장단 기억합니까? 중고교 때 음악시간에 배운 거 기억해요? 이 자진모리 장단이 실은 인도의 장단이라 이겁니다. 인도의 고대연극 관련 문헌인 《나티야 사스트라》에 자진모리 장단이 소개되어 있습니다. 이 책은 기원전후 2세기 사이에 씌어진 책인데, 인도 고대연극에서 음악을 어떻게 사용했느냐 하는 걸 자세히 적어놓고 있습니다. 이건 비전공자한테 설명하기가 상당히 어려운데, 뭐 간단하게 말하자면 우리나라의 자진모리나 타령 장단이 인도 음악과 너무나 비슷하다는 겁니다. 아까 거문고 얘기를 했었죠? 인도에는 비나라는 악기가 있는데 생김새는 조금 다르지만 음높이를 조정하는 방법이라든가 연주할 때 줄을 이용하는 방법, 그리고 두 줄의 조율이 거문고와 같습니다."

얘기가 길어지면 더더욱 알아들을 수 없는 용어들이 나올 것 같아 은산은 적당한 지점에서 말을 끊기로 했다.

"그러니까 결론적으로 말하면, 우리나라의 전통음악이나 전통악기가 전부 인도에서 유래됐다는 말씀이시죠?"

"바로 그겁니다. 일부 중국에서 들어온 것도 있겠지만 대다수는 인도에서 유래했다고 보는 것이 정확할 겁니다."

교수는 방 안을 둘러보더니 현악기 하나를 집어 들었다.

"지금 비나는 없고 시타르가 있으니 한 곡조 들려주겠습니다. 시타르는 서양의 팝가수들도 많이 사용해서 낯이 익을 겁니다."

디리링, 교수는 가볍게 현을 어루만지더니 너무나 익숙한 곡조를 연주했다. 은산이 저도 모르게 그 곡조의 가사를 읊을 정도였다.

"새야, 새야, 파랑새야, 녹두밭에 앉지 마라, 녹두꽃이 떨어지면……. 인도 악기 시타르로 들으니까 상당히 이국적으로 들리네요."

"녹두장군 전봉준에 관한 노래입니다. 우리나라 국민이면 누구든 가사와 곡조를 흥얼거릴 수 있는 노래인데, 재미있는 건 인도 사람들도 누구나 이 노래를 흥얼거릴 수 있다는 것입니다. 인도의 자장가거든요."

"네?"

"동학농민운동을 벌인 이 나라의 백성이 인도의 자장가를 알 턱이 없습니다. 녹두장군 노래는 그냥 아무렇게나 흥얼거릴 수 있는 자연스러운 곡조일 뿐이지요. 자장가라는 것이 그렇게 자연스러운 곡조로 만들어집니다. 조선 사람과 인도 사람이 자연스럽게 흥얼거릴 수 있는 곡조가 일치한다는 건 음악적인 뿌리가 같지 않고서는 불가능하지요."

지니가 전진평 교수로부터 얻은 정보는 여기까지였다. 아니, 전진평 교수는 더 깊고 복잡한 전문적인 얘기도 했지만, 은산이 이해할 수 있는 것은 그 정도였다. 한국 음악은 인도에서 수입한 것이라는 얘기였다. 그렇지만 이 정도의 정보만으로는 지니의 죽음을 설명할 수 없었다.

"조각그림 맞추기로군."

은산은 교수의 방에서 나오며 이렇게 중얼거렸다. 이제 겨우 첫 조각 하나를 보았을 뿐이었다. 그것은 모든 조각을 다 맞추기 전에는 실체를 파악할 수 없는 거대한 그림의 조그만 한 조각이었다.

3_

지니의 메모장

"정말로 네가 죽인 게 아니란 말이지?"

"그렇다니까요. 저처럼 담 작은 놈이 어떻게 사람을 죽입니까?"

24시간 영업하는 커피숍의 가장 구석진 자리에서 주현상과 은산은 노트북을 펴놓고 구로장 살인사건에 대해 얘기를 나누었다. 주현상은 괜히 살인범을 숨겨줬다가 나중에 피해를 입을까봐 조바심이 났다. 그렇지 않아도 공문서를 위조하는 범죄로 잡힐까봐 마음을 졸이고 있는데 살인범을 숨겨줬다가 덤터기를 쓸까봐 겁이 난 것이다. 적어도 그런 점은 조폭답게 보이지 않았다. 조폭의 의리 따위는 드라마나 영화에 나오는 얘기일 뿐 사실은 그들도 배반을 밥 먹듯 한다는 것을 은산은 익히 알고 있었다. 그러나 은산은 주현상이 공문서 위조 범죄 때문에 자신을 신고하지 못하리라고 기대하고 있었다.

"경찰들에 관한 자료는 갖고 계시죠?"

은산은 형사로 보이는 자들이 자기를 납치하려 했다는 얘기도 해주었다. 그들이 어느 서에 소속된 경찰인지 궁금했다. 주현상이 조폭이라면 그런 자료는 갖고 있으리라 짐작했다.

"우리 조직에서 어린놈들 훈련시키려고 경찰들 사진을 갖고 있기는 한데, 여기에 없는 짭새도 제법 있어. 그러니까 여기 없다고 해서 가짜 경찰이라고 단정 짓기도 어렵지."

은산은 노트북 화면에 띄워진 경찰들의 얼굴을 유심히 살펴보았다.

"그런데 뭐 이렇게 어렵게 찾냐? 병원에 가면 환자기록이 있잖아."

"하지만 괜히 병원에 갔다가 잡힐까봐 그렇죠."

한참을 들여다보았지만 은산은 그 두 사람을 찾지 못했다.

"서울 말고 지방의 짭새들 사진은 없습니까?"

"우리 활동구역이 서울을 벗어나지 않으니까."

"가짜 형사였나?"

은산은 노트북을 들여다보다가 휠을 돌리던 손가락을 멈추었다.

"그놈이냐?"

굳은 인상에다가 머리도 짧아서, 저번에 은산의 바로 옆자리에 앉았던 형사와 비슷하게 생겼다. 사진으로 보면 바로 기억이 확 떠오를 줄 알았지만, 막상 비슷한 사진을 보게 되니 동일 인물인지 장담할 수 없었다. 하지만 그 사진이 가장 비슷하게 생겼다.

"수서경찰서 소속인 놈이 왜 구로에서 발생한 살인사건의 범인을 쫓는 거지?"

"어쨌든 또 다른 놈은 누군지 모르는 거네? 그 머리 길다는 놈."

"네, 나이가 좀 있어 보였는데, 그렇다고 스포츠머리를 한 자의 상사처럼 보이지도 않았거든요."

"이제 어떡할 거냐?"

"글쎄요. 일단은 수서경찰서 근처에서 죽치고 기다려봐야죠. 그놈이 정말로 수서경찰서에 근무하는 놈인지는 실제로 봐야 알 수 있으니까."

은산은 달리 할 일도 없고 해서 식은 커피를 마시면서 아무 생각 없이 웹서핑을 하고 있었다. 지난 뉴스를 클릭하다가 문득 떠오른 생각에 포털 검색창에 무언가를 열심히 타자했다.

"난 이제 가봐야 한다. 노트북 필요하면 빌려줄 수는 있다. 거저 달라고 하면 못 준다. 200만 원 짜리라서. 뭘 찾는데?"

"저번에요, 〈오마이갓뉴스〉에 특이한 뉴스가 떠서 화제가 된 적이 있어요. 노 대통령이 국정원을 방문했다가 거기 직원들이랑 기념사진 찍은 게 있는데, 생각 없는 기자가 그걸 그냥 기사화해버린 거예요. 국정원 직원은 외부에 사진이 드러나면 안 되는데 말이죠. 혹시나 싶어서 그 사진을 찾는 겁니다. 다 삭제했으려나?"

"야, 너 과대망상 아니냐? 치정살인에 왜 국정원이 나서겠냐?"

"이건 치정살인이 절대 아니라니까요. 어?"

뜻밖의 개인 블로그에서 그 사진을 발견할 수 있었다. 은산은 모자이크 처리가 안 된 그 사진을 보고 아랫입술을 깨물었다. 뒷줄 맨 왼쪽의 사내가 앞좌석에서 운전대를 잡았던 사람과 비슷하게 보였던 것이다.

"그 사람이냐?"

"닮았어요. 장담은 못 하겠는데, 헤어스타일이 좀 변해서. 하지만 닮았어요. 만약에 정말로 국정원 직원이 개입한 사건이라면 이건 단순한 살인사건이 아니에요."

"이런 제기랄."

주현상은 노트북의 전원을 끄고 탁자 위의 냅킨을 집어들고 키보드를 비롯해 노트북의 구석구석을 깨끗이 닦기 시작했다. 은산의 지문을 지우는 것이었다.

"뭐 하세요?"

"난 지금 잡히면 내 죄목만으로도 몇 년은 살거든. 네놈의 죄랑 엮이기 싫다. 예전에 뺑소니 당했을 때 빚진 건 분명히 다 갚았으니까 앞으로는 연락도 하지 마. 젠장, 보통 짭새도 아니고 국정원이라니, 씨발."

주현상은 노트북 컴퓨터를 들고 자리에서 일어나더니 커피 값을 계산하고는 인사도 없이 훌쩍 커피숍을 나가버렸다. 은산은 멍하니 주현상의 뒷모습을 지켜볼 뿐이었다.

은산은 맨손으로 얼굴을 벅벅 문지르고 한숨을 내쉬었다. 이게 무슨 꼴인가 싶었다. 항상 좆같다고 스스로에 대해 욕은 했지만 변변치 못한 직장이나마 다니고 있었고, 비록 남의 마누라라 하더라도 애인과 재미있게 지내고 있었는데 하룻밤 사이에 엄청난 일에 말려들어 도망 다니게 된 자신의 꼴이 한심했다. 변호사를 선임해 도움을 요청할까 생각하다가, 국정원 직원이 개입한 사건이라면 변호사가 돈만 받아 처먹고 그다지 큰 도움은 주지 못 할 것 같기도 했다.

커피숍 종업원이 바닥을 걸레질하며 청소하는 것을 보고 은산은 자리에서 일어났다. 오늘 밤에도 싸구려 여인숙에서 고단한 몸을 재워야 했다. 지니가 준비하던 논문의 정체를 파악하기 전에는 숨어있는 것이 신상에 좋으리라.

아침 여섯 시에 눈이 번쩍 떠진 은산은 우선 대중목욕탕으로 가서 샤워부터 했다. 맑은 정신으로 눈앞에 닥친 일을 하나하나 해치우기로 했다. 목욕탕에서 나온 은산은 그 앞의 식당에서 싸구려 백반을 시켜 먹은 다음에 수서경찰서로 향했다. 스포츠머리의 형사가 실제로 수서경찰서에 근무하는지를 확인해보고 싶었다. 주현상의 노트북에서 본 사람이 얼굴만 비슷한 다른 사람인지, 아니면 은산을 납치하려 한 바로 그 형사인지를 확인해보고 싶었다. 그런데 문제는 무엇보다 지니의 메모장에 적혀 있던 사람들의 이름이 생각나지 않아 지니의 논문을 추적할 수 없다는 것이었다.

수서경찰서 입구가 보이는 곳에서 은산은 백수처럼 멍하니 쭈그리고 앉아 지켜보기만 했다. 짙은 나무그늘 속에 있으면 쉽게 눈에 띄지는 않으리라 생각했다. 시선은 수서경찰서 입구에 두었지만 은산의 뇌세포는 모텔에서 보았던 지니의 메모장을 자꾸만 되새김질했다. 그 메모장에 적힌 인물들의 이름이라도 다 기억해내야만 지니의 논문을 추적할 수 있었다. 전진평 교수의 이름 밑에는 어떤 이름이 있었을까? 분명 역사분야가 아닌 다른 분야에 속하는 뜻밖의 인물이 하나 있었다. 의대였던 것으로 기억하는데 어느 의대였을까? 은산은 의대가 있는 대학들의 이름을 떠올리며 줄줄이 소리 내어 발음해 보았다.

"서울에 있는 의대는 아니었어. 순천향의대, 관동의대, 충남의대, 조선의대……, 다 아닌데. 히읗이 들어간 것 같기도 하고. 그럼 한양의대, 한림의대……, 한림? 한림의대라, 한림의대 누구였지?"

수서경찰서 입구를 노려보듯 쳐다보던 은산이 엉거주춤 일어났다. 오른팔에 깁스를 한 짧은 머리의 남자가 들어가는 것이 보였다. 입구를 지키던 경찰이 그 사복 차림의 남자에게 인사를 했다. 여전히 확신은 할 수 없었지만, 은산의 오른손에 수갑을 채우려던 그 남자와 무척 닮았다. 게다가 그때의 교통사고로 오른팔이 다친 것으로 추측되니 그 사람일 확률이 더욱 높았다. 그렇다면 또 다른 한 사람이 국정원 직원일 가능성도 덩

달아 높아지는 셈이었다. 관할지역도 아닌 곳에서 일어난 사건에 나선 형사에, 영문도 알 수 없는 국정원 직원까지, 은산은 입 안에 독극물이라도 털어 넣은 듯 씁쓸했다. 지니가 알아냈던 것을 은산도 하루 빨리 알아내야 했다. 그 논문의 진실만이 자신을 구원해줄 것 같았다.

"강원도로 가야 하나?"

한림의대가 춘천에 있으니 강원도로 가봐야 했지만 누군지도 모르고 무작정 갈 수도 없었다. 은산은 슬금슬금 자리를 피해 수서경찰서를 벗어나서 PC방을 찾아 들어갔다.

검색창에 한림의대를 타자하고 줄줄이 나열되는 검색결과를 바라보았다. 일단은 한림의대 홈페이지에 들어가보았다. 교수진에 대한 소개가 있는 웹페이지로 들어가서 교수진의 이름을 훑어보았다. 여러 명의 교수들 중에서 누가 지니와 연관이 있는 사람인지 기억이 나지 않았다. 한참을 멍하니 교수진의 사진을 보다가 은산은 다시 검색결과를 살펴보았다. 한림의대 교수 가운데 언론에 나올 정도로 유명한 업적을 이룬 사람이 있나 검색했다.

"고종일 교수?"

뉴스 웹페이지 검색 중에 한림의대 고종일 교수가 눈에 띄었다. 한국유전체학회에서 주목할 만한 논문을 발표했는데, 가야시대 왕족 유골의 유전자를 분석하다가 인도인과 흡사한 DNA를 발견했다는 것이다.

"또 인도네. 인도 음악이 한국의 전통음악에 영향을 주었다더니 이제는 가야 귀족이 인도인이다?"

은산은 웹페이지에 있는 전화번호를 옮겨 적은 다음에 아르바이트생한테 전화 좀 써도 되냐고 물었다.

"공중전화는 저쪽에 있는데요."

"전화비 줄 테니까 전화 좀 씁시다. 국제전화도 아니고 그저 강원도에 걸 전화라고."

은산은 오천 원을 쥐어주고 나서 겨우 전화를 쓸 수 있었다.

"여보세요, 한림의대죠? 고종일 교수님과 통화 가능할까요? …… 네, 여기 서울 구로경찰서인데 살인사건과 관련해 알아볼 게 있어 전화 드렸습니다. …… 지금 강의 중이시라고요? 수업이 언제쯤 끝납니까? …… 휴대전화 번호 좀 알려주십시오. …… 네, 감사합니다."

구로경찰서라니까 아르바이트생은 이상한 눈으로 은산을 쳐다봤다.

"이따가 한 통화만 더 합시다. 방금 한 통화는 천 원도 안 될 테니까."

자리로 돌아온 은산은 그 교수의 수업이 끝나기를 기다리며 웹서핑을 했다. 일단은 지니의 남편 김민세에 관한 뉴스부터 검색했다. 김민세가 방송의 연예물에 워낙 자주 출연하는 인물이라서 그런지 연예계 뉴스 쪽에서도 그에 관한 뉴스가 제법 많이 검색됐다. 다행히도 그와 관련된 뉴스에 고은산의 이름이나 사진은 뜨지 않았다. 경찰이 유력한 용의자인 고모 씨를 추적 중이라는 게 전부였다. 그리고 김민세가 심경을 고백했다거나 아내 장례로 선거유세를 멈추었다는 정도가 가장 최근의 뉴스였다.

은산은 모자이크 처리된 지니의 사진을 보고 눈물이 핑 돌았다. TV 아침방송에 부부가 나란히 나왔던 예전 자료화면에서 김민세의 얼굴은 그대로 두고 지니만 모자이크 처리한 사진이었다. 누가 지니를 죽인 건지, 은산이야말로 진범을 꼭 잡고 싶었다. 지니를 죽인 놈을 잡을 수만 있다면 간통 혐의로는 기꺼이 감옥에 가줄 수 있었다. 그놈을 지니가 당했듯이 과도로 난자해주고 싶었다. 은산은 입술을 지그시 깨물었다. 지금은 냉정해야 한다. 지니가 찾으려던 진실에 나도 접근해야 하니까.

30분이 지나자 은산은 카운터로 가서 고종일 교수의 휴대전화로 전화를 걸었다. 라면국물 통에 버린 휴대전화가 아쉬워지는 순간이었다.

"여보세요, 고종일 교수 되십니까? 여긴 서울 구로경찰섭니다. 혹시 황지니 씨라고 기억하십니까? …… 네, 서울시장 후보 부인이죠. 뉴스를 봐서 아시겠지만, 이번 살인사건으로 관련이 있는 분들께 정보를 얻을 수 있을까 해서 전화를 해보고 있습니다. 일전에 황지니 씨와 연락을 취하신 적 있죠?"

"아, 네, 두 달 전인가, 논문에 필요한 자료 때문에 춘천까지 직접 찾아와서 나를 만난 적이 있습니다. 하지만 그건 가야 왕족에 대한 유전자 조사 결과였으니, 그게 이번 살인사건과 무슨 연관이 있으리라고는 생각할 수 없는데요. …… 전문적인 내용이라 조금 어렵지만 가능한 한 쉽게 설명해드리죠. 뭐부터 설명해야 하나, 아, 음……, DNA 고고학이라고 들어 보셨나 모르겠는데, 1984년에 미국 캘리포니아대학의 앨런 윌슨이 죽은 유기체에서 DNA가 보존될 수 있다는 점을 처음으로 입증했고 그게 DNA 고고학이 출발하는 계기가 됐습니다. DNA 고고학은 인류의 기원을 찾고 족보를 만드는 데 결정적인 증거를 제공합니다. DNA 고고학에서 사용되는 재료는 세포의 핵 안에 스물 세 쌍의 염색체 형태로 존재하는 유전자와 핵 바깥에 있는 미토콘드리아 유전자입니다. 하지만 DNA가 손상됐거나 온전하게 보존된 DNA의 양이 부족해서 실험을 수행하기가 힘든 경우가 대부분입니다."

고종일 교수의 설명을 들으며 은산은 저도 모르게 끙 하고 신음소리를 냈다. 지난번 전진평 교수의 음악분야 설명도 알아듣기 힘들었는데 이공계 쪽은 더더욱 모르는 분야이니 당연했다. 역사학과 출신인 지니는 이걸 다 이해했단 말인가.

"비교적 유용한 방법이 미토콘드리아 유전자를 이용하는 것입니다.

미토콘드리아는 세포의 활동에 필요한 에너지를 생산하는 장소인데요, 소량이지만 서른일곱 개의 유전자를 갖고 있습니다. 흥미로운 건, 미토콘드리아의 유전자는 99.9퍼센트 이상이 모계를 통해서만 전달된다는 겁니다. 왜냐하면 정자의 미토콘드리아는 그 머리에 들어있지 않고 꼬리에 들어있거든요. 정자가 난자와 수정되는 순간 그 꼬리에 있는 미토콘드리아가 퇴화되어 결국 수정란에는 정자의 미토콘드리아는 하나도 없고 난자의 미토콘드리아만 남아있게 됩니다. 바로 이러한 점을 이용해서 미토콘드리아 유전자를 조사해보면 모계의 조상을 알아낼 수 있게 됩니다. 즉 외가 쪽으로만 이어지는 유전적인 족보를 얻게 되는 셈입니다."

통화가 조금 길어지니까 아르바이트생이 귀찮다는 눈빛으로 은산을 째려보았다.

"《삼국유사》를 보면 허 황후는 인도 아유타 국의 공주인데 배를 타고 대가야국에 와서 왕비가 되고 김해 허 씨의 시조가 됐다고 합니다. 이번에 저는 서울의대 서정신 교수와 함께 허 황후의 후손으로 추정되는 김해 예안리 고분 등의 왕족 유골을 대상으로 미토콘드리아 DNA를 분석해봤습니다. 김해 예안리 고분의 유골은 약 이천 년 전 가야 왕족의 것으로 추정되는데 DNA 분석 결과가 인도 사람의 DNA 염기서열과 비슷했습니다. 여태까지 우리 민족의 기원은 북방 유목민족으로 알려져 있었는데, 북방 단일기원설 대신 남북방계가 합쳐졌다고 보는 이중기원설이 힘을 얻게 된 겁니다. 결론은, 삼국유사에 근거한 전설이 단순한 전설이 아니고, 실제로 허 황후가 인도 출신이었음을 보여주는 과학적 증거를 얻었다는 것입니다."

"지금 말씀하신 것이 황지니 씨와 만나 얘기한 것의 전부입니까? 뭐, 이를테면 우리나라의 전통악기에 대한 얘기는 없었던가요?"

"전통악기요? 저는 의대 교수라서 국악에 관한 건 전혀 모릅니다. 두어 달 전에 황지니 씨와 나눈 얘기는 허 황후의 유전자에 관한 얘기가 전부입니다. 학술적인 얘기만 하고 바로 돌아갔습니다."

"음, 알았습니다. 시간 내주셔서 감사합니다."

은산은 전화를 끊고 자리로 돌아왔다. 한국의 핏줄이나 문화가 인도에서 비롯된 것일 수 있다는 게 과연 목숨이 위험해지게 할 만한 일인가 싶었다. 인도의 다른 무언가를 추적하다가 일반인이 알아서는 안 될 기밀을 알아낸 것이 아닐까?

"한국에는 없지만 인도에는 있는 것이라면…… 핵무기? 아니지 아니야, 비약이 심해."

은산은 중얼거리며 다시금 생각에 잠겼다. 핵은 현대의 문제다. 한국도 군사정권 때 핵을 가지려고 했지만 실패했던 것으로 봐도 한국 사람이 핵에 관심을 갖는 것은 강대국에서 보면 껄끄러운 일이겠지만, 역사학과 출신인 지니가 그걸 추적했을 리는 없었다. 더더군다나 고대의 인도와 현대의 핵과는 아무 연관도 없었다.

은산은 검색창에 '인도'만 달랑 치고 검색을 시작했다. 각종 정보가 쏟아져 나왔다. 이것들 가운데 어떤 것인가는 지니가 관심을 가졌던 것일 텐데 그게 무얼까? 게다가 그것은 고대와 연관이 있는 것일 터였다. 눈이 뻑뻑해지도록 모니터를 들여다보았지만 은산은 아무 힌트도 얻지 못했다. 지니의 메모장에 적혀 있던 내용도 더 이상은 생각나는 것이 없었다.

'이메일?'

은산은 의자에서 일어나려다가 다시 주저앉았다. 생각해 보니 그 메모장에 누군가의 이메일 주소가 적혀 있었다. 지니가 주고받은 이메일을 이제라도 해킹할 수만 있다면 지니가 만났던 사람들에 대한 정보를 입수할 수도 있을 것 같았다.

은산은 이메일을 해킹할 수 있는 방법을 찾기 위해 열심히 인터넷을 뒤졌다. 한 시간가량 인터넷을 뒤지던 은산은 이메일 비밀번호를 해킹할 수 있는 트로이목마 프로그램을 하나 찾을 수 있었다. 하지만 치명적인 문제점이 있었다. 상대방이 첨부파일을 클릭하기 전에는 트로이목마 프로그램을 깔 수가 없었다. 지니는 이미 죽었으니 누가 지니의 이메일을 볼 것인가. 혹 지니를 죽인 자들이 지니의 이메일 암호까지 알고 있다 하더라도 자기들한테 불리한 이메일은 다 지웠을 터였다. 은산의 카드까지 단번에 정지시킨 그들이 이메일이라고 손을 안 썼을까.

은산은 모니터를 내내 쳐다보고 있으려니 온몸이 뻐근하고 눈이 뻑뻑했다. 집에 가서 푹 쉬고 싶었지만 괜히 집에 갔다가는 잡힐 것이 분명했다. 휴대전화도 없고 차도 없는데 이젠 집도 없는 셈 치고 살아야 했다.

'직장에 전화를 해볼까? 친구들한테 전화를 해볼까? 내가 전화를 걸기를 기다리고 있다가 내 전화가 오면 곧바로 나를 추적할 놈이 있는 건 아닐까?'

혼자 살아온 은산은 딱히 전화할 데가 없었다. 부모님은 두 분 다 몇 년 전에 이미 돌아가셨고, 큰형님과는 사이가 안 좋아 명절 때 외에는 보지도 않는 사이였다. 작은누나는 캐나다로 이민 갔는데 역시 명절이나 부모님 제사 때나 보곤 했다. 은산은 외톨이였다. 지니가 죽은 지금은 더더욱 그러했다.

은산은 자리에서 일어났다가 다시 주저앉았다. PC방을 나선다면 그 다음에는 갈 데가 없었다. 무엇보다 지금은 지니의 논문을 뒤쫓는 게 중요했다. 하지만 기억이 나지 않는 걸 어쩌라고? '기억을 되살리는 방법'이라고 검색창에 써보았다. 그다지 많은 답변이 나오지 않았다. 최면술이

유일한 방법 같았다.

은산은 인터넷을 다시 검색해서 최면술을 시술할 만한 곳을 찾았다. 최면술을 통해 심리치료를 한다는 곳이 몇 군데 검색됐다. 거리상 가장 가까운 곳을 골라 약도와 전화번호를 메모한 후 PC방을 나왔다.

지하철을 한 번 타고 역에서 내리자마자 택시를 잡아탔다. 은산은 인터넷으로 검색한 '심리치료 최면 아카데미'에 도착했다. 보통의 상가건물에 있었는데 들어가 보니 정신과 병원 같은 느낌이었다. 예쁘장하기는 한데 아이섀도가 초록빛이어서 눈에 멍이 든 것 같은 착각을 불러일으키는 안내원이 은산을 맞이했다.

"처음 오셨나요? 예약손님이십니까?"

"처음 왔고요. 기억을 되살리고 싶어서 찾아왔습니다. 인터넷을 보니까 최면으로 잊은 기억도 되찾게 해준다고 해서 왔는데요."

"아주 오래전의 기억인가요, 비교적 근래의 기억인가요?"

"일주일도 안 됐어요."

"잠깐만 앉아서 기다려주세요. 원장님은 예약손님과 상담 중이시니 다른 심리치료사와 상담하시는 건 어떠세요?"

"기억만 살릴 수 있다면 누구라도 상관없습니다."

내부 인테리어는 여느 병원과 다를 바가 없었다. 벽에 걸린 액자에 원장이 TV에 출연한 모습의 사진이 들어 있었다. 그 사진 속의 얼굴을 보니 낯이 좀 익었다. 유명 개그맨도 옆에 보이는 그 사진은 무슨 상장처럼 모셔져 있었다.

실내에는 뉴에이지 명상음악이 잔잔하게 흐르고 있었다. 이따금 전자기타 소리도 나는 것으로 보아 사이키델릭 록 같기도 했다. 화장실 가는 쪽의 복도에는 살바도르 달리의 그림이 걸려 있어서 저걸 보고 나서 편하게 용변을 볼 수 있을까 하는 생각도 들었다. 몽환적인 느낌을 주려고 애쓴 흔적이 여기저기 보였다.

고3으로 보이는 학생이 엄마와 같이 어느 방에서 나왔고, 은산은 그 방으로 들어갔다. 커튼으로 창문을 다 가려놓아 안은 어두웠고, 편안히 누울 수 있는 긴 의자 옆에 얌전하게 생긴 남자가 앉아 있었다. 은산이 그 긴 의자에 앉자 얌전한 남자는 간호원이 건네준 차트를 보고 잠시 생각에 잠겼다가 입을 열었다.

"며칠 전의 기억을 되살리고 싶다고요?"

"네. 실은 애인이랑 모텔에 갔는데, 거기서 애인이 무슨 메모장 같은 걸 보여줬거든요. 그 메모장에 적힌 내용이 상당히 중요한 건데 기억이 안 나서 그럽니다. 그 메모장에 적힌 내용 전부를 기억해낼 수 있을까요?"

"가능합니다. 하지만 그 당시 메모에 적힌 내용을 가벼이 흘려봤다면 다시 기억해내려고 해도 온전히 기억해내기는 어려울 겁니다. 최면술 시술 중에 말씀하시는 내용을 제가 기록해도 되겠지요? 그 메모의 내용이 대강 어떤 겁니까?"

"음, 주로 대학교수 이름과 전화번호였던 걸로 기억합니다. 이메일 주소도 있었고, 일본 사람 이름도 있었습니다. 가능하다면 모두 다 기억해내야 합니다."

은산은 메모지에 장소와 시간을 구체적으로 적었지만 같이 있었던 여자의 이름은 '진이'라고만 적었다. 그 남자의 눈치를 슬쩍 봤지만 자기가 메모지에 적은 것만으로는 살인사건을 연상하지 못한 모양이었다.

살짝 미소를 지은 그 남자는 긴 의자 머리맡의 불빛마저 약하게 한 후 CD플레이어의 음악을 틀었다. 느린 심장박동 비슷한 소리가 들려오더니 몽환적인 신시사이저 음악이 흘러나왔다. 잔잔한 파도 소리가 들려왔다.

"눈을 감고 숨을 깊게 들이마십니다. 눈을 감고 숨을 깊이 들이마십니다. 숨을 길게 내쉬며 온몸의 긴장을 풉니다. 팔다리와 온몸의 근육을 풀어줍니다. 자신의 호흡에만 마음을 집중하고 숨을 깊이 들이쉬고 내쉽니다. 규칙적으로 고르게 호흡하면서 긴장을 풉니다."

편안한 음악이 흘러나왔지만 은산의 긴장은 풀어지지 않았다. 꼭 기억을 되살려 메모장에 적혀 있었던 내용을 알아내야겠다는 의지가 너무나 강해 쉽게 최면에 들 수 없었다. 최면술사도 은산이 몹시 긴장하고 있음을 알아채고 어깨를 주물러주는 등 은산을 이완시키려고 애를 썼다.

"숨을 내쉴 때마다 몸 안의 긴장과 불안이 모두 밀려 나가고, 숨을 들이쉴 때마다 주위의 평화와 안정이 당신을 가득 채웁니다. 이제는 온몸의 근육을 하나하나 풀어줍니다. 목과 어깨의 근육을 모두 풀어줍니다. 숨을 쉴 때마다 당신의 몸과 마음은 더 깊은 휴식 속으로 들어갑니다. 가슴과 등의 근육을 모두 풀어주십시오. 양팔의 긴장이 풀리며 그 편안한 이완이 두 손 끝까지 퍼집니다. 발가락 끝까지 모든 근육의 긴장이 풀어집니다. 당신은 이제 온몸의 긴장이 풀려 완전한 휴식 속에 잠겼습니다."

은산의 고개가 살짝 밑으로 처지며 숨소리가 가늘고 깊어졌다. 최면술사는 은산의 상태를 유심히 살핀 다음 더 깊은 최면으로 인도했다.

"내 목소리에 집중하십시오. 잠시 후 스물에서 하나까지 거꾸로 세겠습니다. 하나씩 셀 때마다 이완과 휴식은 더욱 깊어져, 마지막 하나를 세면 당신은 아주 깊은 이완상태에 들어갑니다."

은산이 깊은 최면의 상태로 들어가자 최면술사는 은산이 적어준 것을 보고 은산이 원하는 과거로 돌아가게 해주었다.

"당신의 애인은 지금 어디 있습니까?"

"샤워를…… 욕실에서 샤워를 하고 있어요."

입술 끝만 살짝 움직여서 하는 말이라 알아듣기가 어려웠다. 최면술사는 은산의 입가에 귀를 바투 대고 은산이 하는 말을 주의 깊게 들었다.

"당신이 원하는 그 메모장은 어디 있나요?"

"테이블 위에…… 있어요."

"당신은 그 테이블에 천천히 다가갑니다. 손을 뻗어 메모장을 집어 듭니다. 당신의 눈앞에 메모장의 내용이 확연하게 들어옵니다. 메모장에 무엇이 적혀있죠?"

"사람들, …… 이름, 전화번호, 이메일."

"자, 이제 천천히 그 메모장에 적힌 것을 읽어 내려갑니다. 또박또박 소리 내어 메모장의 내용을 읽어 내려갑니다."

은산이 중얼중얼 메모장의 내용을 읊는 동안 최면술사는 신속히 그걸 받아 적었다. 몇몇 부분에서는 막혔지만 최면술사가 부드러운 목소리로 독려하자 은산은 용케 기억해내고 이름을 불러내려갔다.

"이제는 돌아갈 시간입니다. 하나에서 다섯까지 천천히 세겠습니다. 다섯을 세면 당신은 모든 것을 기억해낸 채 깨어나게 됩니다. 몸과 마음이 상쾌하고 새로운 활력이 넘칠 것입니다. 오늘 본 영상이나 갖게 된 느낌은 시간이 흐를수록 더 또렷해질 것입니다. 하나, 상쾌합니다. 둘, 가벼워집니다. 셋, 더 가벼워집니다. 넷, 머리가 맑아집니다. 다섯, 눈을 뜨고 활짝 깨어납니다."

은산은 눈을 뜨자마자 최면술사와 눈이 마주쳤다. 기분이 상쾌하고 머리는 맑았지만 약간의 불안감이 없잖아 있었다. 최면술사한테 수상하게 여겨질 것까지 발설한 건 아니겠지? 방금 시술된 최면술로 은산은 메모장에서 봤던 내용을 거의 다 기억해낼 수 있었다. 최면술사가 메모지에 적어놓았지만 굳이 그게 필요하지 않을 정도였다. 그러나 은산은 냉큼 그 메모지부터 챙겼다.

"원하는 걸 얻으셨습니까?"

"네."

최면술사가 뭔가 더 말해주려 했지만, 은산은 빨리 여기를 벗어나고 싶었다. 주의사항이나 광고 따위는 듣고 싶지 않았다. 지니가 좇던 걸 이제는 은산도 좇을 수 있게 됐다. 아쉬운 게 있다면, 지니의 메모는 여러 장이었던 걸로 기억하는데 은산이 본 건 오로지 맨 위 한 장뿐이었다는 것이었다. 그때 그 뒤의 메모까지 다 훑어봤더라면 지금 얼마나 손쉽게 그 논문의 주제와 내용에 다가갈 수 있을까를 생각하니 무척 아쉬웠다.

은산의 지갑은 다시 가벼워졌다. 생각보다 상담치료비가 꽤 비쌌다. 은산은 근처 은행에서 돈을 찾은 후 이제 누구부터 찾아가 조사를 할지를 결정해야 했다.

"일단은 동국대."

동국대 사학과 교수 윤영철부터 만나보기로 했다. 지니와 같은 사학과니까 어쩌면 짐작한 것보다 더 많은 걸 알 수도 있겠다는 생각이 들었다.

동국대로 가기 위해 지하철역으로 간 은산은 공중전화 박스에서 주현상에게 전화부터 걸었다. 위조 면허증과 위조 주민증이 필요했다. 하지만 오 분 동안 전화기에 매달렸어도 주현상은 전화를 받지 않았다. 공중전화라서 발신자 번호가 안 떠서 그런가.

4_

브라만교

지하철을 타고 동대입구역에서 내린 은산은 식당부터 찾았다. 인테리어가 깔끔해 보이는 식당에 들어간 은산은 음식을 시켜놓고 주위의 테이블을 둘러보았다. 오후 3시 무렵이라서 손님이 적을 줄 알았는데 늦은 점심을 먹는 사람들이 제법 있었다. 대부분 젊은 커플이었는데 은산의 눈에 띄는 한 남자가 있었다. 곱슬머리에 얼굴이 까무잡잡해서 동남아 사람인가 싶었고, 도수 높은 안경 너머로 눈빛이 번득이는 것이 무슨 탐정 같기도 했다. 입에 숟가락을 넣을 때도 그의 눈은 밥상에 같이 놓인 두툼한 책에 집중되어 있었다. 은산은 그가 동국대에 온 외국인 초빙교수나 교환교수일 거라 생각했다.

"주문하신 음식 나왔습니다."

은산이 허겁지겁 허기진 배를 채우는데 갑자기 음식점 문이 벌컥 열리며 웬 아가씨가 소리쳤다.

"윤영철 교수님, 한참 찾았잖아요!"

그 아가씨는 윤영철 교수에게 두꺼운 책을 건네주고는 꾸벅 인사를 하고 나갔다.

'저 외국인처럼 생긴 사람이 바로 내가 찾던 사람인가!'

은산은 후다닥 식사를 마치고 계산을 한 후 윤영철 교수에게 다가갔다. 그 교수도 막 식사를 끝내고 계산을 마친 뒤였다.

"윤영철 교수님 되십니까?"

"네, 그렇습니다만, 누구신지?"

은산은 순간적으로 경찰이라 해야 할지 기자라고 해야 할지 망설였다. 또 경쟁사 이름을 팔아야겠구나.

"〈사건과 진실〉이라는 주간지 기자입니다. 황지니 씨라고 아시죠?"

지니의 이름이 나오자 교수의 인상이 굳어졌다. 게다가 주간지 기자라고 하니 더욱 불편해 하는 인상이었다.

"지금 제가 급히 수원에 가야 하거든요. 저녁에 야간강의가 있어서 지금 시간이 별로 없습니다."

은산은 경찰이라고 할 걸 괜히 기자라고 했나 보다고 후회하면서도 진득하게 달라붙었다.

"황지니 씨의 논문에 대해 궁금해서 그렇습니다. 교수님께서는 분명 황지니 씨와 만나 그 논문에 대해 의견을 주고받지 않으셨습니까?"

교수는 주차장으로 발걸음을 옮기며 대답했다.

"기자가 그 논문에 대해 왜 궁금해 합니까? 그건 단순한 사학 관련 논문인데요."

"그 논문이 지워졌습니다. 그리고 경찰도 그 논문에 대해 함구합니다. 그래서 교수님을 찾아왔습니다."

은산이 적당히 둘러대자 교수는 관심을 조금 보였다.

"논문이 지워지다니 그게 무슨 말입니까? 게다가 경찰이 함구를 하다니요?"

"기자라서 황지니 씨의 뒤를 캐고 다녔는데, 그가 어떤 논문을 준비 중이라는 걸 알아냈습니다. 그런데 그의 데스크톱도 그렇고 노트북도 그렇고 논문이 삭제된 겁니다. 경찰에 물어보니 자기들은 전혀 모르는 일이라고 발뺌을 하더군요. 그래서 더욱 호기심을 갖게 된 겁니다."

"기자들이 이제는 개인의 컴퓨터까지 뒤집니까?"

교수의 힐책하는 눈빛에 은산은 식은땀을 흘렸다.

"황지니 씨가 날 찾아온 건 내가 바닷길에 대해 연구하는 사람이라 자문을 구하러 온 것이지 별다른 이유는 없습니다. 댁이 기자라면 내가 어떤 연구를 하는지 알고는 온 겁니까?"

은산은 이제 얼굴까지 붉어졌다.

"난 직접 뗏목이나 작은 배를 이용하며 고대 해상항로를 조사하고 있습니다. 바닷길을 통해 한반도에 여러 문화가 유입됐다는 걸 증명해 보이고 있죠. 황지니 씨는 그중 인도의 문화가 한반도에 직접 들어 올 수 있었는가를 물었습니다."

'또 인도? 대체 인도에 뭐가 있다는 거지?'

은산이 궁금증이 넘치는 얼굴로 교수를 바라보자 교수는 주차장에 세워놓은 차의 문을 열고 타라고 했다. 조수석에 탄 은산은 뒷좌석에 놓인 몇 권의 책을 유심히 살폈다. 사학과 교수라지만 항로를 연구하는 사람이라서 그런지 지도부터 눈에 띄었다.

"교수님은 황지니 씨가 연구하는 논문의 주제가 뭐였는지 아십니까?"

"정확히는 모르겠고, 그냥 나랑 비슷하게 한반도에 유입된 외래문화에 대해 연구하는 게 아닌가 싶던데요."

“저도 황지니 씨의 뒤를 쫓으며 두 가지는 알게 됐습니다. 우리의 전통 악기나 장단이 인도에서 왔다는 것과, 가야 왕족 유골의 유전자를 분석해 보니까 진짜로 인도인의 DNA랑 비슷하더라 하는 정도요. 그런데 그 머나먼 인도에서 실제로 한반도까지 배를 타고 올 수 있었다는 겁니까?”

“황지니 씨가 궁금해 한 것도 그거였고, 그래서 나를 찾아왔어요. 국내 사학계에서 항로를 연구하는 사람은 내가 유일하니까요. 고구려에 불교를 전해준 사람은 전진의 승려 순도였습니다. 공식적인 기록으로는 그렇죠. 백제에 불교를 전해준 사람은 동진의 승려 마라난타인데 핏줄로 보면 인도 사람이었다고 합니다. 신라에 불교를 전해주었다는 아도화상 또한 인도 사람이었다고 알려져 있습니다. 하지만 이건 어디까지나 공식적인 기록이 그렇다는 겁니다. 민간에 전해오는 이야기에는 그보다 앞서 불교가 전래된 흔적이 있습니다. 바로 가야의 김수로 왕과 결혼한 허황옥입니다. 허황옥이 타고 온 배에 파사석탑이 실려 있었는데 그것으로 보아 불교도 같이 들어온 것으로 보입니다. 게다가 김수로 왕과 허황옥 사이의 자식들 중 일곱 왕자는 출가를 해서 승려가 됐을 정도니까요. 물론 민간 속설이기 때문에 후대에 첨삭됐을 가능성도 높긴 하지요. 하지만 천주교가 유입된 과정을 보더라도 불교가 공식적인 루트로 들어오기에 앞서 한반도에 들어왔을 가능성은 충분히 있습니다. 천주교는 공식적으로는 18세기 말엽에 이르러서야 들어왔다고 하지만 이미 그 전인 17세기 중엽부터 한반도에 퍼지기 시작했으니까요.”

은산이 기자라고 하니 경계하던 그가 학문적인 내용을 설명하면서부터는 교수 본래의 모습으로 돌아와 은산을 마치 제자 대하듯 했다. 교수는 은산에게 지도를 펴서 보여주면서 설명을 계속했다.

“신라의 대표적인 승려였던 혜초는 804년에 당나라로 갔다가 다시 바닷길을 통해 다섯 천축국을 돌아본 후 당나라에서 입적했습니다. 지금 지명으로 말하면, 마카오를 거쳐 인도네시아의 팔렘방과 잠비를 본 뒤에 인도의 탐룩에 상륙해서 네팔을 거쳐 인도를 둘러본 후 아프가니스탄과 러시아를 지나 중국으로 돌아온 겁니다. 지금도 이렇게 배낭여행을 한다면 사람들이 말리겠지만 불가능한 것은 아니잖습니까? 옛날에는 종교적 신념이 이것을 가능하게 해주었을 것입니다. 그렇다고 혜초가 그런 여행을 신앙심만으로 한 것은 아닙니다. 옛날에도 그런 여행이 가능할 정도로 조선술이나 항해술이 발전했던 것입니다."

"즉 혜초와 반대로 항해를 했다면 인도에서 한반도로 오는 것도 불가능한 건 아니었다, 이런 말씀이시죠?"

"해류와 대륙풍을 이용하면 생각보다 빨리 인도에서 한반도까지 이동할 수 있습니다. 다만 허황옥에 관한 이야기는 나보다는 다른 교수의 견해를 알아보는 것이 나을 겁니다. 한양대 문화인류학과 교수이신 김병목 교수님을 찾아가 보십시오. 그분이 허황옥에 관한 한 국내에서 최고의 권위자시니까요."

김병목은 지니의 메모장에서 보지 못한 이름이었다. 하지만 그 메모장 중 은산이 훑어보지 못한 부분에 그 이름이 있었을지도 모른다.

"감사합니다."

윤영철 교수가 차를 몰아 주차장을 벗어나자 은산은 차에서 내려 공중전화 박스로 가서 주현상에게 전화를 걸었다. 음성사서함으로 넘어가기를 수차례, 드디어 주현상이 전화를 받았다.

"형님, 접니다, 고은산. …… 아, 끊지 마시고 제 부탁 좀 들어주세요. 운전면허증과 주민등록증 새로 만들어주세요. 가격은 잘 쳐서 드릴게요. 이왕이면 대포차도 하나 알아봐주세요. …… 다음부터는 형님 귀찮게 하지 않을 테니 제발요. …… 네, 이따가 아홉 시에, 네, …… 저번에 말씀해 주신 그 호텔요? 알았습니다."

은산은 수화기를 내려놓고 한숨을 내쉬었다. 주현상은 9시에 보기로 했으니 시간이 넉넉하게 남아 있었다. 김병목 교수를 지금 만나볼까 했지만 저녁시간에 낯선 사람을 쉬이 만나줄 것 같지 않았다. 일단은 거처를 정해야 했다. 사건이 터진 후 사흘 동안 옷도 갈아입지 못해 찜찜했다. 목욕이야 했지만 집에 돌아갈 수 없으니 사흘 동안 속옷도 갈아입지 못했다.

'아무 모텔이나 잡아서 달방을 얻을까?'

하지만 도망 다니는 중이라서 거처를 한 군데로 정하는 건 위험부담이 있었다. 그렇다고 매일 숙소를 변경하며 돌아다니는 것도 피곤한 일이었다.

뭐부터 할까, 주위를 둘러보며 망설이다가 은산은 눈에 띈 가방가게에 들어가 비교적 작은 여행용 가방을 하나 샀다. 속옷이라도 갖고 다니려면 가방이 필요했다.

가방을 산 후에는 편의점에 들러 속옷 두어 벌을 샀다. 당장 화장실이라도 찾아 들어가 속옷을 갈아입고 싶었지만 사야 할 게 몇 가지 더 있었다. 속옷에 세면도구까지 산 은산은 길을 걷다가 바닥에 굴러다니는 전단지를 주워들었다. '폐업, 마지막 세일!' 옷도 두어 벌 필요했다. 양복 하나에 캐주얼도 필요했다. 집에 들어갈 수 없으니 옷을 안 살 수가 없었다.

은산은 택시를 잡아타고 전단지가 광고하는 곳에 갔다. 택시에서 내리자마자 아줌마들이 줄줄이 들어가고 있는 그 점포에 들어가 몸싸움하듯 옷을 골랐다. 산 옷들을 주름이 안 지게 잘 접어 여행용 가방에 넣었다. 점포에서 나오니 어느덧 해가 져서 깜깜했다. 이제 주현상을 만나러 가면 시간이 딱 맞을 것 같았다.

지옥철과 만원버스를 번갈아 타며 주현상이 일러준 호텔로 갔다. 말이 호텔이지 모텔보다 조금 나은 수준이었다. 조폭이 운영하는 호텔이라서 그런지 입구에 한 덩치 하는 놈들이 서 있는 게 눈에 띄었지만 전에 없이 그들이 친근하게 보였다. 쫓기는 몸이라서 그런지 교통경찰조차 꺼려지던 참이었다.

"일찍 오셨네요."

여덟 시 반밖에 안됐지만 주현상은 벌써 와서 호텔 커피숍에서 예의 그 파이프담배를 빨고 있었다. 아는 척도 안 하고 담배만 피우고 있으니 은산이 무안해졌다. 얼추 담배를 다 피웠는지 주현상은 담뱃재를 털어내고 품에서 신분증을 꺼내놓았다.

"구역 내 노숙자한테서 얻어낸 신분증이다. 위조한 게 아니고 진짜지. 아, 사진은 조금 손을 봤지. 너랑 비슷하게 생겨야 하니까. 대신 값이 쎄다. 한 장에 백만 원."

"민증과 면허증을 합치면 이백인데, 지금은 그 정도 현금이 없거든요. 내일 드려도 되겠죠? 그런데 좀 쎄긴 쎄네요."

"국정원에 쫓기는 놈이 돈을 아끼면 안 되지. 나도 맘 같아서는 국정원에 쫓기는 놈을 도와주고 싶진 않거든. 그리고 밖에 대포차 하나 마련해놨다. 99년식 뉴코란도다. 그건 오백이다. 무조건 현찰이고."

주현상은 꺼내놓았던 신분증을 다시 집어 품 안에 집어넣었다.

"내일 현금 갖고 오면 주겠다. 저기 프런트에 머리 올백으로 넘긴 놈

보이지? 내일 현찰로 총 칠백을 저놈한테 줘라. 그럼 차키랑 신분증 줄 거다. 다른 볼일은 없지? 난 일이 있어 먼저 일어나마."

'나랑 엮이기 싫어하는 티를 너무 노골적으로 내는 거 아냐? 게다가 정식 중고차 매장에서 구한 것도 아니고 썩어가는 99년식 대포차를 갖고 오백이나 받다니, 정말 너무하네.'

"아 참, 잠도 이 호텔에서 자지 마라. 이 근처에 여관이 많으니 나가서 자. 괜히 나중에 경찰들이 여기 와서 너에 대해 묻고 다니면 귀찮아지니까."

"네에, 자알 알았습니다."

아니꼽고 더러웠지만 지금 도움을 요청할 수 있는 사람은 주현상밖에 없었다. 어찌 보면 이렇게 그의 도움을 받을 수 있는 것조차 감지덕지해야 할 판이었다.

호텔을 나와 근처 여관에 들어갔다. 샤워를 하고 속옷을 새 걸로 갈아입으니 한결 기분이 나아졌다. 입었던 옷들은 손으로 벅벅 빨아 걸어두고, 치킨 하나와 생맥주를 시켜먹는 것으로 저녁을 대신했다.

은산은 새로운 소식이 없을까 해서 케이블 뉴스를 틀어보았다. 시사뉴스 다루는 프로그램은 그 사건을 생각보다 간단하게 처리했다. 현장검증을 했다는 것과 경찰이 고모 씨를 추적 중이라는 것 정도였다. 연예 프로그램이 오히려 더 깊게 다루는 편이었다. 김민세가 정계에 진출하기 전에는 거의 연예인 수준으로 TV에 자주 나왔던 사람이라 황지니 피살 사건은 세간의 이목이 집중되는 사건이었다.

얼굴이 모자이크 처리된 지니의 영상을 보며 은산은 말없이 눈물을 흘렸다.

'반드시 진실을 밝혀내주마. 너를 죽인 놈이 누군지 밝혀내겠어.'

은행이 아홉 시 반에야 문을 열기 때문에 은산은 느긋하게 일어났다. 일회용 면도기로 턱을 밀고 근처 세탁소에서 어제 산 양복을 다림질해 입으니 나름 산뜻하게 보였다. 저렴한 가격에 산 양복이라 싼 티가 나기는 했지만 적어도 이제는 도망자처럼 보이지는 않았다.

대강 아침을 때운 후 은행에 가서 돈을 찾았다. 직불카드만 달랑 갖고 있기에 ATM기에서 돈을 찾으려면 번거로웠다. 칠백만 원을 한 번에 인출할 수 없어서 몇 번에 걸쳐 인출해 봉투에 나눠 넣으니 무척 두툼했다. 비상금이 확 줄어버렸다.

"후, 1년 넘게 버틸 줄 알았더니. 아껴 써야겠는 걸."

호텔로 찾아가니 프런트에 있어야 할 놈이 보이지 않았다. 어제 이름이라도 확인해둘 걸.

"대실하시겠습니까?"

단아하게 생긴 아가씨가 말을 걸어왔다.

"사람을 찾으려고 하거든요. 이름은 모르겠지만, 어제 밤에 당직이었던 모양인데, 머리 올백으로 넘기고 키는 이 정도……, 아, 주현상 씨가 차 키를 맡기지 않았습니까?"

"고은산 씨 되십니까?"

"네."

"현금은 준비하셨나요?"

두툼한 현금봉투 두 개를 넘겨주자 그 아가씨는 마치 은행원처럼 능숙하게 현금을 세더니 차키와 신분증을 넘겨주었다. 차키를 받아들고 주차장에 가보니 짜증부터 밀려왔다. 99년식 낡은 차라는 점도 맘에 들지 않았는데 색깔마저 눈에 띄는 하얀색이었다. 도망자 입장에서는 어두운 색의 차가 좋은데 하얀색 차라니. 창문도 코팅 하나 돼있지 않아 밖에서도 운전자가 잘 보일 것 같았다.

"십삼만 킬로미터라, 이십만 킬로미터가 아닌 걸 다행으로 여겨야 하나? 아놔, 스틱이잖아."

면허를 딸 때는 1종보통 면허를 따느라 스틱으로 준비했지만 막상 차를 끌고 다닐 때에는 오토만 운전해서 스틱 운전이 기억날지 스스로도 자신이 없었다.

"십 년이 넘도록 스틱을 끌어본 적이 없는데, 이거 시동 자주 꺼버리겠군. 제길, 이런 걸 오백이나 주고 사야 하다니."

은산은 차를 출발시키기 전에 오늘의 일정을 생각해봤다. 윤영철 교수가 일러준 한양대 김병목 교수를 만나봐야 하고, 메모에 적혀 있었던 사람 중에서 적어도 두 명 정도는 더 만나야 했다.

부릉.

엔진소리는 부드러웠다. 한양대까지 가는 중에 언덕에서 한 번 시동을 꺼먹은 것 외에는 간만의 스틱 운전치고는 잘한 편이었다.

"김병목 교수님요? 실례지만 어디서 오셨는지?"

은산은 시사주간지 기자라고 속이고 취재차 왔다고 둘러댔다. 가냘프게 생긴 조교는 좀 난처하다는 듯한 표정을 지었다.

"오늘 일본에 출장 가신다고 하셨거든요. 지금쯤 공항에 도착해 계실 텐데요. 열한 시 비행기거든요."

"통화라도 할 수 있을까요?"

"해외로밍은 안 하시는 분이라 아직은 휴대전화가 될지도 모르겠네요."

조교가 급히 전화를 걸었다. 다행히 아직 휴대전화를 꺼놓지 않은 모양이었다.

"네, 교수님, 전데요, 지금 과사무실에 주간지 기자분이 와서 취재를 요청했어요. 통화 가능하세요? …… 받아보세요."

은산은 얼른 수화기를 건네받았다.

"주간지 〈사건과 진실〉 기자입니다. 황지니 씨 아십니까? …… 네, 서울시장 후보 부인요. 혹시 교수님께서 황지니 씨를 만나봤거나 연락을 취하신 적 있습니까? …… 아니, 사적인 걸 질문하는 게 아니고 논문과 연관해서 묻는 겁니다. 황지니 씨가 논문과 관련해 교수님에게 문의한 게 있는지 알고 싶어서요. …… 직접 만나신 적은 없고 이메일로 연락한 적은 있으시다고요? 혹시 무슨 내용인지 밝혀 주실 수 있나요?"

김병목 교수는 곧 비행기를 타야 하니 바빠서 그런지 친절하고 자세히는 일러주지 않았다. 그저 자기가 쓴 저서의 내용에 대해 문의했다고 그러고, 딱히 대단한 내용을 이메일로 주고받지는 않았다고 말했다. 저서의 내용은 도서관에서 빌려보면 될 거라고 했지만, 어떤 저서인지 듣기도 전에 전화가 끊어졌다.

"지니 선배에 관한 일인가요?"

가냘픈 조교는 외모만큼 가느다란 목소리로 조심스레 은산에게 물었다.

"황지니 씨 후배였습니까?"

"고교 후배라서 저한테 좀 잘해주셨거든요. 전 몸이 약한데 지니 선배는 튼튼해서 부럽기도 했고요."

고등학교 후배에다 전공까지 같다면 꽤 도움이 될 것 같았다. 은산은 조교한테 이것저것 차근차근 물어보았다. 하지만 그 조교는 은산의 눈치를 보며 쉽사리 대답을 해주지 않았다.

"선배의 사고와 논문이 무슨 연관이 있나요? 그건 그냥 전공 관련 논문일 뿐인데."

"사건을 취재하다 황지니 씨가 무슨 논문을 준비한다는 걸 알게 됐는데 그게 무슨 논문인지 알 수가 없었습니다. 경찰이 공개도 안 하고, 게다가 컴퓨터에서 지워버렸거든요. 나도 처음엔 단순한 치정살인일 거라고 생각했는데 경찰이 논문에 대해 함구하니 오히려 궁금해졌어요. 협조 해줄래요? 김병목 교수의 저서 중에 황지니 씨가 관심을 가졌던 저서가 뭐죠? 혹시 인도에 관한 건가요?"

"네, 김병목 교수님은 허황옥이 인도에서 가야까지 무슨 수로 왔나 하는 걸 연구하셨는데, 저서를 읽어보시면 이해가 빨리 될 거예요."

가냘픈 조교는 과사무실 책꽂이에서 몇 권의 전공서적을 꺼내 보여주었다. 은산은 혀끝으로 입술을 살짝 핥았다. 저걸 다 들여다보며 공부할 시간은 없는데.

"간단하게 나 같은 비전공자도 알아듣게 설명해줄 수 있습니까?"

"간단하고 알아듣기 쉽게요?"

"네."

가냘픈 조교는 전공서적을 내려다보고 들릴락 말락 한 신음소리를 냈다. 내용이 어려워 조교도 자세히는 다 알지 못하는 게 아닌가 싶었는데, 이윽고 조교가 구석에서 먼지를 뒤집어쓰고 있던 지구본을 꺼내왔다.

"허황옥이 인도 아유타국 출신이란 얘기는 알고 계시죠? 아유타는 인도 발음으로는 아요디아가 되고, 우타르프라데시 주의 수도인 러크나우시 근처에 있었던 옛날 도시의 이름입니다."

조교가 가리킨 지점은 벵골 만으로 흐르는 갠지스 강을 거슬러 올라가 상류지역에 있는 곳이었다.

“갠지스 강을 따라 벵골 만으로 나와서 말라카 해협을 지나고 남중국해를 거쳐 한반도까지 온다는 건 너무 까마득한 거리인데요. 윤영철 교수님이던가, 해로를 연구하시는 분 이름이? 그분이 불가능한 것은 아니라고 하셨지만 이건 너무 먼 거리입니다.”

“윤 교수님도 만나보셨어요?”

“네, 바닷길로 인도 문화가 한반도에 들어왔을 수도 있다고 하시던데요.”

“김병목 교수님이 밝힌 게 바로 그 부분이에요. 허황옥이 인도에서 바로 한반도로 온 것이 아니고 어딘가를 거쳐 왔다는 거죠. 기원전 7세기에 아리아족이 브라만교 국가를 건설하기 시작했는데 아요디아가 있는 이 지점은 코살라국에 속해요. 싯다르타가 생존해있던 기간(기원전 약 5~6세기)에 이미 코살라국의 중심도시로 아요디아가 유명했죠. 그러다 기원전 3세기에 불교의 열렬한 포교자인 마우리아 왕조의 아쇼카 왕이 등장해 아요디아를 포함한 갠지스 강변의 고대 도시를 불교국가로 만들어버리죠.”

“그럼 한반도에 온 허황옥이 최초로 불교를 들여왔다는 게 맞는 얘기네요?”

가냘픈 조교는 은산을 빤히 바라보았다.

“그 얘기는 어디서 들으셨어요?”

“윤영철 교수님 말로는 허황옥이 올 때 그 배에 불탑을 실어 들여왔고, 그의 자식들 중에서 출가한 사람도 있다던데요?”

가냘픈 조교는 피식 웃었다. 비웃음의 느낌이 들었다.

"한국 사람은 인도에 관한 거라면 무조건 다 불교에 연관시켜 생각하는데, 인도는 불교 국가이기 이전에 브라만교 국가예요. 기원전 70년에 박트리아를 중심으로 일어난 대월지, 즉 쿠샨 세력이 인도의 갠지스 강 유역을 점령했고, 그때 브라만교의 숭가 왕조가 패하죠. 당연히 아요디아 사회도 붕괴해요. 쿠샨은 평등주의 불교로 단결돼있었지만 아요디아는 브라만을 정점으로 하는 계급사회였기 때문에 취약한 구조였어요. 나라가 망하면 일반 백성이야 새 지배층을 따르면서 살면 되지만 왕족은 피난 갈 수밖에 없겠죠. 그렇다면 허황옥의 선조인 아요디아 왕족은 어디로 피난 갔느냐가 관건인데, 김병목 교수님이 알아본 바에 의하면 중국 사천성에 있는 안악이라는 곳이래요. 옛 지명은 보주(普州)인데, 허황옥의 시호가 보주태후거든요. 안악에는 실제로 허 씨 집성촌이 있고, 사당도 있어요. 집성촌 근방의 신정(神井)이라는 작은 우물에는 허황옥의 이름이 실제로 새겨져 있기도 하고요."

지도를 보던 은산이 중얼거렸다.

"하지만 사천성에서 한반도까지 오는 것도 장난이 아닌데?"

은산의 혼잣말을 듣고 조교가 설명을 이어갔다.

"중국 후한 때인 서기 47년에 촉나라 땅인 남군에서 토착민족이 한나라 중앙정부에 대항해 반란을 일으켜요. 반란은 진압됐고 그때 주동자들이 모두 체포되어 강하 지방, 그러니까 오늘날의 무한으로 강제로 이주당하게 돼요. 50년 후 토착민족이 또 다시 반란을 일으켰지만 그 주모자가 한나라 군대에 항복해요. 그 주모자의 이름이 허성(許聖)이었다는데, 《후한서》를 보면 '허'가 성씨가 아니고 세습되는 직업무당을 뜻하는 말이래요. 반란의 주모자인 허성이 소수 토착민 사회의 정신적, 종교적 지도자였다는 것이 밝혀진 거죠. 아요디아의 지배계층인 브라만임이 드러난 겁니다. 그들은 점점 멀리 이주해 양자강 남쪽의 상해 근방으로 갔으니, 허황옥이 거기서 가야로 건너가 김수로와 결혼했다고 한다면 납득이 가는 얘기지요."

은산은 고개를 끄덕이면서 가냘픈 조교의 얘기를 유심히 들었다. 인도 출신의 사람들이 한반도까지 와서 정착하게 된 경로는 이제 충분히 이해할 수 있었다.

"배에 실려 있었다던 파사석탑이나 허황옥의 자식들이 출가해서 승려가 됐다는 얘기도 이제 이해할 수 있겠군. 그때 우리나라에 브라만교가 들어왔다는 말이 되는 건가?"

"지니 선배가 추적한 것도 그거였어요."

"엉? 황지니가 준비하던 논문에 대해 잘 알아요?"

"잘 아는 건 아니고요. 고교 선배니까 조금 얻어들은 거죠. 저도 석사 논문 준비하는 것 때문에 지니 선배한테 조언을 구한 적이 있어요. 지니 선배는 불교가 들어오기에 앞서 허황옥이 브라만교를 들여왔고 그의 자식들이 출가해서 브라만교 승려가 됐다는 기록이 분명 남아있는데 왜 우리나라에서 브라만교의 흔적이 발견되지 않는가를 궁금해 했어요. 그리고 김수로 왕과 허황옥의 후손들은 대한민국 최대의 성씨 집단이 됐지만 허황옥과 같이 가야로 온 신보와 조광이란 두 신하의 가문은 소멸됐다고 해요. 신보의 딸이 가락국 2대 왕인 거등의 왕비가 됐고 조광의 손녀는 3대 왕 마품의 왕비가 됐다는 기록은 있지만, 《삼국유사》를 보면 신보와 조광이 딸만 낳아서 그들의 가문이 사라진 것으로 나오거든요. 허황옥은 자신의 자식들 가운데 일부가 허 씨 성을 이어받을 수 있도록 김수로 왕의 허락을 받았는데, 신보와 조광은 왜 제사를 잇도록 하지 못했는지, 하다못해 양자라도 들이지 않았는가 하는 것이 의문스러운 부분이죠."

"브라만교와 신보, 조광이라…… 황지니는 이게 중요한 의미가 있다고 보고 뒷조사를 했다는 거죠?"

"뒷조사라는 말은 좀……, 논문 준비죠."

한참 열심히 설명을 하던 조교가 금방 침울한 표정으로 바뀌었다.

"지니 선배를 살해한 범인은 잡혔대요?"

"그게 아직……."

은산은 자기에 대한 말이 흘러나올까봐 말을 중간에서 자르려고 했다. 하지만 조교는 쓸쓸한 표정으로 말을 이어나갔다.

"철인3종 경기를 하는 선배를 난자해서 죽일 정도면 범인도 엄청난 거구이거나 근육질의 사내겠죠? 남자들은 어쩜 그렇게 잔혹할까요? 경찰들은 뭐 하나 모르겠어요. 분명 범인이 그런 짓을 할 때 지니 선배가 격렬하게 저항했을 테니 범인의 몸에 상처가 났을 거라고요. 그렇지 않겠어요? 병원을 뒤지거나 아니면 검문할 때 다친 사람들을 중점적으로 조사하면 범인을 쉽게 잡을 수 있을 텐데. 좀 이상한 건 케이블 연예뉴스에 나온 용의자는 그렇게 근육질의 남자는 아닌 것 같았다는 점이에요."

은산은 그 말에 흠칫 놀랐다.

"케이블 TV에 용의자 사진이 나왔습니까?"

"연예뉴스라는 게 원래 그렇게 집요하잖아요. 아니, 기자신데 그런 것도 모르세요?"

"아, 아뇨, 피의자라면 몰라도 용의자일 뿐인데 사진을 그렇게 언론에 공개하면 안 됩니다. 용의자는 아직 법정에서 범인으로 단정 받은 게 아니기 때문에 인권보호 차원에서 그렇게 하는 겁니다. 만약의 경우에 용의자가 무죄판결을 받게 되면 소송감이거든요. 그 케이블 TV 싸가지가 없네. 누군 사진이 없어서 기사화 안 하는 줄 아나."

은산은 여기서 적당히 얼버무리고 과사무실을 나왔다. 계속 떠들어대서 좋을 게 없었다. 은산은 주차장으로 돌아와 차에 들어가면서 진땀을 흘리며 숨을 몰아쉬었다.

"설마 벌써 내 사진이 언론에 공개될 줄이야……."

거리를 다니다가 자기를 알아보는 사람이 있으면 신고할 것이 아닌가. 날은 조금 무더웠지만 식은땀이 흘렀다. 그나마 천만다행으로 그 조교는 은산을 알아보지 못했다. 은산은 며칠 전에 산, 알이 큰 선글라스를 썼다.

"이제 누구를 찾아가볼까."

은산이 메모지를 꺼내 다음에 찾아갈 사람을 고르는 데 돌연 묵직한 소리가 뒤에서 났다.

쿵!

은산은 아랫입술을 지그시 깨물며 룸미러를 보았다. 어떤 여자가 은산의 차를 뒤에서 받은 것이었다. 은산은 화가 치밀어 차에서 내렸지만 이내 냉정을 되찾았다. 지금 자기를 알아보는 사람이 있어서는 안 되었다. 뒷범퍼의 포그램프가 깨졌지만 화를 낼 수가 없었다.

"어머, 죄송해요. 정말 죄송합니다."

20대 후반으로 보이는 여자가 고개를 조아리며 미안해했지만, 은산은 얼른 그 자리를 뜨고 싶을 뿐이었다.

"이거 얼마 물어드려야 하나? 제가 지금 현금이 없어서 그런데요, 보험처리하면 안 될까요?"

"이게 얼마나 된다고 보험처리를 합니까? 할증이 더 붙어요. 그냥 갖고 계신 돈 몇만 원만 주세요."

"정말로 제가 지금 지갑에 돈이 없거든요. 보험처리 해드릴게요."

"아휴, 됐어요."

은산이 신경질을 내며 차문을 쾅 닫고 차를 출발시키려고 할 때 문득 그 여자의 시선이 예사롭지 않다는 생각이 들었다. 그 여자는 조금 전까지의 미안해하던 표정은 어느새 사라지고 눈을 동그랗게 뜨고 빤히 은산을 바라보고 있었다. 선글라스를 썼는데도 날 알아보는 건가? 은산은 그 여자의 시선을 외면하고 액셀을 밟았다.

은산이 다음으로 향한 곳은 서강대였다. 서강대 이종국 교수를 만나봐야 했다. 이종국 교수는 은산이 얼마 전까지 다녔던 주간지에서 취재해 기사를 실은 적이 있는 인물이었다. 은산이 직접 취재한 것은 아니었지만, 동료 기자가 쓴 기사를 훑어봐서 대강은 그에 대해 알고 있었다. 이종국 교수는 《화랑세기》의 진본 여부 때문에 유명해진 사람인데, 학계에서 대부분이 《화랑세기》가 진본인지를 의심하는 데 반해 이종국 교수는 그것이 진본임을 주장하는 대표적인 학자였다.

마침 점심시간이라 은산은 간단하게 허기를 달래고 이종국 교수를 만났다. 사무실에서 만난 이종국 교수는 약간 곱슬머리에 안경 너머 눈빛이 좀 매섭다는 느낌이 드는 사람이었다. 인터뷰를 많이 해봐선지 기자에 대한 경계는 별로 없어 보였다.

"황지니 씨? 그럼 기자는 문화부 기자가 아니고 연예부 기자인가? 그 사람이 누구랑 바람피우다가 죽었다고 들었는데, 그럼 지금 나를 찾아와 추문을 조사하려는 것인가?"

"아, 아니, 그게 아닙니다. 저는 황지니 씨가 연구하던 것이 어떤 것이었는지를 추적하고 있습니다. 황지니 씨가 생전에 교수님과 어떤 논문에 대해 의견을 주고받았다고 들었는데, 그 논문의 주제가 무엇인지 알고 싶어 그렇습니다."

교수의 표정은 여전히 못마땅했다.

"치정살인 사건과 관련해 나를 만나러온 것도 못마땅한데 학자의 연구주제까지 그 사건에 엮어 넣으려는 의도는 또 뭔가?"

"저는 치정살인이라고 생각하지 않습니다. 황지니 씨는 무언가를 조사하다가 살해당한 것으로 보이는데, 그 진실을 밝히고 싶은 겁니다."

교수는 어이가 없다는 투로 허허 웃었다.

"나도 수십 년간 이 분야를 연구했지만 역사를 연구하다가 생명의 위협을 받은 적은 한 번도 없네. 만약에 정말로 황지니 씨가 《화랑세기》 때문에 죽은 거라면 나는 왜 무사한가? 그럼 내가 황지니 씨를 죽였다는 건가?"

이 교수는 왜 이렇게 삐딱하지? 하지만 적어도 하나는 감을 잡았다. 이 교수가 《화랑세기》 때문에 세간에 유명해진 것과 무관하지 않게 황지니가 이 교수를 만난 것도 《화랑세기》 때문인 것이다. 드디어 인도에서 벗어나 《화랑세기》로 진입한 것인가?

"황지니 씨가 《화랑세기》의 어떤 것을 알아보려고 교수님을 찾아온 겁니까?"

"이 사람 집요하네. 다들 나한테 물어보는 것처럼 《화랑세기》의 진본 여부일세. 그건 내가 수많은 논문을 통해 이미 발표한 것이라서 내 논문만 읽어보면 되니 굳이 물어보러 오지 않아도 되는 일일세. 이만 나가보게. 치정살인 사건에 한 학자의 연구결과를 엮어 넣으려고 하는 기자한테는 더 설명해주기 싫으니까."

짜증을 내는 교수한테 더 이상 질문을 던질 수 없어서 은산은 마지못해 일어났다. 막 사무실을 나가려는 은산에게 교수는 혼잣말처럼 중얼거렸다.

"기자에 굶주린 사람한테 소개시켜줄까."

"네?"

"아, 아닐세."

"그 논문 주제로 저한테 소개시켜 주실 분이 있다면 일러주십시오. 그럼 교수님을 계속 쫓아다니며 괴롭히지는 않을 테니까요."

"어허, 이 사람, 금방 포기하고 나가는가 싶었더니 다음에 또 날 찾아와 괴롭힐 심산이었어? …… 부산의 재야사학자 이대길 선생을 찾아가 보게. 그분이 80년대 이후에 기자를 만나보지 못해서 조금 안달이 나있을 테니."

"그분이 누구시죠?"

"《화랑세기》 필사본을 발견해 언론에 터뜨린 분."

교수는 근래에 그 재야사학자를 만나본 적이 없어서 아직도 이 주소에서 살고 계실지는 잘 모르겠다며 주소를 일러주었다. 은산은 고개를 조아리며 감사히 그 주소를 받았다. 하지만 똥차를 끌고 부산까지 내려갈 생각을 하니 피곤이 몰려왔다.

5_

남모와 준정

기름을 가득 채우고 경부고속도로에 진입했다. 아니나 달라, 경부고속도로는 서서히 움직이는 주차장이라고 불러도 좋을 만했고, 오산을 지나기까지 정체가 풀리지 않았다. 오산을 통과하자 비로소 고속도로다운 속도가 나기 시작했다. 예전 같았으면 정체가 풀리자마자 마구 속도를 냈을 은산이지만 지금은 불법 대포차를 몰고 가는 마당에 교통법규를 위반해 경찰의 시선을 끄는 일은 할 수 없었다.

경제속도로 살살 달리는데 청주를 지나자 의심스러운 차가 뒤에 붙었다. 은산의 차와 같은 뉴코란도였고, 색깔이 검은 것 빼고는 거의 다를 게 없었다. 트럭이 아닌 이상 웬만한 차는 은산의 차를 앞질러 가는데 유독 그 검은 뉴코란도만은 은산의 차와 일정한 간격을 유지한 채 계속 뒤따라왔다.

"신경과민인가."

혼자 중얼거리던 은산은 돌연 기어를 올리고 속도를 냈다. 앞에 가던 덤프트럭을 추월하고 1차선으로 속도를 내지르는데, 그 차도 속도를 내어 은산을 뒤쫓는 것이었다. 우연일까 싶어 은산이 3차선으로 붙어 속도를 줄이자 그 차 역시 3차선으로 붙었다. 은산은 망설였다. 이 고속도로에서 속도를 내어 저 차를 따돌릴 것인가, 고속도로를 벗어나 국도로 접어들 것인가.

은산이 망설이는 순간 그 차는 갑자기 속력을 내더니 은산을 추월해 앞으로 달려 나갔다. 흘낏 운전자를 보니 선글라스를 쓰고 머리가 짧은 남자였다. 혹시 저번의 그 형사? 하지만 동일인인지는 확신할 수 없었다.

은산을 앞지른 차는 몇 분 동안 앞서서 달려가더니 점점 속도를 줄이는 것이었다. 그러고는 은산의 차 앞에서 얼쩡거리나 싶더니 돌연 브레이크를 밟았다. 깜짝 놀라기는 했지만 은산도 그 차를 경계하던 참이라 재빨리 옆 차선으로 피한 다음 속도를 높였다. 의심스러웠는데 역시나 은산을 노리는 차였다.

한동안 잘 피해 다녔는데 다시 놈들의 표적이 됐다고 생각하니 은산의 손바닥에 땀이 차기 시작했다.

'어떻게 내 차를 알아봤지? 혹시 아까 나랑 접촉사고를 냈던 그 여자가 신고했나? 어쩌면 그 여자도 나를 알아보고 일부러 접촉사고를 낸 거 아냐?'

기어를 바꾸어 넣으며 시속 130킬로미터를 넘겼는데 그 차 역시 속도를 높이며 은산을 쫓아왔다. 은산은 청원에서 고속도로를 벗어나 톨게이트로 진입했다. 요금을 낸 은산은 거기서 바로 유턴을 해서 다시 고속도로로 진입했다. 천만다행으로 은산을 쫓아오던 차의 운전자는 요금을 내는 중이라서 막 고속도로로 다시 진입하는 은산을 알아채지 못했다. 은산은 부리나케 속력을 올려 부산 방향으로 달려갔다.

부산으로 차를 몰고 가는 내내 은산은 신경이 곤두섰다. 먼 길을 운전하는 것이 피곤하기는 했지만 휴게소에 들러 쉴 엄두를 낼 수가 없었다. 지니를 죽인 놈들이 자신의 목숨까지 노리고 있다는 생각이 들어 오줌이 마려운 것도 참고 운전을 계속했다. 느닷없이 비가 쏟아지기 시작했다. 남부지방은 중부지방보다 원래 비가 많이 오는가 보다는 생각이 들 정도로 억수 같은 비였다.

부산에 도착하자 은산은 차부터 포기했다. 놈들이 파악하고 있는 차를 끌고 다닐 수는 없는 노릇이었다. 놈들의 눈을 피해 다니기 위해서라도 대중교통을 이용할 수밖에 없었다. 쏟아지는 빗줄기 속에서 차를 포기하는 게 조금 망설여지기는 했지만 살아남아 진실을 밝히는 게 우선이었다.

택시를 잡아타고 이종국 교수가 일러준 집을 찾아갔다. 부산 도심에서 조금 벗어난 지역에 위치한 5층짜리 낡은 주공아파트였다.

"계십니까?"

"누구세요?"

"서울에서 온 주간지 기자입니다. 이대길 선생님 계십니까?"

문이 조금 열리더니 60대 초반으로 보이는 할머니가 약간은 경계하는 눈빛으로 은산을 바라봤다.

"서울에 볼 일이 있다고 나가셨는데……."

"나가신 지 꽤 됐습니까?"

"그 양반 몸이 굼떠서, 지금쯤 부산역에서 표 끊고 있을지도……."

작은 여행용 가방이지만 갖고 있는 가방이 빗속에서 들고 뛰기에는 거

추장스러웠다. 차를 버렸으니 어쩔 수 없이 그것을 들고 다녀야 했다. 서울 가서는 렌터카를 빌려야겠다는 생각이 들었다. 그러나 어쨌든 일단은 이대길 선생을 만나는 게 중요했다. 지니의 메모장에 그 선생의 이름은 없었지만 지니가 분명 만나봤을 터였다. 하다못해 연락이라도 주고받았을 것 같았다.

부산역에 도착해 흠뻑 젖은 머리를 대강 털며 은산은 이대길 선생을 찾았다. 먼저 안내방송의 도움을 받아 부산역 안에 쩌렁쩌렁 울릴 정도로 찾는다는 방송을 했고, 아직 서울행 기차가 출발하지 않았다는 걸 알고 플랫폼으로 내달렸다. 하지만 문제는 은산이 이대길 선생의 외모를 전혀 모른다는 거였다. 어쩔 수 없이 은산은 기차의 차량을 하나하나 훑어가며 이대길 선생을 찾았다.

"이대길 선생님 어디 계십니까? 이대길 선생님 이 객차에 타고 계십니까?"

혹시나 안내방송을 듣고 객차에서 내렸나 생각했는데, 객차 안 좌석에서 달걀을 까 먹고 있던 한 노인네가 은산을 빤히 쳐다보았다.

"혹시 이대길 선생님 되십니까?"

"젊은이는 누군가? 왜 날 찾지?"

은산은 길게 안도의 한숨부터 내쉬고 허리를 굽혀 인사를 했다.

"주간지 〈사건과 진실〉의 기자입니다. 선생님을 뵙고 취재를 하려고 서울에서 내려왔습니다. 인터뷰 괜찮으시죠?"

"음?"

희끗한 머리가 조금씩 벗겨지기 시작하는 이대길 선생은 고개를 갸웃했다. 약간 심기가 불편한 표정을 내보이며 은산을 쏘아봤다.

"이렇게 부산으로 내려올 거면서 왜 날 서울로 오라고 성화였나? 난 지금 인터뷰 때문에 서울로 가던 참이었는데."

이대길 선생의 말이 떨어지기가 무섭게 기차가 출발했다.

"선생님을 뵙겠다고 한 곳이 〈사건과 진실〉이라는 주간지 맞습니까?"

"그럼, 적어둔 주소와 연락처도 있는데."

은산은 일순간 당황했지만 태연히 거짓말을 이어갔다.

"어, 이상하네. 본사가 나한테 하라고 맡겨놓고 왜 이걸 가로채지? 실은 저는 본사 소속 기자가 아니고 인터넷 기자입니다."

"그게 서로 다른 건가?"

"네, 이를테면 뭐랄까, 하청을 받아 일하는 비정규직 같은 거죠. 이건 원래 제가 하기로 돼있는데 본사에서 저한테 말도 없이 선생님을 직접 만나 뵙기로 했나 보네요. 하지만 저는 지면에 기사를 올리는 게 아니라 인터넷에 기사를 올리니까 괜찮습니다. 서울 가셔서 본사 기자들하고 인터뷰하실 건 하시고 지금은 저랑 얘기하셔도 됩니다. 괜찮으실는지?"

"뭐, 여기저기 내가 나올 수 있다면야."

차창 너머로 말소리가 작게 들릴 정도로 매섭게 번개가 내리치며 비가 몰아치고 있었다.

은산은 이대길 선생 옆에 앉으면서 바로 질문을 던졌다.

"선생님, 황지니 씨라고 혹시 아십니까? 서울시장 후보 부인인데 얼마 전에 피살됐죠."

"음, 안됐어. 성격도 싹싹하고 제법 똑똑한 여자였는데."

"실제로 만나보신 적이 있군요?"

"그럼, 지난달 초에 만났는데."

은산은 젖은 머리를 뒤로 쓸어 넘겼다.

"그 여자가 선생님 찾아와서 무슨 얘기를 했는데요?"

먹던 계란에 목이 막히는지 이대길 선생은 사이다로 목을 축였다.

"음, 박사논문 준비한다면서 《화랑세기》에 대해 이것저것 묻고 갔지. 워낙 꼼꼼하게 물어봐서 다 설명해줬는데 괜찮을까 몰라. 하긴 뭐, 89년부터 약 20년 동안 입 다물고 있어줬으니 이젠 털어놔도 상관없겠지."

은산의 눈빛이 번득였다.

"일반인들에게는 털어놓지 못한 무슨 내막 같은 게 있나요?"

"김부식이 《삼국사기》를 편찬할 때 김대문이 쓴 《화랑세기》, 《계림잡전》, 《고승전》 등을 참고했다는데, 세간에서는 그 책들이 다 소실된 줄 알고 있잖아. 나도 내막을 다 알지는 못하지만 적어도 《화랑세기》와 《고승전》이 일본 왕실에 존재하는 건 확실해. 아마 임진왜란 때, 아니면 그 전 고려 말에 왜구들이 극성이었으니까 그때 약탈해간 것일 수도 있고 말이야. 내가 89년, 95년 두 차례에 걸쳐 공개한 《화랑세기》 필사본은 박창화 선생이 필사한 건데…… 자네 박창화 선생은 알지?"

"앗, 죄송합니다. 그분도 자세히 설명해주시면 안 될까요?"

"박창화 선생은 33년에서 45년까지 일본 왕실 도서관인 궁내성 도서료에서 사서로 재직하면서 조선에서는 보지 못한 수많은 진귀한 자료들을 실제로 열람한 분일세. 궁내성 도서료의 책을 밖으로 빼낼 수 없기 때문에 그분이 일일이 《화랑세기》를 필사하신 것이지. 다만 문제는, 그분이 《화랑세기》를 눈앞에 펴놓고 필사하신 것이 아니고, 도서료에서 보시고 집에 돌아와 기억에 의존해 필사하셨다는 거야. 일본 놈들이 얼마나 악질인데 대놓고 필사하게 냅두겠나. 학계에서는 그 《화랑세기》 필사본이 가짜다, 인위적인 창작이다 하고 말이 많지만, 기억에 의존해 필사한 것이니 차이야 날 수밖에 없고 오류도 피할 수 없는 것이겠지. 중요한 건 《화랑세기》 필사본이 진짜냐 가짜냐가 아닐세. 오류가 있더라도 당연히 진짜니까. 그보다는 궁내성 도서료의 수많은 책들 중에서 왜 하필 《화랑세기》를 필사하셨는가 하는 점이지. 일본 왕실이 어떤 사람들로 구성됐는지 아나? 한반도에서 왕조가 멸망할 때마다 일본으로 망명한 사람들이 일본 왕실에 합류했네. 가야부터 백제, 신라, 고구려, 발해까지 일본 왕실은 한반도 왕실 사람들을 흡수하면서 커온 것이네. 당연히 일본으로 간 왕실 사람들은 귀중한 도서를 포함해 한반도의 보물을 갖고 갔을 거란 말이야. 박창화 선생은 《화랑세기》보다 더 진귀한 서적들도 보셨을 것이 틀림없네. 이를테면 고구려나 발해에서 편찬한 《고기(古記)》 같은 거 말이야. 그런데 왜 하필 《화랑세기》였을까? 《화랑세기》보다는 고구려의 《고기》가 더 귀중한 보물 아니겠나?"

"그 귀중한 고서들 중에서 《화랑세기》만을 필사하게 된 계기가 있었다는 말씀이시군요."

"바로 그거지. 1910년에 한일합방이 되자 일본 왕실은 기념사업을 벌였는데 그중 하나가 《화랑세기》를 다시 펴내는 것이었네."

은산은 턱을 쓰다듬으며 고개를 갸웃했다.

"한일합방과 《화랑세기》는 아무 연관성이 없어 보이는데요."

"원화의 단원들이 한일합방을 성사시킨 거였거든."

"네?"

"원화(源花), 처음 들어보는 말인가? 화랑의 원류가 원화일세. 이 사람, 역사에 대해 전혀 모르고 있잖아? 그러면서 날 취재하러 왔단 말인가!"

은산은 이대길 선생의 꾸중을 들으며 옛날 학교에서 역사시간에 배웠던 것들을 되새김질했다.

"아, 기억이 납니다. 옛날에 신라의 어느 왕이……."

이대길 선생이 버럭 소리를 질렀다.

"진흥왕!"

"네, 그 진흥왕이 인재를 구하기 위해 원화를 뽑아 사람의 됨됨이를 관찰하려 했는데 원화였던 두 여자가……."

"남모와 준정!"

"네, 그 두 여자가 서로 질투를 해서 살인까지 저지르니까 원화를 해체하고 화랑을 만들었다는 거는 기억납니다."

이대길 선생은 다시금 삶은 계란을 톡톡 깨더니 은산에게 내밀었다.

"먹겠나?"

"아뇨, 전 별로 생각이 없습니다."

이대길 선생은 계란을 입에 넣고는 오물거렸다.

"기차여행에 계란과 사이다가 없어서는 안 되지. 참, 자네는 원화에 대해 의문이 생긴 적이 없나?"

"글쎄요, 생각해보면 미녀 두 명을 뽑아놓고 걔네들이 서로 노는 걸 보고 사람 됨됨이를 짐작해서 인재를 뽑았다는 게 말이 안 되는 거 같습니다. 사람 됨됨이야 짐작할 수 있겠지만 과연 그걸로 인재를 알아볼 수 있었을까요? 게다가 미녀 두 명이 그룹의 리더라니, 하긴 신라에는 여왕도 있었으니 불가능한 얘기는 아니겠지만요."

이대길 선생은 장난기 어린 눈빛으로 은산을 바라보았다.

"두 여자의 역할이 무엇이었을까 하는 게 황지니 그 여자가 추적한 문제였던 모양이네."

"아, 그렇습니까? 그게 엄청난 의미가 있는 것인 모양이죠?"

"신라보다 앞서서 한반도의 역사에서 파워를 갖고 있었던 여자가 있었으니 바로 허황옥일세. 이건 알겠지?"

"네, 그 여자가 인도인이었고 그 일족이 어떻게 한반도까지 들어오게 됐느냐 하는 것도 압니다. 제가 그쪽 뒷조사는 좀 했거든요."

"음, 그럼 얘기가 쉽게 통하겠군. 황지니는 허황옥이 가야에 브라만교와 그 계급제도를 들여왔으리라 추측하고 있었네. 나도 실은 허황옥 일행이 한반도에 불교나 뭐 그런 타국의 종교를 가지고 왔을 거라고 짐작은 했지만, 그게 브라만교라고는 생각하지 못했지. 황지니는 그 증거로 인도에서 복과 생명의 상징인 쌍어(雙魚) 문양이 한반도까지 흘러들어와 김수로 왕릉을 장식하고 있다는 점을 들었네. 가락 혹은 가야라는 국명이 드라비다어로는 물고기를 뜻하는 단어거든. 《삼국유사》는 허황옥과 같이 가야로 온 사람들 대다수가 자식 없이 죽었다고 하는데, 그들은 환관이었거나 아니면 결혼을 하지 않는 사제가 아니었나 하고 나는 추측하고 있네. 허(許) 씨가 전문적인 세습무당을 뜻하는 말이라는 건 알고 있나?"

"네, 압니다."

"김수로 왕의 자식 중에 김 씨가 아닌 허 씨를 이어받은 자식이 있는 것으로 보아 분명 김수로 왕의 아들 중에는 브라만교의 승려로 정식으로 출가한 사람이 있었을 걸세. 김해의 은하사라는 절을 허황옥의 오빠인 장유화상이 세웠다는 얘기도 있고 경남 하동의 쌍계사 칠불암은 김수로 왕의 아들 중 일곱 왕자가 성불한 곳이라는 얘기도 있지만, 옛 사람들은 인도라고 하면 오로지 불교밖에 연상할 줄 몰랐을 테니 허황옥의 친족이 불교가 아닌 인도의 다른 종교에 귀의했으리라고는 생각할 수도 없었겠지."

"그럼 브라만교의 계급제도는 도입되어 어떻게 된 겁니까?"

"허황옥은 김수로 왕과 정치적으로 결합하면서 토착세력에게는 상당히 배타적인 정권을 유지했던 것으로 보이네. 한때 새로운 왕비족인 용녀

(傭女) 집단이 등장해 허황옥 집단을 위협했지만 곧 제거됐고, 허황옥 집단은 왕후사라는 절을 창건하는 등의 활동을 통해 왕실 내에서 지위를 굳건하게 유지한 것으로 보이네. 그리고 역사적으로 보면 그 당시는 강력한 왕조체제로 전환되는 시점이었는데 고구려, 백제, 신라와 달리 가야는 중앙집권적인 왕조국가로 발전하지 못하고 부족연맹체에 그친 이유가 바로 브라만교의 신분제도 탓이 아니었나 싶네. 인도 문화를 직수입한 김수로 왕은 바로 카스트 제도를 실행할 수 있었을지 모르지만 다른 부족에까지 그걸 강요하기란 무리였겠지."

"흥미로운 얘기이기는 한데요, 그게 원화하고 어떻게 이어집니까?"

"신분제가 강력할수록 사회의 통합력은 떨어질 수밖에 없네. 당연히 외세의 공격에 취약해질 수밖에 없는 노릇이고. 가야가 망했을 때 왕족과 귀족들은 어떻게 됐나?"

"제가 알기론 신라에 흡수통합된 것으로 아는데요."

"그렇지. 가야의 일부 세력이 일본으로 건너가기는 했지만 대다수는 신라에 통합되어 진골 귀족이 되네. 그때 아마도 브라만교가 신라의 상류층에 전파됐을 것이네. 바로 원화의 두 여자, 남모와 준정이 브라만교를 이끈 사제였던 것일세. 역사기록에는 원화가 금방 해체됐는데 살인사건이 해체의 주요 원인인 것처럼 나오지만, 브라만교보다는 불교가 사회통합을 이루는 데 더 이롭기 때문에 정부가 나서서 원화 즉 브라만교를 억누른 것으로 보이네. 하지만 권력층에 철저히 특화된 브라만교가 쉽게 사라지지는 않았을 터!"

"아까 한일합방을 원화가 성사시켰다고 말씀하셨는데, 그럼 수천 년을 이어 내려오며 원화가 존재했다는 겁니까? 그 정도의 종교집단이었다면 역사에서 꾸준히 드러나지 않았겠습니까? 게다가 허황옥이 들여왔으면 허 씨 집단에서 대대로 그걸 이었겠지 왜 다른 집단에게 넘어갔겠습니까?"

"나도 구체적인 것은 자세히 몰라. 방금 얘기한 건 내가 알고 있는 것과 황지니란 여자가 추적한 것을 섞어서 말해준 것일 뿐일세. 남모와 준정이 허 씨가 아니었던 만큼, 가야에서 신라로 넘어온 브라만교는 핏줄에 의해 세습되지 않고 일부 권력층의 모임을 통해 전달되는 수준으로 축소된 모양이지."

돌연 이대길 선생은 목소리를 낮춰 얘기를 이어갔다.

"실은 내가 세상에 발표한 《화랑세기》는 모본(母本)이 따로 존재한다네. 게다가 필사본도 내가 박창화 선생한테서 직접 구입한 것이 아니고 그분의 사촌동생인 박성화 씨한테서 얻은 것이지."

"네?"

"문제는 그 노인네가 정신이 오락가락해서 아주 어쩌다가 가끔씩만 제정신으로 돌아오는데, 그때에만 그 노인네한테서 《화랑세기》에 관한 제대로 된 정보를 얻을 수 있다네. 옛날에는 책의 끝부분에 발(跋)이라고 해서 본문의 줄거리를 요약한다거나 간행경위 등을 적어놓고 그 글을 발문이라 했는데, 《화랑외사(花郎外史)》와 그 발문에 아주 새로운 내용이 들어있는 모양이네. 그것까지 얻어서 세상에 공개하면 아주 학계가 뒤집어질 텐데, 박성화 씨가 정신이 온전치 않아서 아직까지 그걸 못 얻었네."

"《화랑외사》라면, 또 다른 《화랑세기》가 존재한단 말씀입니까?"

"분명히 있어. 박성화 씨의 헛소리를 듣던 중에 제2의 《화랑세기》 얘기를 몇 번이나 들었거든. 어때 기자 양반, 그 미친 노인네를 찾아가서 《화랑외사》를 얻어오지 않겠나?"

"황지니도 그런 정보를 알고 있었습니까?"

"눈치는 챈 것 같았는데 내가 자세한 얘기는 해주지 않았네. 그 여자는 사학 전공자인데, 나 몰래 박성화 씨한테서 그걸 구해 단독으로 발표하면 내가 무슨 꼴이 되겠나? 자네는 기자이니 《화랑외사》를 구한다고 하더라도 나 같은 전문가의 도움 없이는 세간에 터뜨릴 수 없을 테니 말일세. 그런데 워낙 노인네 정신이 온전치 않아서 정보를 얻기가 쉽지 않아. 기자의 속성은 끈질긴 것 아닌가? 자네가 《화랑외사》를 입수하면 나랑 같이 세상에 터뜨려보세."

황지니가 그 노인네를 만나지 못했다면 은산도 굳이 가서 만나볼 필요는 없을 것 같았다. 하지만 황지니가 연구한 주제에 다가가기 위해서라면 일단 만나보는 것도 나쁠 건 없었다. 은산은 이대길 선생이 적어주는 쪽지를 받아서 품에 넣었다.

"그 양반이 경기도의 한 양로원에 있어. 거기 전화번호하고 주소 적어놨으니까 그걸로 찾아가 만나보게. 만약 큰 거 건지게 되면 딴 전문가 만나지 말고 날 부르게. 내가 대학교육은 못 받은 재야 사학자이지만 어느 교수한테도 뒤지지 않거든."

쾅!

갑자기 큰 소리가 들렸다. 폭발음 같기도 했고 충돌음 같기도 했다. 은산이 무슨 소리인지 궁금해 하며 주위를 둘러보려는 순간에 객차가 회전을 했다. 아무도 안전벨트를 안 맸기에 사람들이 이리저리 나뒹굴며 비명을 질러댔다. 소지품이며 가방이 무중력의 우주선 내부에서처럼 날아다녔고 유리창이 깨져 허연 파편이 사방으로 흩어졌다. 은산은 이대길 선생의 손을 잡으려고 했다. 그러나 그보다 더 빠른 속도로 깨진 차창 밖으로 튕겨나가 버렸다. 아무것이나 잡아보려 했지만 소용이 없었다.

퍽!

차창 밖으로 튕겨나간 은산은 수풀이 우거진 진창에 머리를 박았다. 은산은 몸을 간신히 일으켜 개울가의 넓적한 바위 위에 올라가 뻗어버렸다. 아무런 생각도 들지 않았고, 고통이나 통증도 전혀 느껴지지 않았다. 얼굴 위로는 여전히 폭우가 쏟아지고 있었다. 은산이 고개를 약간 들고 얼굴의 물기를 씻어내는 순간 비로소 머리와 등에 통증이 몰려왔다. 손바닥을 보니 피가 흥건했다. 눈으로 흘러드는 피와 빗물을 씻어내며 은산은 무슨 일이 벌어진 것인지 주위를 둘러봤다.

흙탕물이 철철 흘러넘치는 개울의 건너편에 있는 철로가 폭우에 붕괴되어 있었다. 엿가락처럼 꼬인 두 개의 열차가 박살이 난 채 개울에 처박혀 있었고, 은산 외에도 열차 밖으로 튕겨나간 여러 사람들이 시체처럼 널려있었다. 깨진 창문으로 들여다보이는 열차 내부는 선혈로 범벅이 되어 무슨 공포영화의 한 장면 같았다. 폭우에 붕괴된 선로 때문에 두 열차가 정면으로 부딪친 모양이었다. 폭우 속에서도 맨 앞 칸은 시커먼 연기를 내며 불타고 있었다. 사람들의 흐느낌과 비명소리가 폭우랑 어울려 은산의 귀를 괴롭혔다.

은산은 상체를 일으켰다. 온몸에 통증이 느껴졌지만 충분히 움직일 수는 있었다. 몸이 어느 정도인가 더듬어 보았다. 품 안의 지갑과 이대길 선생이 건네준 쪽지는 그대로 있었다.

끼이익!

브레이크 소리가 들리더니 누군가 탄식을 하며 다가왔다.

"괜찮으세요?"

은산은 상당히 빠른 속도로 객차에서 튕겨나간 모양이었다. 자기처럼 개울 건너편까지 튕겨나간 다른 사람은 보이지 않았다.

"여보세요, 119죠? 여기 열차사고 났어요! 여기가요……."

은산이 있는 곳 근처에 좁은 2차선 도로가 있었고, 한 남자가 그 도로변에 차를 세워놓고 119와 전화통화를 하며 개울가로 다가왔다.

"몸은 어떠세요? 좀 있으면 119가 올 겁니다!"

그 남자는 은산을 부축해서 자기 차에 태웠다. 흙탕물이 넘치는 개울 건너까지 가서 다른 사람들을 살펴볼 엄두는 안 나는지, 그쪽으로 갔다가 금방 자기 차로 돌아왔다. 그 남자는 도로를 상하로 살펴봤지만 폭우가 쏟아지는 날씨에 한적한 2차선 지방도로를 달리는 차는 없었다.

"병원에 좀……."

은산이 간신히 말을 꺼내자 그 남자는 119 구급차가 오기를 더 이상 기다리지 못하고 차를 몰기 시작했다.

"제일 가까운 병원으로……."

은산은 말끝을 맺지 못하고 곧바로 정신을 잃었다.

6_

원화의 문신

정신줄을 잡았다 놨다 하면서 은산은 자기 주위의 풍경을 바라보았다. 간호사들이 가위로 은산의 옷을 자르고 증류수로 피와 진흙을 닦아주었다. 의사들이 진료해주니까 이젠 괜찮아 하는 생각으로 잠시 정신을 잃었다가 파상풍 주사에 정신이 들었다. 정신이 혼미했지만 파상풍 주사는 정신이 반짝 들 정도로 아팠다.

"어디 어디가 아프십니까?"

은산은 손을 들어 아픈 부위를 가리켰다. 의사는 은산의 소지품 중에서 지갑을 흘낏 보더니 정신이 들게 하려는 듯 볼을 살짝 두드렸다.

"임원주 씨, 이제 엑스레이 촬영해야 하거든요. 정신을 잃으시면 제대로 촬영할 수 없으니까 엑스레이 다 찍을 때까지는 정신 바짝 차리세요."

'임원주? 누구지? 아, 그 사람이겠군.'

은산은 주현상이 만들어준 신분증을 떠올렸다. 그때 유심히 보지 않아서 그 노숙자의 이름은 기억나지 않았지만, 우선은 자기의 이름이 들통 나지 않은 것이 다행이었다.

은산은 엑스레이를 찍기 위해 이리저리 자세를 취해주면서 계속 신음을 토해냈다.

"쫌만 참으세요. 거의 끝나갑니다."

정신이 오락가락하는데 의사가 몇 마디 해주었다.

"가벼운 뇌진탕에 목과 등에 타박상도 심합니다. 다행히 목 디스크는 아니고요. 그리고 갈비뼈에 금이 갔는데 심한 건 아닙니다. 그나마 천만다행입니다. 열차사고에서 이 정도 부상에 그친 건 정말 보기 드문 일입니다."

목과 어깨를 고정시키는 깁스를 하고 파상풍 주사 못지않게 아픈 주사를 두어 방 더 맞은 뒤에 왼쪽 가슴과 등을 U자형으로 감싸는 깁스를 또 했다. 중환자실로 이동해서는 링거를 맞았다. 안도감에 슬슬 잠이 몰려올 무렵에 여러 대의 앰뷸런스가 내는 사이렌 소리가 들려왔다. 은산의 옆자리에 있던 환자가 한마디 했다.

"오늘 이 병원 대박이겠는걸."

하루 만에 일반병실로 옮긴 은산은 기분이 그런대로 상쾌해졌다. 중환자실에 실려온 사람들 중에 한 사람이 결국 영안실로 가는 걸 보고 등골이 서늘해지기도 했지만 그 난리통에서도 죽지 않고 살았다는 생각에 금방 기분전환을 할 수 있었다. 고은산이 아닌 임원주라는 낯선 이름으로 행세하는 것도 좋았다. 잔고가 줄어드는 통장을 걱정하지 않고도 병원에서 정신적인 피로를 풀면서 한가하게 지낼 수 있는 것도 좋았다. 전치 5주 정도가 나왔지만 은산은 한 달 안에 깁스만 풀리면 병원을 나갈 생각이었다. 이대길 선생은 은산이 있는 병원이 아닌 좀 더 큰 병원으로 갔다는데 부상이 심한 모양이었다. 찾아가볼까 하는 생각이 들기도 했지만 이제 이대길 선생한테서 얻을 정보는 다 얻었기에 외면하기로 했다.

이틀 만에 비가 그쳐서 병원 복도로 들어오는 햇볕은 맑고 청명했지만 제법 덥기도 했다. 늦봄인데도 여름 못지않게 햇살이 따가웠다. 은산은 부러진 책받침을 부채 삼아 펄럭이면서 컴퓨터 자판을 두드렸다. 병원 복도에 설치된 유료 컴퓨터에서 은산은 오랜만에 웹서핑을 하고 있었다.

이번 열차사고에 관한 뉴스를 클릭하다가 은산은 한 지방 인터넷 뉴스를 보고 움찔해서 동작을 멈추고 모니터를 한참을 들여다보았다. 폭우로 인해 선로가 유실되어 열차사고가 발생한 것까지는 현장에서 목격한 그대로였지만, 그 사고가 누군가가 고의로 벌인 사건일지도 모른다는 내용은 의외였다. 경찰은 철도공사가 평소에 제대로 관리를 안 한 책임을 묻고 있지만 철로관리 담당 직원들은 100밀리미터도 안 되는 폭우에 선로가 쉽게 무너진 것을 의아하게 생각하고 있다는 것이었다. 게다가 무너진 선로가 묘하게 겹쳐진 탓에 두 열차가 정면으로 충돌한 점은 기이할 정도라는 것이었다. 은산은 퍼뜩 뇌리를 스치는 생각에 소름이 돋았다.

'혹시 지니를 죽였던 놈들이 이대길 선생과 나를 제거하려고 일부러 열차사고를 일으킨 것이 아닐까? 열차사고로 환자가 된 사람들이 여섯 군데의 병원에 나뉘어 수용돼있다. 행여 놈들이 병원을 돌아다니며 나를 찾아다니고 있다면?'

은산은 침을 꿀꺽 삼키고 어떻게 대처할까 고심했다. 마우스를 클릭해 자기한테 온 이메일을 확인해보았다. 은산은 어제 깁스 한 몸을 뒤뚱거리면서도 이메일 주소는 알지만 누군지는 모르는 사람한테 이메일을 보내놓았다. 그 이메일 주소는 지니의 메모장에 적혀 있었던 것이었다. 그 사람에게 지니와 어떤 내용의 이메일을 주고받았는지를 문의하는 이메일을 보낸 것이었다. 답장은 벌써 도착해 있었다. 은산은 유심히 그 답장의 내용을 살펴보았다.

이메일을 보낸 이는 캐나다에 사는 사람이었고, 타밀학회장이라는 직함을 갖고 있었다. 그 사람은 황지니와 신라 언어에서 드러나는 인도의 영향에 대해 이메일을 주고받았다고 했다. 가야라는 국명이 인도 드라비다어로 물고기라는 뜻이라는 얘기를 이미 들어 알고 있는 은산으로서는 그리 새삼스런 얘기가 아니었다. 그 사람은 사람들이 신라 언어라고 알고 있는 많은 단어가 실은 인도 타밀어라는 결론을 내리고 있었다. 이를테면 '박혁거세'란 이름은 행운을 가져다주는 왕이라는 뜻의 타밀어 '바키야 거사이'와 흡사하고, 신라 왕의 호칭인 '거서간'과 똑같은 뜻을 가진 '코사간'이라는 단어가 타밀어에 있다는 것이었다. 고대 타밀어뿐만 아니라 현대 타밀어에도 한국어와 흡사한 것이 많다고 했다. 아빠(아빠), 암마(엄마), 안니(언니), 궁디(궁둥이) 등이 그렇다는 것이었다. 은산은 여태 돌아다니며 인도 문화가 한반도에 들어온 과정에 대해 많은 이야기를 들었기에 타밀학회장이 보낸 이메일의 이런 내용은 너무나 당연하게 여겨질 정도였다.

그 다음으로 은산은 다시 이것저것 검색하다가 지니의 메모장에 적혀 있던 일본인 이름을 찾아보았다.

"미시나 아키히데, 1930년대 일제 때 일본인 역사학자라……. 유명한 연구논문으로는 〈신라 화랑의 연구〉란 게 있군. 이건 나중에 도서관에서 찾아봐야겠다."

은산은 최면술사에게서 받은 메모장에 적힌 미시나 아키히데라는 이름 옆에 논문 제목을 적었다.

"음? 지니의 메모장에 적혀 있던 이름은 모두 생존하고 있는 인물들의 이름이었는데, 이 일본인은 이미 죽은 사람 아냐? 동명이인인가?"

인터넷을 아무리 검색해 봐도 미시나 아키히데라는 이름으로 유명한 사람은 1930년대의 그 학자밖에 없었다.

"뭐, 논문을 준비할 때에는 여러 학자들의 자료를 찾아보기 마련이니 꼭 생존 인물이어야 할 필요는 없겠지."

은산이 혼잣말을 하며 한참 웹서핑을 하고 있는데 간호사가 부르는 소리가 들렸다.

"임원주 씨!"

"벌써 주사 맞을 시간이 됐나?"

은산은 뒤를 돌아봤다. 간호사가 웬 여고생 한 명과 함께 그쪽으로 다가오고 있었다. 은산의 얼굴을 본 여고생이 간호사를 보며 고개를 절레절레 저었다. 은산은 약간 불길한 생각이 들어 엉거주춤 일어났다.

"저 분이 아니에요? 이름과 나이는 맞는데……."

"얼굴이 전혀 달라요. 우리 아버지는 저렇게 동안이 아니세요."

'그럼 저 여고생이 그 노숙자의 딸? 아, 가족이 찾아올 수 있다는 생각을 왜 못했지! 그러고 보니 그 노숙자는 사십대 중반인데 난 삼십대 중반이니 엄청 동안이라 생각하겠군. 이러다 금방 들통 날지도 모르겠다.'

은산은 여고생이 돌아간 후 곧장 서무과를 찾아가 병원을 옮기겠다고 했다.

"지금 그 상태로는 그냥 여기에 계시는 게 좋을 거 같은데요."

직원은 손님을 하나 잃는 것 같아 아쉬운 모양이었지만, 은산은 여기 오래 있고 싶은 생각이 확 달아난 상태였다.

"집 가까운 데로 병원을 옮기고 싶어요."

"그럼 서울로요?"

"아니, 서울 말고 고향집 근처로 가려고요."

“오늘이 토요일이라 옮기시는 건 월요일에나 가능해요. 어디로 옮기시고 싶은데요?”

“경기도 광주로요.”

은산의 고향은 거기가 아니었다. 하지만 거기로 가야만 하는 절박한 이유가 있었다. 이대길 선생이 가르쳐 준, 박성화 씨가 있는 양로원이 그 근처에 있었다.

안개가 짙게 낀 창밖을 바라보며 은산은 3주 전의 일을 떠올렸다. 그날도 안개가 심한 날이었다. 오전 아홉 시가 지났지만 50미터 이상의 거리는 보이지도 않았다.

경기도 광주 남한산성 근처의 병원으로 옮긴 은산은 부상을 치료받는 데 전념하면서 틈틈이 근처에 있는 양로원을 찾아갔다. 이대길 선생이 일러준 박성화라는 분을 뵙기 위해서였다. 《화랑세기》와 원화에 관한 정보를 얻기 위해서였지만, 그분은 노인성 치매인지 사람을 알아보지도 못했다. 격일로 찾아갔지만 이틀 전에 찾아온 은산을 기억하지 못할 정도였다. 양로원 사람들은 치매는 아니라고 했지만, 은산이 보기에는 치매 같았다. 침을 질질 흘리면서 말도 어눌하게 하니, 제정신이라 해도 무슨 말을 하는지 알아듣기 어려웠다. 갈비뼈에 금간 것을 제외하고는 몸이 어느 정도 나아졌을 때 은산은 마지막 희망을 걸고 양로원을 찾아갔다. 기다리다 지친 은산은 그날도 아무런 대답을 얻을 수 없으면 경기도 광주를 떠날 생각을 하고 있었다.

병원 직원한테 빌린 자전거를 타고 짙은 안개 속에서 비포장도로를 달려 양로원으로 가는데 건너편에서 누군가 다가오고 있었다. 은산은 그가 누군지에는 관심도 없었고, 그냥 새벽조깅을 하는 사람일 거라고 생각했다. 사이클링을 하는 사람들처럼 마스크로 입을 가리고 운동모자까지 써서 얼굴을 전혀 알아볼 수 없었다. 자전거를 타고 가는 은산의 왼쪽으로 그가 스쳐 지나갈 때 돌연 은산의 왼쪽 가슴에서 퍽 소리가 나며 강렬한 통증이 몰려왔다. 은산은 자전거에서 넘어지며 왼쪽 가슴을 움켜쥐고 신음했고, 그는 과도 크기의 단검을 쥐고 쓰러진 은산에게 달려들었다.

아직 제대로 붙지도 않은 왼쪽 갈비뼈에 또다시 충격을 받았으니 고통이 엄청났다. 그래도 은산은 넋 놓고 당하지만은 않았다. 이를 악물고 칼을 든 괴한의 손목을 움켜쥔 뒤 엎치락뒤치락하며 굴렀다. 두 사람은 농수로가 있는 도랑에 빠졌는데 운 좋게도 도랑에 빠지는 순간 은산이 괴한의 위에 있었다. 은산은 왼손으로는 괴한이 칼을 든 오른쪽 손목을 움켜잡고 오른손으로는 괴한의 마스크를 누르며 물에 처박았다. 은산의 왼손이 미끄러지는 바람에 괴한이 칼로 은산의 왼쪽 가슴을 한 번 더 찔렀지만, 천만다행으로 깁스한 곳을 찔렀기에 큰 상처를 입지는 않았다. 대신 은산은 왼손으로 도랑 옆에 있던 큰 돌을 집어 들어 괴한을 내리쳤다.

얼굴이 도랑물에 완전히 처박힌 괴한이 숨을 못 쉬고 허우적거리다가 이내 잠잠해지자 은산은 벌벌 떨며 도랑에서 기다시피 빠져나왔다. 마스크를 벗겨 괴한의 얼굴을 확인하고픈 마음이 들었지만 겁이 나서 그럴 수가 없었다. 은산은 주위를 둘러보았다. 안개가 짙은 오전이라 지나다니는 사람은 보이지 않았다. 은산은 쓰러진 자전거를 일으켜 세우고 비틀거리면서도 용케 자전거를 타고 병원으로 돌아왔다.

'놈들이 내 위치를 알아냈어! 여기 있다가는 죽어!'

은산은 자전거를 타다가 넘어졌다고 변명을 하고는 부서진 깁스를 떼어내고 새로 깁스를 했다. 깁스가 마르자마자 은산은 퇴원수속을 밟았다. 괴한이 들이닥칠까봐 겁이 났고, 그 괴한이 혹시 죽은 것은 아닐지, 자기가 사람을 죽인 것이나 아닐지 겁이 났다. 서둘러 병원에서 나왔지만 은산은 어디로 피신해야 할지 알 수가 없었다.

'자수하고 변호사를 선임해야 하나?'

하지만 그렇게 두려운 중에도 은산은 진실을 알고 싶었다. 누가 지니를 죽인 건지, 지니가 왜 죽은 건지, 그들에게 무슨 의도가 있는 건지를 알고 싶었다.

그때 은산이 문득 생각해낸 것이, 박성화 씨가 있는 양로원에서 자원봉사자를 모집한다는 포스터였다. 멀리 도망가느니 차라리 이 근처에 숨어 있는 것이 오히려 안전할 것 같았다. 또한 박성화 씨한테서 진실을 듣고 싶은 마음도 강렬했다. 은산은 양로원에서 걸어서 10분 거리에 있는 여인숙에 달방을 잡고 양로원에 자원봉사자로 지원했다. 박성화 씨가 비록 치매여도 매일 얼굴을 익히면 마음을 열고 기억을 떠올릴지도 모른다는 기대를 품고서.

다시 생각해도 손끝이 바르르 떨리는 그 일을 당한 것이 고작 3주 전이었다. 은산은 외출을 삼가고 양로원과 여인숙만 오가는 생활을 했다. 물속에 처박았던 그 괴한은 어떻게 됐는지 알 수 없었다. 그가 죽었다면 경찰이 돌아다니든가 뉴스에 나오든가 했을 텐데 그런 일은 없었다. 죽지 않은 거라면 은산으로서도 살인을 저지른 게 아니니 다행일 터였고, 설령 그가 죽었다고 해도 정체를 알 수 없는 그들이 살인 사건을 숨길 수도 있을 터였다.

"어이구, 큼지막하게 또 싸셨네. 박성화 할아버지, 똥 쌌으면 쌌다고 말씀을 하세요. 제가 얼굴 하나 찡그리지 않고 치워드리잖아요."

은산이 기저귀를 갈아주며 말을 붙여보았지만 박성화 씨는 멍한 눈동자로 케이블 TV를 응시할 뿐이었다. 침대 옆에 놓인 식판에는 밥과 반찬이 반쯤 남아 있었다.

"아침을 왜 요것밖에 안 드셨어요? 아침은 다 드셔야죠."

틀니를 끼고 아주 천천히 식사를 하고 있던 바로 옆 침대의 할아버지가 얼굴을 잔뜩 찡그리고 박성화 씨를 노려보았다.

"박가 놈, 저놈은 꼭 내가 밥 먹을 때만 싼단 말이야. 내가 몸만 성했어도 아작을 내놓을 텐데 말이야."

은산은 박성화 씨 대신 그 할아버지에게 웃는 낯으로 사과를 했다.

"죄송합니다. 제가 금방 치울게요."

창문을 열어 환기를 시키고 나서 벗긴 기저귀를 얼른 봉지에 싸서 치우는데, 박성화 씨가 보던 TV를 가리키며 무심코 중얼거렸다.

"너다."

은산은 그게 무슨 말인지 처음에는 깨닫지 못한 채 박성화 씨가 식판에 남겨놓은 음식을 치우는데, 밥을 다 먹은 옆 침대의 할아버지가 유리잔에 틀니를 빼놓으며 고개를 갸웃거렸다.

"정말, 박가 놈 말대로 많이 닮았네."

은산은 식판의 음식을 마저 치우며 대꾸했다.

"누가 닮았다고요? TV에 닮은 사람 나왔어요?"

무심코 TV를 돌아본 은산은 깜짝 놀라 식판을 떨어뜨릴 뻔했다. 공개수배 프로그램에서 자신을 수배한다는 내용이 흘러나오고 있었다. 한 달이 넘도록 은산을 잡아들이지 못하니까 이제는 아예 얼굴사진을 내걸고 공개수배로 돌아선 모양이었다. 은산은 애써 태연을 가장하고 식판을 치우면서 말했다.

"아이쿠, 정말 닮았네. 그래도 저놈은 수단이 좋은가 보네요. 전 아직 숫총각인데 저놈은 유명한 사람 마누라를 꼬셨으니."

"캬캬, 그 나이 먹도록 숫총각이야? 어디 과부라도 꼬셔봐."

"어유, 제 주제에 무슨……."

식판을 들고 방을 빠져나오는 은산의 심정은 암담했다. 이제 누군가 신고전화라도 하면 은산은 오도 가도 못하고 잡히는 수밖에 없었다. 여기 양로원 사람들이 자기 얼굴을 익히 알고 있으니 그중 누군가가 언제 자신을 신고할지 알 수 없었다. 걷어온 식판을 씻으면서 은산은 오늘 저녁에 경기도 광주를 벗어나 다른 곳으로 가야겠다고 마음먹었다. 박성화 씨한테서 아무런 정보도 얻지 못하고 괜히 한 달 가까이 시간만 잡아먹은 셈이 됐다.

설거지를 끝내고 은산은 박성화 씨를 휠체어에 태우고 산책을 나갔다. 이제 마지막이라 생각하니 섭섭한 마음도 들었고, 아무런 정보도 얻어듣지 못해 은근히 신경질이 나기도 했다. 평소에는 이것저것 억지로 말을 붙이곤 했지만, 지금은 어디로 피신할까 궁리하느라 조용히 휠체어를 밀기만 했다.

"떠나기 전에 선물 줄까?"

"네?"

박성화 씨가 은산에게 먼저 말을 거는 건 처음이었다. 수십 마디 떠들어야 겨우 한 마디 대답할까 말까였는데 먼저 말을 꺼낸 것이었다.

"떠나긴 누가 떠나요?"

“이제 갈 거잖아. 나를 떠나려는 사람은 알아볼 수 있어.”

갑자기 은산은 울컥하고 무언가가 가슴에 치미는 것을 느꼈다. 자신도 외로움과 두려움에 지쳐있었기에 외로움을 드러내는 박성화 씨의 말에 감정이 북받친 것이었다.

“선물을 줄 테니 그것을 고서점에 갖다 팔아. 꽤 많은 돈을 받을 수 있을 게야.”

박성화 씨가 손가락을 들어 양로원 뒤뜰 구석을 가리켰다. 낡은 토끼장 하나가 눈에 들어왔다. 눅눅한 노린내를 풍기는 토끼장 바닥에는 토끼똥 대신 쥐똥이 굴러다니고 있었다.

“저길 파면 고서가 있어. 선물이니까 가져가.”

은산은 황급히 토끼장 아래 땅을 팠다. 낡고 변색된 여행가방이 나왔다. 곧바로 열어보려 했지만 지퍼가 녹이 슬어 열리지 않았다.

“이 안에 뭐가 들어있어요?”

“《화랑외사》.”

이대길 선생이 찾던 바로 그 책이었다. 은산은 식당으로 달려가 식칼을 가지고 와서 여행가방을 찢었다. 안에 든 지렁이 몇 마리를 치워버리고 누렇게 뜬 고서적을 꺼냈다. 한자로 씌어진 제목은 은산도 읽을 수 있었지만, 그 안의 내용은 전혀 알아볼 수 없었다. 내용은 한자도 아니고 한글도 아닌 이상한 문자로 씌어져 있었다.

“신대문자라고, 일본 사원에서만 쓰는 문자지.”

항상 초점이 흐리고 멍하던 박성화 씨의 눈동자가 지금은 멀쩡한 노인의 눈처럼 또랑또랑했다. 은산으로서는 처음으로 대하는, 제정신이 든 박성화 씨였다.

“《화랑외사》가 왜 신대문자로 기록된 거죠?”

"한일합방 기념으로 일본에서 만든 거니까. 원화가 조선반도를 일제에 바치고 그 기념으로 자기들의 시조를 기리려고 펴낸 거야."

"그럼 화랑이 곧 원화인 겁니까?"

"그건 아니지. 화랑 내부에 원화가 스며든 거지. 그 정신을 오염시키고 자기들만의 기득권을 지켜내기 위해서. 원화는 지금도 존재하고 있지."

은산은 떨리는 손길로 누런 고서를 쓰다듬었다. 무척 소중한 책이지만 지금 쫓기는 은산이 갖고 다닐 책은 아니었다.

"원화가 아직도 존재한다니 믿기지 않습니다. 그토록 오랫동안 지속됐다면 고려시대나 조선시대에 간행된 서적에도 기록이 있을 게 아닙니까?"

"왕이나 대통령이 이 나라를 다스려온 것처럼 보이지? 왕이나 대통령은 꼭대기에 앉아 있을 뿐이지 다스리는 사람이 아냐. 진짜 권력자는 항상 자신을 숨길 수 있어. 권력을 쥔 자들은 자신을 드러내지 않아. 드러나면 목표물이 되어 공격당하니까."

"이 책을 해독하면 그런 권력자들에 관한 모든 의혹의 진상이 다 드러나는 건가요?"

"큭큭큭, 순진하긴. 그 책은 권력자들의 먼 조상 얘기일 뿐이야, 자신들만 간직하고픈. 아니 조상이라는 말은 어울리지 않아. 핏줄로 이어진 게 아니고 맹약으로 이어진 거니까. 조상이라기보다는 선배가 맞는 말이겠군."

은산은 《화랑외사》를 한참이나 뚫어져라 들여다보다가 다시 여행가방에 집어넣었다. 아직까지 들통 나지 않고 잘 숨겨져 있던 책이니 여기에 계속 놔둔다 하더라도 잃어버릴 염려는 없을 것 같았다. 나중에 이대길 선생과 같이 찾아와도 충분하리라 생각했다. 돈이 부족한 것은 사실이지만 이 책을 고서점에 파는 멍청한 짓은 할 이유가 없었다.

"왜? 읽을 수 없는 책이니 그게 얼마나 비싼 건지 파악이 안 돼?"

"당분간 여기다 묻어 둘게요. 나중에 찾으러 오겠습니다."

"큭큭, 내가 마음이 변해서 딴 사람한테 줄지도 몰라."

은산은《화랑외사》를 가방에 넣다가 책 뒤에 원형의 문양이 그려져 있는 것을 보았다. 그 문양은 은산도 가끔 봤었던 연꽃무늬 문양이었다. 단청이나 한과에 새겨진 것을 본 적이 있었다. 그것이《화랑외사》에도 그려져 있는 것을 보면 무척 오래된 문양임을 짐작할 수 있었다. 생각해 보니, 부처상마다 부처가 깔고 앉은 게 연꽃이었다.

은산은《화랑외사》가 들어있는 가방을 다시 땅에 묻었다. 이어 묻은 자리 위로 잡풀을 덮어 흔적을 어느 정도 지운 다음에 박성화 씨를 바라보았다.

"아까 맹약이라 그러셨죠? 원화끼리 무슨 맹약을 맺는 건가요?"

"그 책을 읽어보면 알아. 원화는 엄선된 사람들만 자기네 무리에 들게 해주면서 하야그리바 앞에서 피와 사랑의 맹약을 맺지."

"하야……뭐요?"

"무식한 놈이랑 말을 섞는 내가 한심하구나. 그런 게 있어. 마두관음이라고, 원래는 인도 신화에서 비슈누한테 살해되는 악마이지만, 나중에 티베트 밀교에서는 수호신으로 바뀌게 되지. 하야그리바의 압윰(라마교에서 남녀가 껴안은 모습으로 만들어진 상) 앞에서 피와 사랑의 맹약을 맺은 뒤에 자기들만의 문신을 새기지. 연꽃무늬 문양이라는데, 본 적은 없어."

"《화랑외사》 뒤에도 문양이 있던데 그 모양 아닙니까?"

"약과도 그런 모양으로 생겼는데, 설마 약과처럼 생긴 무늬를 문신으로 할까?"

은산은 압윱이라는 말도 무슨 뜻인지 몰랐지만 무식하다는 말을 들을까봐 차마 물어볼 엄두를 내지 못하고 다른 걸 물었다.

"그 문신은 팔뚝이나 등에 새기는 겁니까? 그럼 그런 문신이 있는 사람이 원화 멤버인가요?"

"《화랑외사》에서는 얼굴에 새긴다고 했어."

"얼굴이면 눈에 확 띄는 곳인데, 설마 그런 데다 했을라고요?"

"나도 원화에 가입한 사람이 아니라 잘은 모르겠어. 기록에는 그렇게 나와 있으니 그런가 보다 할밖에."

"저 외사에는 원화에 관한 내용이 어느 정도 들어있습니까? 제가 알기론 가야에 정착한 인도인들이 신라에 흡수되면서 신라에도 전파된 힌두교라고 해야 하나 브라만교라고 해야 하나, 아무튼 그 종교가 원화와 관련이 있는 것으로……."

"원화의 시작은 남모와 준정이지만, 신보와 조광이 그 여자들의 선조지. 그 둘의 자손이 남모와 준정에 이른 거니까. 화려한 철기문화를 갖고 있었던 가야가 왜 멸망했을까? 지도층과 백성이 화합하지 못하면 나라가 망하는 건 당연지사일세. 차라리 인도처럼 온 백성이 브라만교도라면 괜찮을지 몰라도 가야처럼 칼로 쪼갠 듯이 여러 부분으로 나누어진 나라는 외부의 공격에 취약하지. 나라가 망했으면 그 책임은 지도층이 져야 하는데도 가야의 지도층은 너무나도 당연한 듯이 신라의 골품제에 편입되고 마네. 과연 나라를 지킬 의지가 있었는지가 의심스러울 정도로 말이야. 신라 말에도 마찬가지였어. 나라를 왕건에게 홀랑 바치고 자기들의 부귀영화가 끊어지지 않게 했지. 소수의 권력자들이 모임을 갖는 것은 백성을 걱정하거나 나라를 염려해서가 아니야. 자기들의 부귀영화가 영원하기를 바라서 모이는 것뿐이지. 그게 원화야."

"세세하고 구체적인 건 다르겠지만, 왠지 느낌으로는 프리메이슨이라는 유럽의 비밀결사 조직이랑 비슷하네요."

"나는 프리메이슨이 뭔지는 잘 모르겠네. 그러나 어쨌든 권력자들은 자기들끼리 붙어 지내니 비밀결사 조직이 생긴다 해도 하등 이상할 게 없지. 자, 먼 길을 갈 거면 퇴근시간까지 기다릴 것 없이 어여 가. 저 책을 보여주었으니 이제 내 곁에 붙어있을 이유도 없겠지."

제정신이 든 박성화 씨와 대화를 나누고 보니 이제야 정이 조금 붙었다는 기분이 들었는데 당장 떠나야 한다니, 은산은 섭섭한 마음에 박성화 씨의 손을 꼭 잡았다.

"참, 떠나기 전에 여쭙고 싶은 게 있었는데, 황지니란 여자가 찾아온 적이 있나요?"

"똥오줌도 못 가리는 나를 찾아올 여자가 있겠나?"

박성화 씨는 은산에게 손짓으로 어서 가라고 하더니 다시 멍한 눈빛으로 녹슨 토끼장을 바라보았다. 아주 잠간 동안이었지만 진지한 대화를 나눌 수 있었던 게 천만다행이었다. 예전에 돌아가신 아버지가 생존해 계셨으면 저랬을 것이라는 생각에 은산은 눈물이 핑 돌았다.

"가볼게요."

은산은 허리를 굽혀 90도로 인사를 하고 양로원을 빠져나왔다. 마침 입고 있는 옷에 지갑이 있어서 굳이 들어가 옷을 갈아입지도 않고 그냥 양로원을 빠져나왔다. 양로원에 있는 다름 사람들의 눈에 띄어서 좋을 건 없으니까.

터벅터벅 힘없는 발걸음으로 걸어가는데 돌연 등 뒤에서 커다란 폭발음이 났다. 멀찍이 떨어져있는 은산이 앞으로 고꾸라질 정도의 폭발이었다. 파편이 사방으로 튀었다. 은산은 두 팔로 머리를 감싸고 땅에 엎드려 뒤를 바라보았다. 식당에서 가스통이 터진 것 같았다. 불길이 치솟고 사람들의 비명소리가 들려왔다. 은산은 불길이 치솟는 양로원 식당으로 달려가려다가 발걸음을 멈추었다.

'여기까지 쫓아온 거야!'

더럭 겁이 난 은산은 사람들을 구해야 한다는 생각을 접어버리고 내달리기 시작했다. 충격과 공포심으로 인해 다리가 풀려서 달리다가 몇 번이나 넘어졌지만 그때마다 필사적으로 일어나 다시 달렸다. 눈물이 두 볼을 타고 흘러내렸다. 두려움과 죄책감으로 가슴이 터질 것 같았다.

'죄송해요 어르신, 전 살아야해요!'

7_

죽림고회

지방의 버스터미널은 고즈넉했다. 수도권에 비하면 건물 크기도 작았고 버스도 몇 대 없었다. 할머니들, 아주머니들이 짐을 이고 지고 버스에 오르내리는 모습이 쫓기는 와중인데도 은산의 마음을 편안하게 해주었다. 여기 해남이 은산의 고향은 아니지만, 그리고 일가친척 중에 전라도 사람은 하나도 없지만 은산은 정말로 오랜만에 고향의 향취를 느끼고 있었다.

터미널마다, 그리고 다방마다, 심지어 편의점에까지 은산의 얼굴이 각종 흉악범들의 사진과 같이 붙어있었다.

'세상에서 가장 흉측한 간통범이로군, 나란 놈은 말이야.'

박성화 씨가 있던 양로원이 가스 폭발로 인한 불길에 휩싸인 그 순간에 은산의 뇌리를 스친 생각은 땅끝으로 도망가 숨고 싶다는 것이었다. 여인숙으로 가 짐을 챙긴 은산은 일단 서울로 달아났다. 서울로 간 것은 사람이 가장 많은 곳이 숨기에 적당하다는 생각에서였다. 은산은 서울에서 다시 전라도 해남으로 가는 버스에 올랐다. 그냥 바다를 보고 싶었다. 그것도 땅끝에서 바라보이는 바다가 그리웠다.

해남터미널에 도착하자마자 은산은 이발소부터 찾아갔다. 머리가 허옇게 센 이발사가 은산의 머리카락을 스포츠머리로 짧게 깎아 놓았다. 얼굴이 좀 달라보였다. 범죄자 같은 인상은 더 들었지만 누구라도 초면에 은산을 알아보기는 힘들 정도로 인상이 변했다. 은산은 수다스러운 할머니들이 가득 찬 시외버스를 타고 땅끝마을로 향했다.

초여름의 따가운 햇살이 드리워진 오후의 남쪽 바다를 바라보며 은산은 눈물을 흘렸다. 은산이 처음으로 남의 아내를 범한 다음날 새벽에 두 사람은 충동적으로 땅끝에 왔었다. 그때는 볼 것도 없는 평범한 해안이었지만 지금은 관광지로 개발되어 높은 전망대까지 서있는 곳으로 변했다. 세상에서 사라진 것은 지니만이 아니었다. 그 전망대 하나로 인해 지니와 함께 바라보았던 그 땅끝의 바다도 사라지고 없었다. 이제 땅끝은 평일에도 관광객이 많이 오는 관광단지일 뿐이었다. 서울 번호판을 단 승용차가 눈에 띄는 것만으로도 은산은 움찔했다. 여기도 이제는 세상의 땅끝이 아니었다.

은산은 민박집에서 하룻밤을 새고 다시 해남으로 왔다. 지니의 죽음을 슬퍼하는 것보다 더 중요한 일이 있었다. 대구로 가는 버스표를 끊은 다음에 공중전화 박스로 갔다. 한낮의 햇살 탓에 대기가 지글지글 끓는데도 은산은 공중전화 박스 문을 닫은 채로 전화를 걸었다.

"네, 석인해 변호사 사무실입니다."

"석인해 변호사의 고등학교 동창입니다. 석 변호사랑 통화할 수 있을까요?"

"성함이 어떻게 되시죠?"

은산은 2초가량 망설인 것 같았다. 그러나 그 2초가 20분처럼 길게 느껴졌다. 전화를 끊을까 하는 생각을 그 2초 동안에 스무 번은 한 것 같았다.

"별명이 빙산이었거든요. 빙산이 전화했다고 그러면 바로 알 겁니다."

사무원은 조금 망설이는 기색이었지만 이내 석 변호사와 연결시켜주었다.

"여보세요? 야, 고은산, 거기 어디야? 너 대체 어떻게 된 거야?"

대답할 겨를도 없이 황급하게 질문을 퍼붓는 동창의 목소리만 듣고도 은산은 눈물이 핑 돌았다. 목숨에 위협을 느끼며 쫓기는 입장에서 듣는 어릴 적 친구의 목소리는 은산의 목을 메이게 했다.

"인해야, 나 빙산이다. 잘 있었냐."

"멍청한 새끼, 네가 지금 무슨 짓을 하고 있는지 알고나 있냐? 거기 어디야? 여기 서울은 발칵 뒤집어졌어. 정말 네가 사람을 죽인 거냐?"

"난 사람을 죽이지 않았어. 내가 왜……."

'사랑하는 사람을 죽이겠어'라는 말은 차마 하지 못했다.

"내가 왜 남의 아내를 죽이겠냐. 내가 간통은 저질렀다. 하지만 살인은 아냐."

"암마, 변호사 친구 두고 도망 다니는 바보짓 그만두고 당장 내 사무실로 와. 네가 죽인 게 아니라면 내가 진실을 밝혀줄게."

그런데 은산은 친구의 목소리에서 왠지 모를 어색함을 느꼈다. 친구를 돕겠다는 태도라기보다는 이슈가 돼있는 사건을 물어서 흥분된다는 태도처럼 느껴진 것이다.

"내가 나중에 다시 전화하마. 다만 확실하게 너한테 말해두고 싶은 게 있어. 간통은 했지만 살인은 하지 않았어. 난 사람을 죽이지 않았단 말이야."

"야, 내 사무실까지 오는 게 겁나면 주소를 말해. 내가 차 끌고 직접 갈 테니까."

은산은 수화기를 내려놓았다. 찜질방처럼 뜨거운 공중전화 박스 안이라서 땀이 자꾸만 흘러 눈으로 들어갔다. 땀 때문에 따가워진 눈을 비비며 은산은 공중전화 박스에서 나와 대구로 가는 우등고속버스에 올랐다. 만약에 경찰이 은산이 통화한 공중전화 박스의 위치를 추적해 알아낸다고 하더라도 그때쯤이면 은산은 이미 대구에 도착해 있을 테니 안심해도 될 터였다.

은산이 대구로 가기로 한 것은 지니의 메모장에 적혀 있었던 인물들 가운데 또 한 사람을 만나보기 위해서였다. 예전의 씨름선수와 이름이 같은 영남대 역사과 강호동 교수를 만나봐야 했다.

우등고속버스 안에서 은산은 졸을 수도 잠을 잘 수도 없었다. 피곤에 지쳐 눈꺼풀이 무거웠지만 잠이 올 상황도 아니었다. 그동안은 잡지기자를 가장해(진짜로 잡지기자이기는 했지만) 취재하는 척하며 정보를 입수할 수 있었지만 이제는 정체가 완전히 노출됐으니 무슨 수로 들통 나지 않고 정보를 얻을 수 있을지 암담했다. 혹 정보를 얻어낸다 하더라도 은산이 자리를 뜨자마자 상대방이 경찰에 신고할 텐데 탈옥수 신창원처럼 경찰의 포위망을 뚫고 도망갈 자신도 없었다. 자수한 다음에 변호사의 힘을 빌려 알아내는 게 낫지 않을까 하는 생각도 해보았지만, 고작 변호사 한 명이 자기를 지켜줄 수 있을지 의심스러웠다. 슈퍼스타나 다름없는 인기 변호사인 서울시장 후보의 부인과 간통한 후 살해까지 한 것으로 알려진 사람을 누가 지켜주고 믿어줄 것인가.

'나 혼자 할 수 있는 데까지 해보자. 그러다가 잡히면 석 변호사한테 도움을 요청하지 뭐. 설마 고교 동창생을 저버리겠어?'

동대구 고속버스터미널에 도착했을 때는 이미 저녁시간이었다. 강호동 교수가 아직까지 대학 구내에 있을 것 같지 않아서 은산은 하룻밤을 지낼 방부터 알아보기로 했다. 터미널 근처라 모텔이며 여인숙은 많았다. 그리고 그만큼 경찰도 많았다. 두 명씩 짝을 이루고 순찰을 도는 경찰의 모습이 자주 눈에 띄었다. 천만다행으로 검문검색을 하는 경찰은 없었지만, 제복을 입은 경찰의 뒷모습만 봐도 은산은 가슴이 철렁 내려앉았다.

"영남대학교 가려면 여기서 몇 번 버스를 타야 되나요?"

은산은 복권 파는 아줌마가 일러주는 대로 909번 버스를 타고 영남대학교로 향했다. 약간의 안도감과 더불어 졸음이 밀려왔다. 얼마쯤 지났을까, 눈을 뜨고 창밖을 내다보니 멀리 대구 월드컵경기장이 눈에 들어왔다. 야간조명으로 장식된 경기장은 휘황찬란했다.

"저, 영남대 도착하려면 아직 멀었나요?"

"30분 정도 더 가야 되는데요."

은산은 다시 눈을 붙이려다가 버스 앞쪽의 광경을 보고 심장이 멎는 것만 같았다. 경찰이 도로를 막고 있었다. 이제 끝이구나 하고 체념하려는 순간, 경찰이 버스는 그냥 통과시키고 그 뒤의 자가용을 세웠다. 검문검색이 아니라 음주단속이었다. 은산은 옆 사람이 알아채지 못하게 천천히 한숨을 내쉬었다.

"이번 정류소는 영남대학교입니다. 다음은……."

버스에서 안내방송이 흘러나왔다. 은산은 내릴 준비를 하러 문 쪽으로 걸어 나가다가 또 한 번 화들짝 놀랐다. 왼쪽 차창 밖으로 경부지방경찰청이 보였기 때문이다.

'하필이면 영남대가 경찰청 맞은편이라니! 아, 미치겠네, 내려야 하는 거야 말아야 하는 거야. …… 등잔 밑이 어둡다는 말도 있는데, 오히려 안전할 수도 있어.'

잠깐의 망설임 끝에 은산은 영남대에서 내렸다. 낮 동안 학내 시위가 있었는지, 전경버스 두 대가 학교 정문 앞을 가로막고 서 있었다. 다행스럽게도 전경들이 버스에 오르며 철수하는 모양새였다.

'이건 뭐 무서워서 돌아다닐 수가 있나, 젠장!'

은산은 대학교 근처에 있는 모텔에 들어가 방을 잡았다. 청심환이라도 먹어야 되나 싶었다. 뜨거운 물에 샤워를 하며 마음을 다잡았다.

'고은산, 황지니의 죽음을 잊지 말자. 놈들의 정체를 밝혀낼 수 있어. 겁먹지 마라.'

그러나 막상 저녁 먹으러 나갈 엄두가 나지 않아 야식을 배달시켜 먹고 일찍 잠자리에 들었다. 벽을 타고 젊은 남녀의 신음소리가 들려왔다. 불현듯 지니의 거친 숨소리가 그리웠다.

은산은 이 생각, 저 생각으로 뒤척이다가 새벽녘에야 간신히 잠이 들어서 다음날 10시가 훌쩍 넘은 시간에 잠에서 깼다. 적당히 씻고 가방에서 DSLR을 꺼내 드니 제법 기자 티가 났다. 사진전문 기자가 아니라서 사진을 찍는 모습이 어설프게 보이겠지만 기자 느낌을 주기만 하면 되니 상관없었다. 도서관에 가서 강호동 교수가 어느 분야를 연구하는지부터 살펴보았다. 주로 고려시대에 대해 연구하는 것 같았다. 저서에 실린 사진을 보니 호쾌한 느낌을 주는 이름과는 달리 이회창 같은 날카로운 분위기가 느껴졌다. TV에서 공개수배된 자신을 알아볼지도 모른다는 걱정은 있었지만, 지니를 죽게 한 사건의 배후를 알아보기 위해서는 꼭 찾아봐야 할 인물이었다.

"저, 강호동 교수님을 뵈러 왔습니다."

"좀 전에 수업 끝내시고 세미나 때문에 서울 가셨는데요. 나가신 지 얼마 안 됐으니 아직 주차장에 계실지도 모르겠네요."

조교가 안타까운 표정을 지으며 말했다.

은산은 조교에게 위치를 물어 강호동 교수가 차를 주차시키는 곳으로 황급히 달려갔다. 은색 승용차 한 대가 막 주차장을 빠져나오는 중이었다. 은산은 손을 흔들며 승용차 앞으로 뛰어들었다. 도서관부터 들러 강 교수의 저서에서 그의 사진을 미리 본 것이 천만다행이었다. 얼굴을 익혀두지 않았더라면 놓칠 뻔했다.

"이봐요, 갑자기 차 앞으로 뛰어들면 어떡합니까!"

"죄송합니다. 월간 〈시사〉의 임원주 기잡니다. 잠깐 얘기 좀 나눌 수 있을까요?"

"무슨 일로 그러십니까? 지금 서울로 가야 하는데."

"15분 정도만 시간 내주십시오!"

은산은 허락도 받기 전에 조수석에 올라탔다. 강 교수는 시계를 흘낏 보고는 아직 여유가 있는지 차를 주차장 구석에 댔다.

"내 전공이 역사인데, 그것 때문은 아닌 것 같고, 뭔 일입니까?"

"황지니 씨 아시죠? 서울시장 후보 김민세 부인 말입니다. 생전에 만나보신 적 있죠?"

"같은 역사 전공이니까 서로 연락은 주고받은 적이 있습니다. 실제로 만나본 적은 없어요. 내 논문에 대해 몇 가지…… 어?"

강호동 교수는 은산에게 몇 마디 말을 하다가 서로 눈이 정면으로 마주치자 갑자기 말을 멎었다. 은산의 정체를 알아차린 것이었다. 은산은 강 교수의 반응을 바로 눈치 챘지만 무시한 채 태연히 질문을 던졌다.

"무엇에 대해 연락을 주고 받으셨는지 말씀해 주십시오."

"그, 그게 왜 시사잡지의 관심사가 되죠? 그냥 전공에 대한 거였거든요."

"왜 그게 중요하냐 하면 말이죠……."

은산은 DSLR을 가방에 고이 넣고는 돌연 가방에서 단도를 꺼내 들었다. 단도의 뾰족한 끝을 강 교수의 목에 들이대자 교수의 낯이 허옇게 질렸다.

"내가 누군지 알죠? 요즘 정치적 이슈의 주인공이니 모를 턱이 없겠죠. 난 황지니를 살해한 진범을 쫓고 있습니다. 그리고 그 단서는 황지니가 준비하던 논문의 주제와 연관이 있어요. 자, 말씀해 주시죠. 교수님이 서울에서 열리는 세미나에 가는 길을 동행해 드릴 수도 있습니다."

"나, 난 그 여자와 만나본 적도 없습니다. TV 보고 그 여자가 어떻게 생겼는지를 처음 알았을 정도입니다. 연락 주고받은 것도 이메일을 통해서였지 전화 한 통화 한 적이 없다고요!"

"알았으니까 닥치시고 그 여자가 뭘 물어봤는지, 교수님은 뭘 가르쳐줬는지 내게 소상히 털어놓으세요. 교수님은 고려시대가 전공이죠? 고려시대의 어느 부분에 그 여자가 관심을 가졌는지 설명해 주세요. 교수님 서울 가는 길이 황급한 모양이지만 나 역시 한가한 놈이 아니거든요."

"고, 고려 중기 때 무신들이 쿠데타를 일으켜 정권을 잡은 적이 있지 않습니까? 처, 처음에는 무신들한테 밀려 문신들이 세력을 완전히 잃는 듯하다가 최우가 집권했을 때 잠시나마 문신들이 정치에 복귀하기도 했습니다. 문신들은 중국 진나라 때의 죽림칠현(竹林七賢)을 본떠서 죽림고회(竹林高會)라는 모임을 만들어 은거하는 척도 했지만, 실제로는 무신정권을 무너뜨리고 과거로 돌아갈 기회를 노린 집단이었죠."

은산은 눈을 가늘게 뜨고 학창시절에 배웠던 고려 무신들의 쿠데타를 떠올렸다. 그때 누군가 주차장으로 걸어왔다. 은산은 강 교수의 목에 댔던 칼을 슬쩍 내려 그의 옆구리에 갖다 댔다.

"죽림고회가 펴낸 문집, 이를테면 파한집이나 보한집은 청담사상을 담은 듯이 보이지만, 얼마 전에 새로 발견된 황보항과 함순의 문집에는 그들이 조직적으로 원나라와 야합해 무신정권을 붕괴시키려고 시도했던 사실이 나타나 있습니다. 또한 그들은 사대부 문신임에도 불구하고 화랑의 정신인 선(仙)에 대해 깊은 관심을 갖고 있었다는 점이 여러 부분에서 언급되고 있습니다."

"화랑요? 그럼 거기에 혹시 원화에 대한 얘기는 없었습니까?"

강 교수는 바로 대답하지 않고 은산을 곁눈질로 바라보았다. 은산은 칼끝으로 살짝 교수의 옆구리를 찔렀다.

"대답이나 하시죠, 교수님."

"황지니 씨도 원화에 대해 물었는데, 화랑의 원조 격인 원화가 이번 사건과 무슨 상관이 있는 겁니까?"

"몰라요. 모르니까 나한테 묻지 말고 내 질문에나 답해요!"

"원화에 대한 언급은 없습니다. 다만 죽림고회가 은근히 퇴폐적인 모임이었던 모양인데, 그들이 자주 방문한 기녀들을 장난삼아 남모와 준정이라 부르고……."

"남모와 준정이라는 이름이 나옵니까?"

"네, 하지만 그건 그냥 단순히 기녀들에게 장난삼아 붙여준 이름일 뿐이고, 원화에 대한 언급은 전혀 없습니다."

원화가 고려 중기에도 여전히 존재하고 있었다는 역사적 증거였다!

"그게 답니까?"

"주, 중요한 요점은 그게 다예요. 황지니 씨가 이메일로 문의한 것도 대강 그거였어요. 내가 답해주고 나서 스캔본을 보내준 황보항과 함순의 문집은 연구실에 있는데 그것도 필요합니까?"

봐도 문장 하나 해석할 수 없는 한문 문집은 필요 없었다. 이제는 무사히 여기를 빠져나가는 게 중요했다. 은산은 가방에서 청테이프를 꺼내 강 교수의 입에 붙였다. 겁에 질린 강 교수가 반항하려고 하자 은산은 그의 목에 칼을 들이대며 조용히 설득했다.

"죽일 생각은 없으니까 안심해요. 난 살인범이 아니니까."

은산은 강 교수의 손목과 발목을 묶은 후 주차장 구석의 수풀이 우거진 곳에 던져놓았다. 그러고는 강 교수의 차를 몰고 황급히 영남대를 빠져나갔다. 학교정문 앞 수위가 얼핏 차 안을 보고 고개를 갸웃했지만 차를 붙잡지는 않았다. 이대로 차를 몰고 서울까지 갈까 하다가 검문검색을 피하려면 역시 대중교통을 이용해야 한다는 생각이 들어 고속버스터미널로 향했다.

터미널에 도착한 은산은 주차장에 차를 아무렇게나 대놓고 허둥지둥 매표소로 달려갔다. 다행히 막 출발하려는 서울행 우등고속이 있었다. 서둘러 표를 산 뒤 버스에 올라탔다. 은산은 모자를 깊이 눌러 쓰고서 졸고 있는 것처럼 고개를 푹 숙이고 생각에 잠겼다. 미국 예일대학에는 해골종단이라 해서 특권층 자녀들만 가입한다는 비밀조직이 실제로 존재한다. 한동안 쉬쉬했지만 미국 대통령 부시 부자가 둘 다 해골종단 소속이라고 알려져 유명해진 뒤에는 비밀결사 조직이라 할 수도 없게 됐다. 그들은 단순한 사교모임이라고 둘러대지만 거기에 소속된 사람들이 미국의 정재계를 장악하고 있으니 사교모임 이상의 파워를 갖고 있는 것이 확실했다. 한국에도 하나회라고, 군사쿠데타를 일으킨 군 장교들의 모임이 있었다. 법정에서 최고형까지 언도받았던 전두환이 실제로 사형을 당하지 않은 이유는 어쩌면 그런 모임의 파워가 생각 이상으로 막강해서일지도 모른다. 재벌총수가 죄를 지어도 휠체어만 타면 풀려나는 것도 파워가 세니까 그렇다 칠 수 있었다. 하지만 수천 년을 이어온 권력집단이 있다는 건 도무지 말이 안 되는 것 같았다. 유럽에는 프리메이슨이라 불리는 집단이 오랜 세월 권력을 쥐고 흔들었다는 음모론이 있다. 은산이 몸담았던 주간지에서도 흥미꺼리 삼아 그걸 기사화한 적이 있기는 하다. 그러나 흥미 이상은 아니었다. 음모론을 좋아하는 독자들을 위해 기사화했을 뿐이지 그걸 작성한 기자도, 편집부도 그게 진실이라 생각하지는 않았다. 그런데 그런 게 한국에도 존재한다? 수백 년도 아닌 수천 년을 이어온 권력집단이?

비디오테이프 상태가 나빠서인지 모니터가 지지직거리자 운전기사 바로 뒷자리에 앉은 사람이 채널을 돌렸다. 케이블 뉴스가 흘러나왔다. 채널을 돌리던 사람이 탄성을 질렀다.

"와우, 김민세 아내 죽인 사람이 대구에 나타났대!"

화들짝 놀란 은산은 모자 창을 살짝 들어 올리며 태연을 가장하고 화면을 바라보았다. 대구터미널을 떠난 지 한 시간도 채 되지 않았는데 벌써 속보로 뜨다니, 강호동 교수가 신고한 게 틀림없었다.

"경찰들, 열나 무능해. 살인범이 백주대낮에 돌아다니는데 잡지도 못하고 말이야. 그나저나 저 사람도 신창원만큼이나 대단하네!"

은산의 손바닥은 배어나온 땀으로 축축하게 젖어들었다. 채널은 뉴스에서 개그 프로로 넘어갔고 사람들은 방금 나온 뉴스는 잊은 채 화면을 보며 낄낄거렸다. 고속버스는 빠른 속도로 질주하고 있었지만 조급한 은산에게는 한없이 느린 거북이 같았다. 이대로 서울에 가는 것도 위험할 것 같았다. 어떻게 할까 망설이는데 때마침 차가 천안 휴게소에 정차했다. 버스에서 내린 승객들은 마치 약속이나 한 듯 우르르 화장실로 달려갔다. 은산도 그 무리에 섞여 화장실로 가는 척 하다가 화장실 뒤편에 있는, 휴게소 직원들이 이용하는 작은 도로로 내려갔다.

은산은 무작정 걷기 시작했다. 초여름의 따가운 햇살이 날카로운 비수처럼 온몸에 내리꽂혔다. 땀이 비 오듯 흘렀지만, 은산은 더위를 전혀 느끼지 못했다. 쫓기는 자의 두려움은 어느새 등골이 오싹할 정도의 공포로 바뀌어 있었다. 한시라도 빨리 지니가 다가갔던 진실에 다가가야 했다. 지니를 죽인 놈들이 누군지, 누가 자기에게 누명을 씌우려는 건지 알아내야 했다. 그토록 엄청난 권력을 가진 자들을 상대로 하는 거라면 변호사만 믿고 자수하는 것도 어리석은 짓일 터였다.

"택시!"

은산은 지나가던 택시를 잡아타고 천안역으로 갔다. 기차로 이동하는 게 나을 것 같았다. 다음 목표는 성균관대학교였다.

천안역으로 들어간 은산은 짝을 이뤄 돌아다니는 경찰을 보고 움찔했다. 모자 쓴 걸로는 부족하다 싶어 선글라스까지 쓰려다가, 그러면 더욱 눈에 띌 것 같아 오히려 모자도 벗었다. 그리고 최대한 태연하게 행동하려고 노력했다. 은산은 서울 가는 표를 끊으려다가 수원 가는 표를 샀다. 수도권으로 갈수록 역에 경찰이 더 많아질 테니 수원역에서 내려서 전철로 서울에 들어가는 게 안전할 것 같다는 판단에서였다.

은산은 대합실 의자에 앉아 개표시간을 기다리며 대형 TV로 방영되는 연예 프로를 멍하니 바라보았다. 어느새 연예 프로가 끝나고 뉴스가 나왔다. 정신이 번쩍 든 은산은 얼른 일어나 화장실 쪽으로 향했다. 자신에 관한 뉴스가 나올 게 뻔한데 다 드러난 얼굴로 앉아있을 수는 없었다. 아니나 다를까 대구에서 강호동 교수가 은산에게 감금과 협박을 당했다는 뉴스가 들려왔다.

'빌어먹을, 흉악범이 따로 없군.'

은산은 낮게 한숨을 토해내며 슬쩍 TV를 곁눈질했다. 순간 그는 그 자리에 얼어붙었다. 형이었다. 모자이크 처리가 되고 음성이 변조됐지만 은산은 한눈에 형을 알아볼 수 있었다. 은산의 형은 잔뜩 당황하고 움츠러든 듯한 모습으로 지난 명절 이후로는 은산을 만나기는커녕 연락조차 주고받은 적이 없으며, 만날 수만 있다면 자신이 나서서 자수를 권하고 싶은 심정이라고 말했다.

은산은 목구멍이 울컥했다. 누명을 뒤집어쓴 것도 억울한데 자신도 모자라 가족까지 시달림을 당하는 모습을 보니 분노가 치밀어 올랐다. 은산과 은산의 형은 명절이나 부모님 제사 때에나 겨우 만날 정도로 서먹서먹한 사이였다. 그래서 은산은 쫓기는 동안 형에게 연락해볼 생각을 전혀 하지 않았다. 천만다행이었다. 만약 전화라도 한 번 했다면 은산의 형은 더한 시달림을 받았을 것이다. 은산은 이를 악물었다. 절대 이대로 잡히지는 않으리라 다짐했다. 지니가 다가가려 했던 진실을 반드시 알아내서 모든 것을 폭로하리라 굳게 마음먹었다.

수원행 기차에 오르며 은산은 다시 모자를 깊숙이 눌러썼다. 외로움과 두려움에 동시에 밀려왔다. 캐나다에 있는 누나에게 전화하고 싶은 생각이 간절했다. 은산은 고개를 저으며 감정을 가라앉히려 노력했다.

수원역에는 천안역보다 경찰이 더 많았다. 은산은 곧장 지하철역 쪽으로 가지 않고, 노숙자들이 모여 있는 곳으로 재빨리 발걸음을 옮겼다. 지저분한 옷차림새와 멍한 시선을 한 무리 속에 뒤섞여 은산은 분위기를 살폈다. 짝을 이룬 경찰이 은산의 코앞으로 지나갔다. 은산은 손바닥에서 땀이 흥건하게 배어나왔지만 애써 태연한 척 멍한 눈빛으로 TV를 바라보았다. 경찰이 5미터가량 떨어지자 은산은 천천히 그 뒤를 따라가 지하철 표를 사고, 사람들이 개찰구에서 우르르 쏟아져 나오는 틈을 타 지하철역으로 들어갔다.

때마침 퇴근시간이어서 지하철은 사람들로 북적거렸다. 은산은 사람들과 시선을 마주치지 않도록 눈을 아래로 내리깔았다. 지옥철로 변해가는 객차 안에서 사람들의 표정이 점점 짜증스럽게 변해가는 것과는 반대로 은산은 점점 안정을 되찾았다.

혜화역 4번 출구로 나온 은산은 가까운 모텔에 방을 잡았다. 오늘 하루를 무사히 넘겼다는 안도감도 잠시, 내일을 생각하니 은산은 명치가 꽉 조이는 듯했다. 내일 찾아갈 사람은 김창한이라는 사학과 교수였다. 그물망 같은 추적을 피해 그를 만나는 것도 쉽지 않을 것이고, 용케 그를 만난다 해도 문제였다. 강호동 교수도 은산을 알아봤는데 김창한 교수라고 몰라볼 리 없었다. 무슨 수로 그에게 접근해서 원하는 정보를 빼낼 것인가. 생각을 거듭할수록 은산의 가슴은 두려움과 막막함으로 점점 더 옥죄어들 뿐이었다.

은산은 머리를 식히기 위해 샤워실로 갔다. 뜨거운 물줄기가 온종일 긴장한 탓에 굳어버린 은산의 몸과 마음을 부드럽게 어루만져주었다. 나른해진 은산의 머릿속으로 슬며시 지니의 환영이 끼어들었다. 누구라도 반하고야 말 그녀의 눈부신 몸매가 눈앞에 아른거렸다. 그녀의 손길이 은산의 머리를, 두 볼을, 가슴을 따스하게 쓸어내렸다.

"지니야……."

뜨거운 눈물이 물줄기와 뒤섞여 은산의 몸을 타고 흘러내렸다.

8_

귀신들린 반야

"작가님의 문학세계에 직접적인 영향을 끼친 분들이 있나요? 꼭 소설가가 아니더라도 작가님의 작품에 영향을 미친 예술가들이 있다면 말씀해 주세요. 작가님의 작품에는 70년대의 록 음악이 모티브로 등장하니 뮤지션이나 밴드의 영향을 받았다면 그걸 말씀해 주셔도 되고요."

"제 작품을 읽어보신 분들이라면 다 아시겠지만, 혹 읽어보지 않은 분들이라도 70년대의 록 음악에 한 획을 그은……."

우웅.

아까부터 계속 울리는 휴대전화의 진동소리에 인터뷰가 끊겼다. 김민기는 발그레 달아오른 얼굴로 작가에게 사과를 했다.

"죄송합니다. 오늘따라 연락 오는 데가 많네요. 아예 전원을 꺼놓겠습니다."

"아닙니다. 아무래도 급한 전화 같으니 먼저 받고 인터뷰는 천천히 하지요."

"그럼 실례하겠습니다."

김민기는 황급히 폴더를 열며 밖으로 나갔다.

"네, 〈사건과 진실〉 문화부 기자 김민기입니다. …… 네? 누구시라고요?"

서재로는 부족해 현관에까지 책을 가득 쌓아놓은 작가의 집이 김민기는 무척 부러웠다. 원룸에서 혼자 사는 입장이라서 그런지 서재가 따로 있는 집이 그렇게 부러울 수가 없었다. 현관에 걸린 거울 옆 책꽂이에도 책이 빼곡하게 차 있었는데 거기에 미국의 코믹스 단행본이 꽂혀 있었다.

'이 작가는 미국 만화까지 수집하나? 부럽다.'

김민기는 잠시 딴 생각을 하느라 수화기 저편의 목소리를 제대로 듣지 못했다.

"아, 죄송합니다. 다시 한 번 말씀해주시겠어요, 어디시라고요? 네에?"

발신자의 이름을 들은 김민기는 자기도 모르게 왼손 주먹을 꼭 쥐었다.

"어, 어떻게 제 번호를 알고 전화를……? 아, 그때 명함을 주고받았었죠. 그런데 무슨 일로 제게 전화를……, 네, …… 그건 그렇죠, …… 그런데 제가 지금 급한 인터뷰 때문에……, 하던 일을 끝내고 제가 이 번호로 전화하면 될까요? …… 아, 네, 그럼 한 시간 뒤에 다시 전화 주십시오. …… 네? 절대 다른 사람한테 말하지 않겠습니다."

김민기의 심장이 거세게 방망이질 쳤다. 지금 온 국민의 가장 큰 화젯거리인 서울시장 후보 김민세 아내 피살사건의 용의자가 전화를 걸어오다니, 이건 특종 중의 특종감이었다.

김민기는 떨리는 마음을 겨우 진정시키고 작가에게로 갔다. 마음 같아서는 인터뷰고 뭐고 다 팽개치고 특종부터 물고 싶었지만, 장르소설 분야에서 대박을 낸 작가의 인터뷰를 선점하는 것도 문화부 기자로서는 특종이라면 특종이었기 때문에 포기할 수 없었다.

인터뷰는 번갯불에 콩 볶듯이 진행됐다. 최소 한 시간으로 잡았던 인터뷰를 김민기는 30분 만에 끝냈다. 사진도 세 장만 찍는 것으로 대충 마무리했다.

"집안에 무슨 큰일이 났나보지요? 어서 가보세요."

"네?"

"전화를 받은 뒤부터 안절부절 못하시는 것 같아서요. 인터뷰도 급하게 진행하시고……."

"아, 죄송합니다. 워낙 다급한 전화를 받아서요. 오늘 한 인터뷰는 다음 주 금요일판에 실릴 겁니다. 작가님 주소로 보내드릴게요. 다섯 부 정도면 될까요?"

"두 부면 충분합니다."

"네. 오늘 인터뷰 감사했습니다."

현관문턱을 넘어서자마자 김민기는 휴대전화의 폴더를 열었다. 그동안 걸려온 전화는 없었다. 아까 받은 전화번호를 저장할까 하다가, 쫓기는 사람이니 전화번호를 바꿀 게 뻔하다 싶어서 저장하지 않았다. 편집장에게 보고해야 할지 말아야 할지 고민하고 있는데 휴대전화 벨이 울렸다.

"네, 〈사건과 진실〉 김민깁니다."

김민기가 고은산을 만난 것은 작년 말이었다. 그날 김민기는 고교 동창들과 송년모임을 가졌었다. 술자리는 3차까지 이어졌고, 모임이 끝날 무렵에는 모두가 고주망태가 돼있었다. 김민기 역시 사람을 제대로 알아보지 못할 정도로 취했다. 술자리가 파하고 각자 대리운전을 부르든가 택시를 잡아타며 흩어지는 와중에 김민기는 지나가던 취객과 시비가 붙었다.

술기운에 이성이 마비된 김민기가 먼저 주먹을 휘둘렀다. 그러나 원래 약골인데다 제 몸조차 가누지 못할 지경으로 취한 상태인 김민기는 상대에게 옴팡지게 두들겨 맞기만 했다. 그때 한 사내가 나서서 말려주지 않았다면 김민기의 몸은 어디 한군데가 망가져도 크게 망가졌을 것이다. 그가 바로 고은산이었다.

그렇게 둘은 안면을 텄다. 비록 경쟁사의 기자였지만 고은산은 사회부 소속이고 김민기는 문화부 소속이라서 서로 경쟁의식도 거의 느끼지 않았다. 이후 둘은 마주치면 아주 반갑게 서로의 안부를 묻는 관계가 됐다. 그렇지만 일부러 연락을 하며 지내는 사이까지는 아니었다. 그런데 고은산이 김민기에게 연락을 해온 것이다. 그것도 엄청난 사건에 휘말려 쫓기는 도망자의 신분으로.

김민기는 혼란스러웠다. 경찰에 신고를 해야 하는 건 아닌지 잠시 고민도 했지만 일단 만나보기부터 하자는 결론을 내렸다. 기자 기질이 발동한 것이다. 그리고 왠지 모르게 기자로서의 육감도 느껴졌다.

"네, 거기 어딘지 압니다. 바로 그리로 가겠습니다. …… 물론이죠. 저만 갑니다."

고은산이 알려준 장소는 70년대식 다방이었다. 머리를 치렁치렁 기른 DJ가 LP판으로 음악도 틀어주고 주말이면 옛날의 포크 가수가 라이브도 하는 곳이라 제법 인기 있는 곳이었다. 김민기도 예술가를 인터뷰하는 장소로 가끔 선택한 적이 있었다.

퇴근시간이 아닌데도 도로는 차로 꽉 막혔다. 김민기는 30분이나 늦게 약속장소에 도착했다. 칸막이를 높게 세운 옛날식 인테리어 때문에 고은산을 쉽게 찾을 수가 없었다. 고은산이 이곳을 약속장소로 정한 이유를 알 것 같았다. 다방 안을 쭉 둘러봐도 고은산이 눈에 띄지 않자 김민기는 빈자리를 하나 골라 앉았다.

"안 오는 줄 알았습니다."

누군가가 슬며시 김민기의 옆자리로 와 앉았다. 고은산이었다. 그의 모습은 많이 달라져있었다. 머리는 갓 입대한 군인처럼 짧아지고 얼굴은 초췌해져서 한눈에 알아볼 수 없을 정도였다. 그는 날카로운 눈빛으로 주위를 경계하면서 김민기 옆에 바투 붙어 앉았다.

"자리를 좀 옮기겠습니다."

"아, 네."

고은산은 구석지면서도 출구와 최대한 가까운 곳으로 자리를 옮겼다. 여의치 않으면 바로 도망갈 기색이었다. 70년대식 다방답게 다방 레지가 커피를 놓고 갔다. 고은산이 낮은 목소리로 속삭이듯 말했다.

"놀라셨죠? …… 부탁이 있습니다. 물론 이건 특종감입니다. 〈사건과 진실〉에서는 이런 특종이 다시없을 겁니다."

김민기가 무언가를 말하려 입을 열었지만, 곧 고은산에게 제지당했다.

"일단 내 말부터 듣고."

김민기는 녹음기를 슬쩍 보여주며 녹음해도 되냐고 물었다. 고은산은 고개를 가로저었다.

"메모도 하지 말고 그냥 내 말을 들으세요. 믿기 어려울 수도 있겠지만, 지금부터 하는 말은 거짓말이 절대 아닙니다."

고은산은 주위를 두리번거리며 긴장된 목소리로 이야기를 시작했다. 황지니와의 첫 만남, 이별, 재회 그리고 불륜…….

"사건 당일은 어떻게 된 겁니까?"

은산은 황지니와 헤어진 후 취재를 갔다가 TV로 황지니가 피살됐음을 알게 된 얘기, 경찰 행세를 하는 정체 모를 사람들에게 납치됐던 얘기, 그리고 기억을 더듬어가며 황지니가 추적했던 것에 다가간 얘기를 차분히 털어놓았다.

"수천 년을 이어온 비밀결사 조직이라고요? 원화가?"

"자세한 건 아직 모릅니다. 게다가 지금 난 쫓기는 신세라서 당당하게 그것에 대해 조사하기 힘들어요. 그래서 말입니다, 김 기자가 내 대신 조사를 해줬으면 합니다."

김민기는 선뜻 대답하지 못하고 고은산을 바라봤다.

"거절하시는 겁니까?"

"아, 아뇨, 거절은 아니고……, 좀 당황스러워서요. 믿기 힘든, 엄청난 얘기이기도 하고 말이죠."

"유력한 야당 서울시장 후보의 아내가 피살된 사건이니 문화부 기자가 덤벼들기에는 좀 벅찰 수도 있겠군요. 참, 그러고 보니 김 기자 이름이 김민세 후보와 비슷해서 그런데 설마 인척관계는 아니죠?"

고은산의 눈초리가 매섭게 돌변했다.

"아이쿠, 이 나라에 김 씨가 한두 명입니까? 저는 김민세 후보를 먼발치에서도 본 적이 없습니다."

김민기는 손사래를 치며 대답하고는 잠시 생각에 잠겼다. 그는 특종을 잡게 될지도 모른다는 유혹과 함정에 빠지게 될지도 모른다는 불안감 사이에서 잠시 머뭇거리다가 마침내 입을 열었다.

"뭐부터 조사해야 됩니까?"

"맘을 정하셨군요, 고맙습니다! 우선 성균관대의 김창한 교수를 만나서 황지니와 무슨 얘기를 주고받았는지 알아내야 합니다. 그런데 문제는 그 교수가 지금 학교에 없다는 겁니다. 학사 일정이 얼마 남지도 않았는데 느닷없이 몸이 아프다며 학교를 그만두고 잠적했어요. 아마 내가 황지니하고 연관된 교수들과 접촉한 사실이 알려지니까 김 교수 스스로 숨었든가, 아니면 다른 누군가가 김 교수를 빼돌렸든가 둘 중 하나겠죠. 어쨌든 지금 김 교수의 행방을 수소문 중입니다. 찾게 되면 김 기자가 내 대신 만나 정보를 얻어오면 됩니다."

"혹시 나 말고 다른 사람한테도 도움을 요청했습니까?"

"아니요. 근데 왜요?"

"저도 위험을 무릅쓰고 용의자를 돕는 건데, 이게 독점취재가 아니라면 뛰어들 생각이 없습니다."

"그거라면 걱정 마세요. 나도 김 기자가 정치부나 사회부가 아니기 때문에 부탁하는 겁니다. 정치부나 사회부 기자라면 일부터 터트리고 기사화할 우려가 있기 때문이죠. 난 지금 목숨에 위협을 느끼며 쫓기는 중이라 가능한 한 신중하게 이 일을 해줄 만한 사람한테 부탁하고 싶은 겁니다."

"좋습니다. 다만 저도 문화부 기자로서 따로 할 일이 있으니까 이 사건에만 전적으로 매달릴 순 없습니다."

"고맙습니다."

고은산은 그동안 조사한 것들을 바탕으로 김창한 교수가 제주도로 갔을 것으로 추측했다. 제주도는 김 교수의 고향으로, 현재도 김 교수의 부모가 살고 있는 곳이었다. 게다가 김 교수는 고은산이 육지를 벗어나 제주도까지 쫓아올 수 있는 처지가 못 된다고 생각했을 게 틀림없었다.

하지만 김민기로서는 김 교수가 제주도에 있다는 확증도 없는 상태에서 선뜻 제주도행을 결심하기가 어려웠다. 무엇보다도 제주도에 갈 핑계가 없었다.

김민기는 은산과 헤어진 후 곧장 잡지사로 갔다. 몇 가지 잡무를 처리한 다음 그는 사무실을 빠져나와 성균관대로 갔다. 사학과사무실에 가서 김창한 교수의 행방을 캐물었지만, 몸이 안 좋아서 휴직계를 냈다는 게 그가 얻을 수 있는 정보의 전부였다.

"아니, 좀 있으면 기말고사도 끝나고 학사 일정이 모두 끝나는데 그걸 마치지 못하실 정도로 위중하신 겁니까? 병명이 뭐랩니까?"

확실히 병이 위중한 것은 아닌 모양이었다. 과사무실에 있는 사람들 가운데 단 한 사람도 김 교수의 병명이 무엇이며, 어느 병원에 입원해 있는지 알지 못했다. 오히려 그들도 겉보기에 말짱한 사람이 느닷없이 휴직계를 낸 것을 의아해하는 듯했다. 아무짝에도 쓸모없는 김 교수의 전화번호와 서울 집주소를 받아가지고 과사무실을 나서는 김민기의 옆으로 수업을 마치고 나온 시간강사가 스쳐 지나갔다. 조교가 그 시간강사를 보고는 김민기를 불러 세웠다.

"저기요, 여기 이 분이 김창한 교수님 수업을 이어받아 하고 계세요."

김민기는 번개같이 돌아서서 그 시간강사를 붙잡고 김 교수에 대해 물었다.

"저도 아는 게 없습니다. 몸이 안 좋아서 고향집에 내려간다는 말 말고는 교수님께 달리 전해들은 말도 없고요."

낯선 이의 갑작스런 질문 공세에 조금 당황한 듯했지만 강사는 침착하게 대답했다.

"아, 네, 그렇군요. 저, 그럼 혹시 김 교수님 고향집 주소는 모르십니까?"

"정확한 주소는 모르지만 위치는 압니다. 예전에 두어 번 놀러간 적이 있거든요. 서귀포시 근첩니다."

뜻밖의 수확을 얻은 김민기는 희희낙락해 하며 성균관대를 빠져나왔다. 이제 제주도에 갈 핑계거리를 만들어내야 했다. 운전 중에 기가 막힌 아이디어가 떠올랐다. 제주도에 사는 작가를 인터뷰하러 간다고 하면 되는 것이었다. 마침 소설가 윤대녕이 제주도에 살고 있었다.

김민기는 집에 들어서자마자 사무실로 전화를 걸었다. 편집장한테 제주도 출장을 허락받기 위해서였다. 편집장은 출장비가 지출될 것 같은 취재에 대해서는 바로 퇴짜를 놓는 사람이었지만, 김민기는 포기하지 않고 설득했다. 편집장은 마지못해 허락하면서 날짜는 다음 주로 잡으라고 했다. 김민기는 출장비는 다음 주에 줘도 되지만 출장은 내일 당장 가야 한다며 고집을 부렸다.

"갑자기 웬 똥고집이야? 취재가 목적인 게 맞긴 맞아? 뭐 다른 일 있지?"

"좋은 기사 물어올 테니까 걱정 마세요. 내일 아침 바로 제주도로 갈 거니까 그리 아세요."

〈사건과 진실〉에 취직한 이후 처음 부려보는 배짱이었다. 김민기는 전화를 끊은 직후에 잠깐 후회를 했다. 어쩌면 고은산이 자신의 혐의를 벗기 위해 거짓말을 하는 것일지도 모른다는 생각이 들었다. 그러나 그는 곧 그 생각을 떨쳐버렸다. 거짓을 말하고 있다고 여기기에는 고은산의 눈빛이 너무도 진실해보였기 때문이다. 이왕 하기로 한 일이니 가능한 한 빨리 해치우자고 마음을 다잡은 김민기는 인터넷으로 소설가 윤대녕과 김창한 교수에 관한 자료를 찾아보고, 제주도로 가는 항공편까지 알아본 다음 아주 늦은 시간에야 잠자리에 들었다.

다음날 새벽, 김민기는 알람소리에 잠을 깼다. 졸린 눈을 비비며 커피 한 잔으로 아침식사를 대신한 뒤 서둘러 김포공항으로 향했다. 속이 쓰리고 잠이 부족했지만 마음은 가벼웠다. 비록 일 때문에 가는 것이긴 했지만, 장소가 제주도인 만큼 여행을 떠나는 기분이 들었다.

평일 아침인데도 불구하고 제주도로 가는 비행기는 만원이었다. 탑승객 중 3분의 1은 누가 봐도 관광객 티가 났다. 좌석에 앉은 김민기는 신문부터 펼쳐들었다. 김민세 서울시장 후보에 관한 기사가 1면에 실린 신문이었다. 정력적으로 유세를 다니는 김민세의 모습에서 아내를 잃은 슬픔은 느껴지지 않았다. 김민세는 채 일주일도 남지 않은 유세기간 동안 2위인 여당 후보와의 격차를 벌리기 위해 애를 쓰는 모양이었다.

김민기의 머릿속이 복잡하게 움직이기 시작했다. 끔찍한 사건으로 아내를 잃었다는 것 자체가 김민세에게 동정표가 쏠리는 결과를 초래했으니, 황지니 살해사건에 여당이 관여했을 리는 없었다. 국회에서 과반의 의석을 차지하고도 여당이 밀어붙이기를 하지 못하는 것으로 보아 세상이 민주화가 된 것도 확실해 보였다. 이런 세상에서 누가 야당 서울시장 후보 부인을 죽인단 말인가? 대통령이 껌처럼 씹힐 정도로 그 권위가 무너진 세상에서 과연 정치적 음모로 그런 사건이 발생할 수 있는 것일까? 어쩌면 정말로 고은산이 황지니를 죽인 게 아닐까?

김민기는 눈을 지그시 감고 고은산이 들려준 이야기를 곱씹어보았다. 처음 들었을 때에는 놀라우면서도 나름 신빙성이 있다고 여겨졌는데 다시 떠올려보니 너무 황당무계한 스토리 같았다. 용의자를 경찰에 신고하기는커녕 오히려 용의자의 말을 철석같이 믿고 제주도까지 가는 자신이 이상한 놈 같다는 생각이 들었다.

'그래도 이왕 여기까지 온 거 확인이나 해보지 뭐. 또 이런 기회가 아니면 무슨 수로 비수기에 제주도엘 가겠어?'

비행기는 얼마 지나지 않아 제주공항에 착륙했다. 김민기는 핸드폰을 꺼내 윤대녕 작가에게 전화를 걸려다 말고 폴더를 덮었다. 그리고 공항에서 차를 렌트해서 김창한 교수의 고향집이 있다는 서귀포로 향했다.

제주도의 햇살은 청명하고 공기는 상쾌했다. 김민기는 창을 완전히 내리고 도로를 내달리며 운전석으로 쏟아지는 공기를 훅훅 들이마셨다. 공기가 더럽기로 유명한 서울에서는 꿈도 못 꿀 일이었다. 고은산 사건에 대해 생각하느라 지끈지끈하던 머릿속이 일순에 상쾌해졌다.

"말뿐만 아니라 사람도 이런 데 살아야 하는 거야. 히야, 조오타!"

김 교수의 집을 찾는 것은 예상 외로 쉽지 않았다. 초행길인데다 설상가상으로 제주도에도 개발붐이 일어 시간강사가 묘사한 거리 풍경과 동네 풍경을 찾아볼 수 없었다. 한적한 시골 동네에 외따로 떨어져 있는 전원주택, 그것이 시간강사가 기억하고 있는 김 교수의 고향집 풍경이었다. 그러나 새로 뚫린 도로들과 곳곳에 들어선 펜션들이 김민기의 눈앞에 펼쳐진 풍경이었다.

마을에 들어선 김민기는 차를 세우고 지나가는 사람들에게 길을 물었다. 개발과 함께 외지에서 유입된 사람들이 많아져서인지 김 교수의 집을 안다는 사람을 좀체 발견할 수 없었다. 얼마나 지났을까. 후드를 덮어쓰고 조깅을 하는 한 남자가 김민기의 차 옆을 지나갔다. 그 역시 외지인 같아 보였지만 김민기는 혹시나 하는 마음으로 그를 붙들고 김 교수의 집을 물었다.

"서울분 같은데 거기는 왜 찾으십니까?"

조깅을 하던 남자가 잔뜩 경계하는 태도로 김민기에게 되물었다. 무언가 아는 듯한 분위기였다. 김민기는 남자를 찬찬히 뜯어보았다. 하지만 인터넷에서 본 김창한 교수와는 얼굴이 달라보였다.

"저는 주간지 〈사건과 진실〉의 김민기 기잡니다. 취재할 게 있어서 김 교수님을 만나러 왔습니다."

김민기는 기자증을 꺼내 보여주며 대답했다. 그러자 남자는 주머니에서 무언가를 꺼내 들고 김민기의 얼굴과 그것을 번갈아 봤다. 그것은 고은산의 사진이었다.

"김창한 교수님 맞으시죠, 성균관대의?"

"왜 나를 찾아 여기까지 온 겁니까?"

김민기는 김 교수를 쓱 한번 훑어보고는 말했다.

"건강해 보이시는데 왜 휴직계를 내고 고향에 내려오셨습니까? 종강도 코앞인데 말입니다."

김 교수는 짧게 한숨을 내뱉은 뒤 주위를 한 번 둘러보고는 대답했다.

"경찰에서 몸을 피하라고 권유하더군요, 김민세 후보의 아내를 죽인 고은산이라는 자가 황지니와 만났던 사람들을 죄다 찾아다니고 있다면서."

김 교수는 손에 쥔 고은산의 사진을 들어 보이면서 말을 이었다. "이렇게 고은산의 사진까지 받았습니다. 그가 찾아오면 일단 피한 뒤에 곧바로 신고하라고 하더군요. 마침 기자시라니 한번 물어봅시다. 대관절 무슨 일입니까? 고은산이 왜 황지니와 연관된 사람들을 찾아다니는 겁니까?"

"여기서 말씀드리긴 좀 곤란하니 우선 제 차에 타시죠."

김 교수를 차에 태우긴 했지만 김민기는 어디서부터 어떻게 이야기를 시작해야 할지 고민됐다. 고은산에게 들은 이야기를 그대로 다 털어놓을 수도 없는 노릇이었다.

"지금 고은산이 잡힌 것도 아니고 경찰도 피의사실을 다 증명한 게 아니어서 발표는 하지 않고 있는데, 몇 가지 의심스러운 점이 있습니다. 고은산은 무죄를 주장하고 있습니다. 고은산은 황지니가 생존 시에 만났던 사람들 중에 진범이 있다고 생각하는 모양입니다. 영남대 강호동 교수 사건은 뉴스에 나왔으니 교수님도 아실 겁니다. 고은산이 자수를 해서 경찰이 조사하는 게 좋겠지만, 그 사람이 기자 출신이어서 의심이 많아 자기가 직접 황지니가 접촉했던 사람들을 만나면서 사건을 조사하고 다니는 모양입니다. 교수님도 황지니 씨와 만나신 적이 있지요?"

"이메일로 몇 번 연락을 주고받았고, 실제로 만난 것은 딱 한 번입니다. 학교로 찾아왔기에 같이 교직원 식당에서 밥을 먹으며 내가 발표한 논문과 저서에 대해 이것저것 토론했지요. 그게 답니다. 당시에 나는 황지니 씨가 김민세 후보의 부인인 줄 몰랐습니다. 사람 한 번 잘못 만났다가 살인범에게 쫓기는 신세가 되다니, 이거 무서워서 살겠습니까?"

"교수님이 황지니 씨와 나눈 얘기는 어떤 주제에 관한 것이었습니까?"

"내 전공은 고려시대에 대한 거고, 황지니 씨와는 신돈에 대한 얘기를 나눴습니다."

"원화가 아니고요?"

김창한 교수는 입을 다물고 김민기를 빤히 바라보았다. 그 시선에 무안해져서 김민기는 적당히 둘러댔다.

"취재하느라 이것저것 들쑤시다 보니 알게 됐습니다. 하지만 그게 무슨 의미가 있는지는 모릅니다."

"황지니 씨도 원화 얘기를 했죠. 실은 나도 원화와 관련해 의아한 점을 발견했습니다만……."

김민기의 심장이 조금씩 빨리 뛰기 시작했다.

"우선은 묘청의 난부터 얘기를 풀어가야 이해가 쉽습니다. 이자겸이 외손자인 인종을 독살하고 스스로 왕이 되려고 했지만 역모가 발각이 되어 인종의 측근 세력에 의해 제거됩니다. 이후 인종은 실추된 왕권을 회복하고 민생을 안정시키기 위해 개혁정치를 펴는데, 이때 등장한 개혁파가 바로 묘청의 세력이지요. 수도 개경의 보수세력이 개혁에 반대하며 강력하게 저항하자 묘청은 서경 천도를 시도합니다. 하지만 이 역시 격렬한 반대에 부닥쳐 실패하게 됩니다. 지금 행정수도 이전계획이 무산되는 것과 마찬가지지요. 그래서 결국 묘청의 난이 일어납니다만, 김부식의 관군에게 진압당하면서 허무하게 끝나게 됩니다. 음, 땡중이니 땡추니 하는 말 들어봤습니까?"

"가짜 스님이나 불교의 대한 지식이 부족한 중을 일컫는 말 아닙니까?"

"요즘은 그런 뜻으로 쓰이지만 이 말은 당취라는 말에서 발음이 변한 겁니다."

"아, 당취요, 그거 압니다. 조선 때 숭유억불 정책 때문에 생겨난 승려들의 비밀결사 조직 아닙니까? 나중에 임진왜란 때 승병조직의 배후가 됐던 조직, 맞죠?"

"일부만 맞습니다. 그 조직의 시작이 바로 묘청입니다. 묘청은 분명 승려이기는 했지만 정통 불교의 승려는 아니었습니다. 삼국시대에 들어온 불교가 왕실의 안정과 왕권의 강화라는 목적으로 이용됐다면, 묘청의 불교는 풍수지리, 단군신앙과 결합된 토속신앙에 가까웠습니다. 묘청이 고려 왕실의 안정에 기여하기보다는 개혁세력의 중심이 됐다가 패망한 이유도 그의 불교가 정통 불교가 아니었기 때문에 그런 겁니다. 묘청의 난은 실패했지만 그의 세력이라고 해야 할까 정신이라고 해야 할까, 아무튼 그것은 남아서 고려 말에 한 번 더 발흥하게 됩니다. 그게 신돈입니다."

"당취가 그렇게 오래된 조직입니까?"

"당취라는 명칭은 조선 때 생긴 거지만 그 근원은 묘청과 신돈에 있다는 거지요. 신돈에 대해서는 평가가 엇갈립니다. 고려 말에 공민왕을 도와 개혁을 주도한 중이라는 평가와 요사스러운 중이라는 평가가 그것이지요. 흔히들 말하기를 노국공주가 죽자 공민왕이 너무 상심한 나머지 정사를 모두 신돈에게 맡기고 정치를 내팽개쳤다고 하지만, 제 생각은 다릅니다. 공민왕은 고려 말에 개혁정치를 해보려고 했지만 쉽지 않았습니다. 심지어 반대파가 궁궐에 난입해 공민왕을 시해할 뻔한 사건까지 있었죠. 그때 공민왕을 지켜준 게 노국공주입니다. 노국공주는 공민왕의 영원한 연인이기에 앞서 원나라라는 든든한 배후의 상징이기도 했지요. 공민왕을 제거하려는 세력도 차마 노국공주는 어떻게 할 수 없었습니다. 그런 노국공주가 죽어버리니 공민왕으로서는 든든한 빽이 사라진 셈이 됐지요. 공민왕의 입장에서는 반대파를 제거해야겠는데 자기가 직접 나서자니 목숨이 위태로웠지요. 그래서 내세운 게 신돈입니다. 신돈은 착실하게 공민왕의 정적들을 무너뜨렸습니다. 결국 원한은 공민왕이 아닌 신돈이 덮어쓰게 됐고, 목적을 다 이룬 공민왕은 신돈을 버립니다."

김민기는 아침에 면도하고 나오지 않아 까칠한 턱을 쓰다듬으며 김창한 교수의 설명을 들었다.

"황지니 씨가 교수님께 물어본 것은 정확히 무엇인가요?"

"묘청의 난이 일어나기 전에 같은 개혁세력인 정지상이 묘청에게 시를 한 수 지어줬습니다. 봄의 풍광을 담은 평범한 시이지만, 학자 중 일부는 이게 암호편지라고 생각하고 있습니다. 왜냐하면 반란이 일어나기 직전에 그런 태평한 시를 지어서 전해줄 이유가 없으니까요. 또 다른 이유는 그 시에 찍힌 두 개의 방점입니다. 하나는 화(花)자에, 또 하나는 원(院)자에 찍혀 있었지요."

김민기는 무릎을 치고 탄성을 질렀다.

"원화군요!"

"발음은 원화이지만 한자는 확실히 다릅니다. 게다가 뚝 떨어져 찍힌 두 방점이 의도하고 찍은 건지, 아니면 우연히 먹물이 떨어져서 생긴 건지는 단언할 수 없습니다. 황지니 씨가 그 시에 대해 물어오긴 했지만 나로서도 방점에 관한 것은 뭐라 장담할 수 없어 얼버무렸습니다. 황지니 씨가 또 하나 물은 것은 공민왕과 신돈의 이야기가 나오는《요이세설(妖異世說)》이란 잡문집에 관한 겁니다. 이건 조선 중기에 기이한 이야기들을 모아놓은 책입니다. 요즘으로 치면 공포소설 단편집이라고 해야 하나 그런 건데, 그 책에 남모와 준정이 나옵니다."

"그 책이 나오기는 조선 중기에 나왔어도 그 안에 담긴 이야기는 그 전부터 구전되던 것이었다고 봐야겠지요?"

"그렇습니다. 이를테면 나관중의《삼국지연의》도 그 전에 나온《삼국지평화》를 정교하게 다시 편집한 것인데,《요이세설》도 이와 비슷한 경우라고 볼 수 있지요.《요이세설》에 실린 공민왕과 신돈의 이야기도 조선 초에 이미 퍼지기 시작한 것이었다고 봐야 합니다. 그 스토리는 이렇습니다. 신돈이 반야라는 여자를 보내 공민왕을 유혹하게 하는데, 그 여자의 몸에 귀신이 들립니다. 맨 처음에는 노국공주의 귀신이 반야의 몸에 들어가서 요승을 멀리하고 정치에 힘쓰라고 공민왕을 꾸짖습니다. 그러나 욕정에 눈이 먼 공민왕은 그 말을 무시하고 반야를 꼭 품에 안겠다고 하지요. 노국공주 귀신이 떠나자 이번에는 신라의 세 여왕이 교대로 반야의 몸에 들어가 공민왕을 설득합니다. 하지만 이번에도 공민왕은 세 여왕의 말을 듣지 않고, 반야를 품에 안고 신돈을 앞세워 세상을 혁파하겠다고 주장하지요. 세 여왕의 귀신이 떠나자 마지막으로 남모와 준정의 귀신이 반야의 몸속에 들어갑니다. 남모와 준정 역시 신돈을 멀리하라는 충고를 하지만 공민왕은 버럭 화를 내며 너희를 죽이고 반야를 차지하겠다고 큰소리를 칩니다. 공민왕을 설득하는 데 실패한 귀신들은 반야의 몸을 떠나며 공민왕을 향해 저주를 퍼붓습니다. 그리고 훗날 그 저주대로 공민왕과 고려왕조가 망하지요. 대략 이런 스토리입니다."

"귀신이 등장할 뿐 그다지 공포스러운 얘기는 아니네요. 하지만 그 이야기 속에 어떤 상징성이 숨어있는 거라면……."

"황지니 씨도 그 점에 주목했습니다. 공민왕이 신돈의 힘을 빌려 개혁하려던 대상과 반야의 몸속에 들어간 귀신이 동일한 것이 아닌가 하는 점 말입니다. 만약 당취에 관한 정보를 더 얻고 싶다면 경상대 손병찬 교수를 만나보세요. 황지니 씨가 손 교수도 만났는지는 모르겠군요. 황지니 씨와 나 사이에 오고간 대화는 이게 전붑니다. 내가 소장하고 있던 자료를 복사해 가긴 했지만."

"얘기해 주셔서 감사합니다."

두 사람은 렌터카에서 내려 악수를 하고 헤어졌다. 김창한 교수는 고은산이 찾아올까봐 계속 불안해했다. 김민기는 공항과 여객선 터미널에 경찰이 쫙 깔렸기 때문에 고은산이 제주도까지 오지는 못할 거라며 안심시켰다.

김 교수와 헤어진 김민기는 윤대녕 작가에게 전화를 걸었다. 윤대녕 작가와는 저녁식사 시간에 만나 인터뷰를 하기로 약속을 잡았다. 그런 다음 김민기는 고은산의 연락을 기다리며 차를 몰고 해안도로를 드라이브했다.

점심나절이 될 때까지도 고은산에게서 전화가 오지 않았다. 마침 기사식당을 발견한 김민기는 그곳에 들어가 점심을 먹은 뒤 묵은 변을 배설하기 위해 화장실로 갔다. 쭈그리고 앉아 한창 일을 보는데 전화벨이 울렸다. 고은산이었다.

"에이 씨, 하필 이런 때……."

쭈그린 자세 때문에 무릎 아래가 저릿저릿해진 김민기는 짜증이 났다. 그래도 전화를 받고 김창한 교수와 나눈 이야기를 조곤조곤 전했다.

"…… 그리고 김창한 교수가 정보를 더 원하면 경상대 손병찬 교수를 만나보라고 권했습니다. 손병찬 교수와 황지니가 만났는지 여부는 모르겠다고 하더군요. …… 내가 취재 때문에 오늘 바로 서울로 가는 건 어렵고요, 내일 올라갈 거거든요. 이제 뭘 해야 합니까? …… 아, 그런데 이걸 내가 언제쯤 기사화해도 되는 겁니까? 물론 요 정도 가지고 기사화하기에는 양이 좀 부족하지만, 고은산 씨가 정보를 조금 더 제공해준다면 고은산 씨에게 유리하게 기사를 쓸 생각입니다. …… 혹시 대포폰 갖고 있는 거 없나요? 제가 고은산 씨한테 먼저 연락할 수 있는 방법이 전무하잖습니까? 무작정 고은산 씨가 전화해주기만을 기다려야할 판이니……, 여보세요? 여보세요! 아이 씨."

고은산은 김민기가 서울에 오면 다시 연락을 하겠다고 말한 뒤 일방적으로 전화를 끊었다. 그게 언제가 될지는 알 수 없었다. 김민기는 짜증이 확 치밀었다. 물론 도망자 신세인 고은산으로서는 김민기의 도움이 절실할 테니까 다시 연락해올 가능성은 충분히 있었다. 하지만 어쩌면 자기가 제주도에 올 처지가 안 되니 김민기를 이번 한 번만 이용해먹은 것일 수도 있었다.

“일주일 안으로 연락 안 하기만 해봐라, 내 당장 터뜨린다. 어이구, 다리 저려. 아, 씨발, 휴지도 없네!”

9_

꽃을 짓밟으리라

"…… 결론적으로 말씀드리자면, 차를 마시는 인간과 지리산 계곡의 맑은 물로 빚은 차, 그리고 차를 마시는 공간이 하동 차문화의 특색을 결정짓는다고 할 수 있겠습니다."

170여 명의 참석자가 있었지만 초여름 한낮의 권태로움은 박수를 잊게 할 정도였다. 반은 졸고 있었고, 50명 정도의 사람들만 마지못해 박수를 치고 있었다. 고은산도 그 50명의 무리에 섞여 박수를 쳤다. 하지만 그의 관심은 오로지 이 학술대회의 사회자에게만 집중돼 있었다. 그 사회자는 김민기 기자가 수화기 너머에서 일러준 이름, 바로 경상대 손병찬 교수였다.

지난번에 충동적으로 해남의 땅끝마을을 다녀온 이후로 수도권에서만 이곳저곳 돌아다니며 은신하던 은산은 다시 남쪽으로 향했다. 김민기에게 손병찬 교수를 만나는 일도 부탁할까 했지만, 하루가 급했다.

은산은 경상대 근처까지는 갔지만 시위 탓인지, 아니면 교수들을 만나러 다니는 은산을 잡기 위해서인지 교문마다 경찰이 배치되어 있어서 들어갈 엄두를 내지 못했다. 손병찬 교수가 외따로 떨어져 있어야 다가가기라도 할 텐데 도저히 그럴 기회가 생기지 않았다. 그러던 중에 운 좋게도 손병찬 교수가 하동군에서 개최하는 학술대회에 사회자로 나선다는 내용의 팸플릿을 발견했다. 은산은 날짜에 맞춰 하동군 종합사회복지관으로 이동했다. 그리고 170여 명의 참석자들 틈에 슬쩍 끼어들었다.

"하동 차문화의 세 영역과 발전방향이라는 주제로 대아고등학교 정헌식 박사께서 발표해 주셨습니다. 잠시 15분 정도 휴식을 가진 뒤 '하동문화의 정체성 연구' 학술대회를 계속하겠습니다."

사람들이 일제히 일어나 화장실을 찾아가든가 복도의 자판기로 가서 커피를 뽑아 마시느라 어수선해졌다. 손 교수는 발표자들과 잠시 이야기를 나누다가 볼일이 있는지 복지관 밖으로 나갔다. 은산은 재빨리 손 교수 뒤를 쫓았다. 손 교수가 주차장으로 가서 자기 차 뒷좌석에서 무언가를 꺼내려는데, 은산이 재빨리 손 교수를 차 안으로 들이밀고 차에 동석했다.

"누굽니까, 당신?"

"죄송합니다. 손 교수님, 몇 가지 궁금한 게 있어서 여쭤보려고 여기까지 왔습니다."

생활한복을 입고 굵은 테의 안경을 쓴 손 교수는 대학교수라기보다는 도예가나 서예가 같은 예술가 타입이었다. 안경마저 벗는다면 도인처럼 보일 사람이었다. 손 교수는 은산과 눈이 정면으로 마주쳤는데도 은산이 누구인지 전혀 알아보지 못했다.

"혹시 황지니 씨와 만나거나 연락을 주고받으신 적 있습니까?"

"조선시대 기생 황진이를 내가 무슨 수로 만나겠소?"

'뭐야, 이 사람. 유머가 넘치는 거야, 아니면 정치에 관심이 없는 순 백 퍼센트 학자인 거야?'

"서울시장 야당후보인 김민세의 아내 황지니 말입니다. 황지니와 만나신 적 없습니까?"

"아, 요즘 방송에서 떠들썩한 그 사람? 전혀. 그런데 당신은 누군데 느닷없이 날 여기에 밀어 넣고는 그런 걸 물어보는 거요?"

은산은 손 교수가 자기를 알아보지 못하는 것을 보고 자신의 신분을 기자라고 속이려고 했다. 그러나 자신의 짧게 깎은 머리와 무례한 행동이 도저히 기자처럼 보이지 않을 것임을 깨닫고는 곧 마음을 바꿔먹었다.

"전 그 사건의 용의자로 쫓기는 사람입니다. 교수님의 도움이 필요해서 여기까지 왔습니다. 진범을 잡기 위해서는 교수님의 진술이 꼭 필요합니다."

"무죄라면 자수해서 변호사나 경찰의 도움을 받아야지, 그 여자 이름도 잘 몰랐던 나한테 무슨 도움을 얻겠다는 거요?"

"교수님, 황지니와 만나거나 연락을 주고받은 적이 정말 없습니까?"

손 교수는 머리를 가로저었다.

"전혀. 그런데 내가 그 여자와 무슨 연관이라도 있는 것처럼 말하는데 무슨 근거로 그러는 거요?"

은산이 훑어본 지니의 메모장에는 손 교수의 이름이 없었다. 하지만 은산은 자신이 미처 보지 못한 메모장의 다음 페이지에 어쩌면 손 교수의 이름이 적혀 있었을지도 모른다고 생각했다. 실제로 지니의 메모장에 손 교수의 이름이 적혀 있었는지는 알 수가 없지만, 적어도 지니가 죽기 전에 손 교수와 연락을 주고받은 적은 없는 모양이었다.

은산은 잠시 망설이다가 김민기에게 전해들은 이야기를 꺼냈다.

"저는 황지니가 준비하던 논문의 주제가 무엇이었는지를 추적하고 있습니다. 그것이 그녀의 죽음과 직접적으로 관련돼 있다고 믿기 때문입니다. 그래서 저는 황지니가 논문 때문에 만났던 사람들을 찾아다녔습니다. 그중 한 사람인 성균관대의 김창한 교수한테서 묘청과 신돈에 대한 얘기를 들었습니다. 황지니는 묘청이 맞선 상대와 신돈이 맞선 상대가 동일한 기득권층이 아닌가 하는 가설을 김창한 교수에게 제시했다고 합니다. 원화에 대한 언급도 있었는데, 혹시 교수님은 원화에 대해 아시는 거 없나요?"

"음, 그 여자가 내 저서나 논문을 참고했을지도 모르지. 아마 그 여자가 내 연구주제 중에서 관심을 가진 게 있다면 서산대사가 아닐까 싶소."

"임진왜란 때 사명당과 함께 승병을 조직한 서산대사 말입니까?"

"역사에 별 관심이 없는 일반인한테는 그 정도로 알려져 있지만, 서산대사는 단순히 의병장으로만 볼 수 없는, 뭐랄까, 혁명가에 가까운 사람이었소. 임진왜란이 일어났을 때 서산대사의 지휘하에 전국에서 조직적인 승병이 일어났소. 관군조차 왜군을 맞아 우왕좌왕하는 때에 승병은 상당히 체계적으로 왜군에 저항했지. 이게 우연인 것 같소? 흔히들 호국불교라고 그러지만, 아무리 종교에 호국정신이 담겨 있다 하더라도 국난을 맞아 조직적으로 움직이는 게 단순히 그런 정신력만으로 가능할 것 같소?"

"그럼 서산대사의 승병 조직은 애초에 왜적을 맞아 싸우기 위해 조직된 게 아니고 혁명을 위해 만들어진 군대라는 말씀이십니까? 아, 당취!"

"당취를 알아? 그럼 얘기가 쉬워지지. 나중에 중을 폄하하는 땡중이라는 말로 변화한 당취는 원래 조선의 썩어빠진 부분을 도려내기 위한 비밀결사 조직을 가리키는 말이었소. 그 조직을 맨 위에서 움직인 인물이 서산대사였지. 역성혁명은 왕의 성(姓)을 바꾸는, 즉 새 왕조를 개창하는 것을 뜻하지만 서산대사와 당취가 목표했던 바는 역성혁명까지는 아니고, 이 씨 왕조는 그냥 놔두고 그 밑의 부패한 권력층을 교체하는 것이었소. 하지만 임진왜란이 터지는 바람에 조선의 부패를 도려내기 전에 우선 외부의 적을 막아내는 데 총력을 기울이게 되지. 결국 서산대사는 당취의 거사를 결행하지 못했소. 서산대사 말고도 조선시대에 허균이나 정여립 등이 그런 걸 추구하기는 했지만 다들 실패했지."

"원화나 그와 비슷한 단체 얘기는 없습니까?"

"원화라……, 당취 말고는 특별한 단체가 없네만, 서산대사가 양사언에게 보낸 서한 중에 원(源)자와 화(花)자가 들어간 문구가 있지."

"양사언요?"

"태산이 높다 하되 하늘 아래 뫼이로다, 그 유명한 시조도 모르나? 양사언은 조선 전기의 4대 서예가에 꼽힐 만큼 초서에 능했고 시도 잘 썼지. 양사언은 기본적으로는 유자(儒者)였지만 도교 계통의 선도 수련에 열중하고 스스로 신선을 자처한 인물이오. 역술을 배워 예언에도 능통했다고도 하고. 양사언은 서산대사와 친분이 깊었고 흉금을 터놓는 사이였지. 아마도 당취를 이끌고 거사를 하려던 서산대사의 계획에 대해서도 양사언은 알고 있었을 거요. 서산대사가 양사언에게 보낸 서한 중에 '사특한 자의 근원(源)을 끊고 꽃(花)을 짓밟으리라' 라는, 승려가 쓴 것 치고는 지나치게 과격한 시 문구가 있는데 어쩌면 이게 원화를 의미하는 건지도 모르겠소. 하지만 화랑의 원조에 해당하는 단체와 서산대사를 잇는 건 무모하다고 보네만……."

꼬집어낼 수는 없지만 뭔가 가느다랗고 끊어짐 없는 맥이 이어지고 있는 듯했다. 은산은 원화라는 단어가 또 등장하자 절로 긴장해서 목덜미가 뻣뻣해졌다.

"대체 황지니라는 여자는 어떤 논문을 준비하고 있었던 거요?"

"묘청이 투쟁했던 대상, 신돈이 뿌리 뽑으려고 했던 대상, 서산대사가 싸우려고 했던 대상이 만약에 모두 동일한 대상이었다면 그게 누굴까요? 황지니는 그걸 조사했던 모양입니다. 그런데 논문은 아예 사라졌습니다. 다행히 제 머릿속에 그녀가 논문을 쓰면서 만났던 이들의 명단이 남아있어서, 저는 그들을 찾아다니며 그녀의 논문 내용을 추적하고 있습니다."

"흥미로운 주제이기는 하지만 그게 살인사건과 무슨 상관이오? 그러고 보니 비슷한 점이 하나는 있네 그려. 미륵이라는……."

"미륵이라면 미래에 인류를 구원하기 위해 온다는 부처가 아닙니까?"

"미륵은 자씨보살이라고도 하고 인도말로는 마이트레야라고 하는데, 인도에서는 주목받지 못하다가 중국에서 7세기부터 부흥하게 된 부처지. 기독교에서는 최후의 날에 예수가 다시 온다고 하고 이슬람교에서는 무하마드가 다시 온다고 하는 것처럼 불교에서는 미륵이 와서 사람들을 구원한다고 하지. 우리나라에서는 기존 집권층에 저항하는 세력에서 미륵을 많이 인용했어. 미륵의 종교적 의미 외에도 미륵의 파자(破字)적 의미가 저항세력을 상징하는 것으로 쓰였지. 미륵(彌勒)을 파자해보면 활 궁(弓), 너 이(爾), 고칠 혁(革), 힘 력(力), 이렇게 네 글자가 되니 바로 무장저항세력 느낌이 오지 않나? 중국이 창, 일본이 칼을 대표적인 무기로 삼았다면 우리나라는 활이지. 무력을 키워 너를 바꿔보겠다. 여기서 너[爾]는 기존 집권층을 뜻하네."

"궁예가 미륵을 자처한 것처럼 서산대사도 미륵을 자처했습니까?"

그때 복지관 건물에서 누군가가 걸어 나왔다. 손 교수는 그 사람을 보더니 손목에 찬 시계를 보았다.

"난 학술대회 때문에 이만 들어가봐야겠소."

은산은 손 교수의 두 눈을 뚫어져라 쳐다봤다.

"신고하실 겁니까?"

"지금 추적하고 있는 주제와 연관이 있을지 모르니까 재야사학자 김정일이란 사람을 찾아가보시오. 그 사람은 정여립에 대한 전문가니까 혹시 황지니란 여자와 학술적인 토론을 했을지도 모르고."

손 교수가 차문을 열려고 할 때 은산은 손 교수의 팔을 잡았다.

"인상으로 봐서는 당신이 사람을 죽였을 거 같지 않소. 하지만 전국에 수배된 용의자를 봤으니 신고는 해야 하지 않겠소? 학술대회가 끝나려면 아직 한 시간은 더 있어야 하는데, 학술대회가 끝나면 신고할 생각이오. 그동안 충분히 피신할 수 있을 거라 생각되네만."

은산은 손 교수의 팔을 놓으며 고개를 살짝 숙였다.

"감사합니다."

은산은 손 교수보다 먼저 차에서 빠져나와 발걸음을 재촉했다. 손 교수가 맘이 변해 갑자기 신고전화를 할 수도 있었다. 은산은 지나가는 택시를 잡아타고 터미널로 향했다. 뻣뻣해진 목덜미를 주무르며 은산은 주위 풍경을 경계하는 눈빛으로 바라보았다.

지니의 논문을 추적하면서 처음에 우리나라의 전통음악이 실은 인도에서 비롯됐다는 이야기를 들었을 때 은산은 뜬금없다는 생각을 했었다. 그러나 이제 그는 자신이 어떤 초점을 향해 한 발짝씩 다가서고 있음을 느꼈다. 인도 음악, 허황옥이 들여온 브라만교, 비밀결사 조직 원화, 그리고 거기에 대항하는 또 다른 조직……. 지니가 추적하던 이 역사적 진실의 끝은 과연 어디에 있을까? 거기에 대체 뭐가 있을까? 사람이 죽어야만 하는 그 진실은?

'나는 과연 살아남아 이 진실의 끝을 볼 수 있을까.'

고속버스에 올라탄 은산은 몸을 던지듯 의자에 털썩 주저앉았다. 온몸의 맥이 탁 풀렸다.

"주간지 〈사건과 진실〉의 김민기 기잡니다. 사건 현장을 볼 수 있을까요?"

김민기는 조그만 창 너머로 기자증을 보여주며 모텔 주인의 눈치를 살폈다. 기자라는 말에 인상이 구겨진 주인은 손을 내저었다.

"그동안 경찰하고 기자들 들락거리는 통에 내가 얼마나 손해가 막심했는지 아쇼? 도배도 싹 다시 하고 침대도 통째로 바꾸느라 그 방에 들인 돈이 얼만데, 지난 한 달 동안 손님이 들지 않아 하마터면 모텔 문 닫을 뻔했수! 이제 그 방엔 살인사건 흔적 따위는 하나도 없으니까 그냥 가쇼."

"딱 5분만 살펴보면 됩니다. 부탁합니다."

"가라니까! 당신 같은 기자가 얼쩡거리면 손님들이 그냥 간다니까!"

김민기는 지갑을 꺼내 보이며 주인을 설득했다.

"대실료 지불할게요. 그럼 되죠?"

돈을 보자 주인의 표정이 조금 풀어졌다.

"기자 티 내지 말고 후딱 보고 나오쇼."

김민기는 주인이 일러준 방으로 갔다. 방문을 열고 들어가니 도배하느라 바른 풀 냄새가 아직까지 느껴졌다. 깨끗이 치워진 방이었지만, 사람이 죽은 방이라 생각하니 왠지 서늘함 같은 게 느껴지는 것도 같았다.

김민기는 무죄를 주장하는 고은산의 말을 듣고 사건현장에 꼭 한번 와

보고 싶었다. 그러나 막상 오기는 했지만, 문화부 기자로만 활동해온 탓에 무엇부터 어떻게 살펴봐야 할지 전혀 감이 잡히지 않았다. 이 방이 도배를 새로 한 방이 아니고 핏자국이 남아있는 방이었다 해도 마찬가지였을 것이다. 그는 사진을 찍을까 하다가, 현장이 새로 다 바뀐 마당에 찍어서 무엇 하랴 싶었다. 욕실을 둘러보고 창문을 열어 바깥을 살펴보았다.

'혹시 여기서 하룻밤 자면 황지니라는 그 여자의 귀신이라도 꿈에 나올까.'

돈까지 지불했겠다, 느긋하고 꼼꼼하게 살펴볼 생각이었지만 20분쯤 둘러보니 더 살펴볼 것도 없었다. 아까운 돈만 날렸다는 생각을 하며 카운터로 내려오는데 뜻밖의 인물이 계단 아래에 서서 김민기를 쳐다보고 있었다.

"어 선배, 여기는 웬일입니까?"

"뭐야, 너였냐? 젠장, 과속 카메라에 찍히는 것도 감수하고 열나게 달려왔건만."

돈을 세던 모텔 주인이 어깨를 으쓱해 보였다.

"아는 사람이었수? 어쨌든 난 약속대로 〈사건과 진실〉 기자를 사칭하는 사람이 오면 연락해달라고 해서 그대로 해줬으니까, 뭐."

김민기의 대학 선배이면서 주간지 〈사건과 진실〉의 사회부 기자인 권오영이었다. 사무실 밖에서 회사동료를 보기는 드문 일인데 사건 현장에서 이렇게 마주치니 김민기로서는 조금 무안해졌다.

"문화부가 여기는 왜 왔냐?"

"그냥, 궁금해서요. 선배는 아직도 이 사건 취재 중이었습니까?"

"야, 문화부 기자인 너도 궁금해서 현장에 와보는 판에 나는 당근이지. 지금이라도 당장 고은산이 내 눈에 띄면 집안에 상사(喪事)가 생겨도 쫓아다닐 판이다."

권오영은 뒤통수를 긁적이며 모텔을 나섰다. 김민기도 그 뒤를 따라 나갔다. 주차장으로 가던 권오영이 신경질을 버럭 내며 김민기를 돌아보았다.

"야, 네가 돈 물어내! 너 때문에 20만 원이 넘는 돈이 깨졌잖아! 과속 카메라에 두 번 걸렸고, 모텔 주인한테 괜한 수고비 10만 원 날렸어!"

"어, 그렇다고 제가 그 돈 물어낼 이유는 또 뭡니까?"

"문화부 기자인 주제에 뭐가 궁금해서 핏자국도 없는 현장에 나타나! 범인은 반드시 현장에 다시 나타난다는 내 신념을 믿고 모텔 주인한테 돈까지 주면서 고은산이 나타나기를 기다린 건데!"

"어쩌면 벌써 다녀갔을지도 모르죠."

"고은산이 우리 〈사건과 진실〉 기자를 사칭하며 돌아다닌다는 건 알지? 지가 다니던 데는 사표 냈으니 경쟁사인 우리를 사칭하는 건 좋은데, 덩달아 진짜 〈사건과 진실〉 기자인 우리까지 의심의 눈초리를 받게 됐단 말이야."

"대구에서 강호동 교수를 묶어 놓았던 일 말입니다. 그때 고은산은 무죄를 주장하면서 자기는 진범을 찾아다닌다고 그랬다던데. 선배님은 그 말을 믿으세요?"

"이 새낀 같은 회사 다니면서 선배가 취재해 기사화한 걸 읽어본 거야, 만 거야? 내 책상 녹색 서류철에 취재파일이 있으니까 시간 나면 읽어봐. 현장을 찍은 피투성이 사진도 있어. 범행도구로 쓴 칼에 지문도 남아있고, 사건 직후에 주차장을 빠져나가던 고은산을 본 사람도 있어. 모든 정황과 증거를 놓고 보면 고은산 말고 다른 범인은 없어. 왜? 마누라 바람났다고 그 남편인 김민세가 죽였을 거 같냐?"

"아뇨, 잘나가는 정치인이 그런 짓까지야 안 했겠죠."

권오영은 의심이 가득한 시선으로 김민기를 바라보았다.

"너, 혹시……."

"왜요, 제가 뭐요?"

"고은산 만난 적 있냐?"

순간 김민기는 뜨끔했다. 하지만 곧 아무렇지도 않은 표정으로 그 말을 부정했다.

"제가 그 사람을 어떻게 봅니까? 일면식도 없는 사인데."

그러고는 휴대전화를 꺼내 들여다보고는 자기 차로 향했다.

"가볼게요. 세종문화회관에 가서 오늘 저녁에 내한공연 하는 재즈밴드를 인터뷰해야 하거든요."

김민기가 모텔 주차장을 벗어날 때까지 권오영은 의혹 어린 시선으로 김민기를 주시했다. 대로로 차를 몰고 나와서야 김민기는 한숨을 내쉬었다.

김민기는 세종문화회관으로 곧장 가지 않고 차를 돌려 사무실로 갔다. 권오영이 취재했다는 파일을 보고 싶었다. 사무실에 도착한 김민기는 우선 몇 가지 잡무를 처리했다. 그런 다음 권오영의 책상으로 가서 녹색 서류철을 뒤적여보았다. 취재파일에는 혈흔이 낭자한 사진이 많았다. 자극적인 것을 선호하는 주간지 기자의 취재파일다웠다. 김민기는 주변 분위기를 살피면서 컬러복사기로 취재파일을 복사한 후 제자리에 갖다놓고 황급히 사무실을 빠져나왔다.

김민기는 세종문화회관 지하주차장에 차를 세우고 사무실에서 복사해 온 파일을 훑어보았다. 참혹하게 난도질당한 시신이 찍힌 사진은 없었다. 그러나 피투성이가 된 침대와 모텔 내부 사진을 보는 것만으로도 김민기의 인상이 절로 찌푸려졌다.

톡톡.

누군가 차 창문을 두드렸다. 김민기는 화들짝 놀라며 보던 파일을 덮고 소리가 나는 쪽을 바라보았다. 고은산이 차문을 열라고 손짓했다.

"내가 여기 있는 줄은 어떻게 알았습니까?"

"오늘 인터뷰 때문에 세종문화회관 온다고 그랬잖습니까. 두 시간 가까이 기다렸습니다. 차량 좀도둑으로 오인 받을까봐 얼마나 조마조마했는지, 휴우."

"하하하, 차량 좀도둑인 줄 알고 경비원이 경찰에 신고했으면 아주 대박이었겠는데요. 이제 상금도 올라서 5백만 원이던데."

고은산은 미간을 찌푸리며 김민기의 무릎에 놓인 서류를 흘깃 내려다보았다.

"그건 뭡니까?"

"아, 이거요? 사회부 선배가 구로장 모텔에 취재 갔다 와서 작성한 파일입니다. 컬러복사기로 복사해서 사진도 제법 알아볼 만합니다."

"어디 봅시다."

고은산은 김민기가 건네준 서류를 살펴보기 시작했다. 그동안 김민기는 망이라도 볼 겸 주차장 안을 두리번거렸다.

난데없는 흐느낌 소리가 터져 나왔다. 김민기는 잘못 들었나 싶어서 곁눈질로 고은산의 눈가를 바라보았다. 눈물이 한두 방울이 아니라 줄줄 흘러 사건현장 사진이 복사된 종이 위로 떨어지고 있었다. 선혈이 낭자한 침대가 인쇄된 종이는 눈물에 번져 진짜 피가 범벅이 된 것처럼 보였다. 그야말로 피눈물이었다.

김민기는 무척 당황했다. 여자도 아닌 남자가 마치 부모상이라도 당한 것처럼 섧게 흐느끼니 어떻게 위로를 해야 할지 난감했다. 그나마 취재파일에 시신 사진이 없는 게 천만다행이라고 생각하며 주유소에서 받은 조그만 각티슈를 슬그머니 고은산 앞으로 밀었다.

한참 울던 고은산이 착 가라앉은 목소리로 입을 열었다.

"지니의 소지품 목록에서 몇 가지가 안 보이는군요."

"네?"

"저번에 얘기했는지 모르겠는데, 모텔에서 지니는 준비하고 있던 논문 자료를 내게 보여주었어요. 난 그중 메모장만 훑어봤지만, 분명 가방에는 논문 복사한 거라든가 자료서적이 가득 있었어요. 이 취재파일, 그 선배가 작성한 걸 몽땅 복사한 겁니까?"

"네, 그럼요."

"여기, 지니의 가방에 들어있던 소지품을 적어놓은 목록을 보세요. 책이 하나도 없지요? 그날 지니의 가방에 제일 많이 들어있었던 게 책인데, 이 목록에는 책은 없고 화장품 몇 가지와 지갑 안에 들어있던 것만 나열돼 있어요."

고은산은 팔을 벌려 가방 크기를 대강 가늠해 보였다.

"이 정도 크기의 가방에 화장품과 지갑만 달랑 넣어 가지고 다닐까요? 그렇다면 핸드백이면 충분하죠. 지니를 죽인 놈들이 가방 안의 자료도 싹 다 없앤 게 분명해요. 그런데 어떻게 범행도구에 내 지문이 찍혀 있는 거지?"

"용의주도한 놈들인가 보죠."

"시간이 되면 모텔에서 내가 빠져나가는 걸 목격했다는 사람을 만나보세요. 그 사람이 날 본 건지 아니면 범인을 본 건지 확인해야 돼요. 아참, 난 모텔 정문으로 나가지 않고 주차장 쪽으로 나갔으니 그것도 확인해보고요."

"그리고 무슨 옷을 입었는가도 중요하죠. 그날 고은산 씨가 모텔을 빠져나가는 걸 봤다는 사람이 말한 인상착의와 고은산 씨가 그날 입었던 옷이 다르다면……."

"그날 내가 무슨 옷을 입었더라." 고은산은 미간을 찌푸리고 한참을 생각하다가 두 손으로 머리를 감싸 쥐며 다시 입을 열었다. "도무지 기억이 안 납니다. 청바지를 입었던 것 같기도 하고, 면바지였나 싶기도 하고. 게다가 그날 입었던 옷은 벌써 없애버렸어요. 으, 그 옷이 무슨 색이었더라?"

"당황하면 사소한 건 잘 기억하지 못하는 게 보통이죠, 뭐. 근데 여기는 무슨 일로?"

김민기는 눈물이 번진 자료를 가방에 넣으며 말했다.

"아참, 그걸 잊을 뻔 했네요. 저번에 손병찬 교수를 만났을 때 김정일이라는 재야사학자를 소개받았습니다. 지니의 메모장에는 그 사람 이름이 없었지만, 일단 만나보면 뜻밖의 수확이 있을 수도 있으니 만나고 싶거든요. 문제는 현재 그 재야사학자가 한겨레 문화센터에서 강의를 하는 강사라는데, 거기는 장소가 안 좋아요. 김 기자가 내 대신 그 사람을 만나주세요. 메모장에서는 보지 못했지만, 어쩌면 그가 지니와 연락을 주고받았거나 만났을지도 모릅니다. 손병찬 교수만 하더라도 지니와 일면식도 없는 사람이지만 그에게서 원화에 관한 실마리를 얻었으니, 김정일이라는 재야사학자한테서도 어쩌면 힌트를 얻을 수 있지 않을까요?"

"지금 당장은 인터뷰를 해야 해서 어렵구요, 이따가 저녁에 만나보도록 하지요."

"부탁합니다. 그리고……고마워요."

"고맙긴요, 저도 특종 쓰고 이름 좀 알려지면 메이저 잡지사나 신문사로 옮기려고 하는 건데요."

"그럼 난 먼저 가겠습니다. 여기서 두 시간 기다리느라 CCTV에 몇 번은 찍혔을 겁니다. 불안해서 오래 못 있겠어요."

"그럼 먼저 나가세요. 저도 둘이 같이 CCTV에 찍히고 싶지 않거든요."

고은산이 주차장을 빠져나가자 김민기는 서둘러 위층으로 올라갔다. 김민기는 녹음기를 다시 한 번 체크하고 수첩에 적어뒀던 메모를 숙지했다.

일본 밴드지만 세계적으로 유명한 재즈 밴드라서 인터뷰는 일본어와 영어를 섞어가며 진행되고 있었다. 메이저 방송사와 신문사가 먼저 인터뷰를 하고 있었다. 김민기가 속한 주간지와 같은 마이너들은 당연히 그 다음 순위였다.

김민기는 대학 때 부전공으로 일본어를 공부했음에도 일어 실력이 변변찮았다. 그래서 자신의 인터뷰 차례를 기다리는 동안 수첩을 꺼내어 미리 적어둔 예상 질문을 반복해서 외웠다.

"아무리 메이저 다음 순번이라지만 너무 늦은 거 아니에요?"

한 여기자가 김민기를 보고 알은척을 했다. 알고 지내는 메이저 신문사 기자였다. 김민기는 가볍게 인사를 건네고는 그녀가 갖고 있는 노트북을 지그시 바라보았다. 신문사 로고가 박혀있는 최고급 사양의 노트북을 보며 김민기는 침을 삼켰다. 잡지사가 가난해서 김민기는 지원받을 엄두도 낼 수 없는 노트북이었다.

"잠깐 노트북 좀 쓸 수 있을까요? 인터넷만 조금, 안 될까요?"

여기자가 원고를 전송하는 걸 보고는 김민기는 애처로운 목소리로 부탁했다.

"그러세요."

김민기는 인터뷰 후에 만나야 할 인물인 재야사학자 김정일에 대한 자료를 검색했다. 김정일의 얼굴 생김새, 연락처, 연구 내용 등을 검색하다 보니 어느새 시간이 흘러 김민기가 인터뷰할 차례가 되었다.

"노트북 잘 썼어요."

인터뷰는 끔찍했다. 김민기의 등과 겨드랑이는 식은땀으로 흥건하게 젖었다. 김민기가 말이 서툴러서 상대방이 오해하고 전혀 다른 답변을 하는가 하면, 상대방의 답변을 정확히 알아듣지 못한 김민기가 미소만 지어 보이고 그냥 넘어가기도 했다.

악몽 같은 시간을 끝나고 김민기는 지하주차장으로 돌아왔다. 정석대로라면 공연도 본 다음에 후기를 작성해야 하지만 그럴 시간이 없었다. 대신 블로거 친구에게 전화를 걸어 공연 관람과 후기를 부탁했다.

"공연 신난다고 방방 뛰다가 사진 핀트 흔들리면 안 돼! …… 그래, 나중에 내가 술 산다니까. 잘 좀 부탁한다."

다른 볼 일도 있었지만 김민기는 고은산 일부터 해치우기로 했다. 한겨레 문화센터에 전화를 걸어 김정일의 강의 일정을 확인했다. 마침 저녁에 한 타임이 있었다. 김민기는 곧바로 차를 몰아 한겨레 문화센터로 향했다.

10_

역사의 패턴

강의가 시작되기 한 시간 전에 도착한 김민기는 한겨레 문화센터 사무실에 들러 재야사학자 김정일을 찾았다. 김정일은 사무실 직원과 잡담을 나누고 있었다. 눈매는 날카로웠지만 전체적인 인상은 시골농부 같았다. 개량한복을 입고 있지 않았다면 조금도 학자처럼 보이지 않을 인상이었다.

김민기는 김정일에게 자기소개를 한 후 조용한 데로 가서 얘기를 나누고 싶다고 말했다. 빈 강의실을 찾았지만 이미 모든 강의실에 일찍 도착한 수강생들이 자리를 잡고 앉아있었다. 부근의 커피숍에 갈까했지만 거기도 역시 사람들로 붐빌 것 같았다. 어쩔 수 없이 김민기는 주차장에 세워놓은 자신의 승용차로 김정일을 데리고 갔다.

"번거롭게 해서 죄송합니다. 사람들이 없는 한적한 곳이 필요해서요."

"단순한 취재가 아닌가보군요."

"네, 그렇습니다. 혹시 황지니 씨라고 아십니까?"

"모를 리가 있나요? 시사뉴스에도 나오고 연예뉴스에도 나올 정도인데. 게다가 개인적으로도 만난 적이 있지요."

"정말입니까? 그게 언제쯤인가요?"

"이삼 년 전인가, 전라도 역사기행에 동행한 적이 있습니다."

"근래에 연락하신 적은 없고요?"

"그때 만난 뒤로는 전혀. 그런데 그건 왜 묻습니까?"

"황지니 피살사건의 용의자인 고은산이 자기 혐의를 부인하고 진범을 찾아다닌다는 소문이 있습니다. 황지니가 피살되기 전에 박사논문 준비로 여러 사람을 만났다는데, 고은산은 그중에 진범이 있다고 여기는 모양입니다."

"아, 저번에 그 사람이 대구서 어느 교수를 묶어 주차장에 버려놨다더니 그겁니까? 그럼, 나도?"

"네. 고은산이 선생님을 찾아올지도 모릅니다."

"이거 무서워서 살겠나. 이삼 년 전에 한 번 만난 거 갖고 살인범 용의자가 쫓아다닐 정도면, 대체 경찰들은 뭐하고……."

"정말로 근래 황지니를 만난 적 없으세요?"

"전혀."

"그럼 혹시 예전에 역사기행에 동행하셨을 때 무슨 얘기를 주고받았는지 기억하세요?"

"가만있자, 정여립에 관한 역사기행이었기 때문에 그에 대해 토론을 했었지요."

"기억나는 게 있다면 조금 자세히 설명해주십시오."

"딱히 특별한 얘기는 없었어요. 정여립의 기축옥사에 대한 일반적인 이야기였지요. 그때 감영수라고 국민대 일본학연구소에 있는 교수도 있었는데 셋이서 기축옥사에 대해 이것저것 토론했지요. 정여립이 대동계를 조직하고 《정감록》을 유포시켜 반란을 획책하다가 들켜서 기축옥사가 일어났다, 이게 일반적인 얘기이긴 한데, 나도 기축옥사에 대한 저서를 펴낸 적이 있으니 참고하세요."

김정일은 느닷없이 김민기의 취재수첩을 빼앗더니 거기다가 자기의 저서를 상세히 적어주었다. 출판사에 출판연도까지 꼬박꼬박 적어주는 것이, 혹시 기사화되면 덕을 보고 싶은 모양이었다.

"내가 지금 여분을 갖고 있으면 한 권 드릴 텐데, 없네요. 기사에 도움이 될 테니 한 권 사서 보세요. 읽을 만할 겁니다."

김민기는 그 당시 합석했다는 감영수 교수에 관한 정보도 자세히 물어서 적어놓았다.

"혹시 그때 원화에 대한 얘기는 없었습니까?"

"원화요? 화랑의 전신 원화 말입니까? 전라도에 가서 원화에 대한 얘기를 할 이유는 없는데?"

김민기는 온몸에 힘이 쭉 빠졌다. 결정적인 단서를 얻으리라 기대하고 왔건만 완전 헛다리짚은 셈이었다. 그나마 한 가지, 황지니를 만났다는 또 다른 인물을 알게 됐음을 다행으로 여기자고 김민기는 스스로를 위로했다.

"시간 내주셔서 감사합니다. 괜히 시간만 뺏은 것 같아 죄송합니다."

김민기는 서둘러 인사를 건네고 주차장에서 빠져나왔다. 그리고 이왕 나선 김에 황지니가 접촉한 또 한 명의 인물인 감영수 교수를 찾아보기로 했다.

'황지니 사건이 일본과도 무슨 연관성이 있는 건가? 이거 갈수록 흥미로워지는데…….'

국민대로 급히 차를 몰고 간 김민기는 천만다행으로 마침 퇴근하려던 감 교수를 만날 수 있었다. 정문 수위실에 들러 일본학연구소가 있는 건물이 어디냐고 묻는데 막 정문을 나가려던 감 교수를 수위가 알아보고 일러준 것이다.

"네, 제가 일본학연구소 감영수 교숩니다. 누구시죠?"

"네, 주간지 〈사건과 진실〉의 김민기 기잡니다. 바쁘지 않다면 몇 가지 여쭙고 싶은데, 시간 내주실 수 있겠습니까?"

감 교수는 시계를 흘낏 보고는 턱을 쓰다듬었다.

"술 약속이 있긴 한데, 뭐, 좀 늦어도 상관없습니다. 대신 제 약속장소 근처에 가서 얘기했으면 합니다만."

"네, 좋습니다. 시간 내주셔서 감사합니다."

두 사람은 술집이 죽 늘어선 골목 끝에 있는 전통찻집에 들어갔다. 아쟁 연주가 배경음악처럼 깔리는 근사한 찻집이었다. 국화차와 녹차를 시킨 후 김민기는 행여 누가 들을까 작은 목소리로 물었다.

"황지니 씨 아시죠?"

감 교수의 미간이 찡그려졌다.

"기자들이 무섭긴 무섭네요. 황지니 씨 수첩에 내 연락처라도 있었습니까?"

"네? 그 정도로 잘 알고 지내는 사이였습니까?"

감 교수는 미간뿐만이 아니라 입술까지 일그러졌다.

"얘기가 이상하게 돌아가는데……, 그럼 나는 어떻게 알고 찾아온 겁니까?"

"재야사학자 김정일 씨를 통해 알게 됐습니다. 이삼 년 전에 전라도 역사기행에서 세 분이 만나 이것저것 토론하셨다고 들었는데요."

"네, 나도 그때 황지니를 처음 만났습니다. 그 후에도 간혹 연락은 하고 지냈습니다만, 오해는 하지 마십시오. 학술적인 것 때문에 연락을 주고받은 거지, 이번에 사고 친 사람처럼 깊은 사이는 아니었습니다."

종업원이 차 두 잔을 테이블에 내려놓는 동안 두 사람은 입을 굳게 다물었다. 황지니가 언급되는 이야기를 남이 듣게 할 수는 없었다. 종업원이 멀어지자 김민기는 상체를 앞으로 굽히며 눈을 반짝였다.

"살인사건 용의자인 고은산이 황지니가 예전에 만났던 사람들을 뒤쫓는다는 소문은 들으셨죠?"

"어허, 나 그런 사람 아니라니까요. 황지니와 마지막으로 연락을 주고받은 것도 벌써 반년 전 일입니다."

"그럼 황지니와 무슨 일로 연락을 주고받았는지 말씀해주시겠습니까?"

감 교수는 국화차를 한 모금 마신 후 김민기가 아닌 다른 곳을 쳐다보며 입을 열었다.

"예전에 전라도 역사기행에 참여했을 때는 구체적인 얘기까지는 안 했지만 그때 이미 황지니는 역사의 패턴에 대해 관심이 있었던 모양입니다."

"잠깐만요, 황지니 씨는 역사가 전공이고 교수님은 일본학이 전공 아닌가요?"

"내 전공은 정치외굡니다. 내가 정치를 역사를 바탕으로 풀어나가는 스타일이라서 고려 말과 조선 초의 정치변혁을 다룬 논문으로 박사학위를 땄고, 일본에 유학 가서 일본 근세에 대한 논문을 발표한 뒤로 어찌어

찌하다 보니 일본학 교수가 된 거지 근본은 정치외교지요."

"네에, 계속해주세요."

"그 당시 전라도 역사기행은 정여립의 기축옥사를 주제로 한 것이었습니다. 난 공부도 하면서 머리를 식히려고 겸사겸사 참석한 것이었지만, 황지니는 정여립에 대해 관심이 많았던 모양입니다. 그 당시에도 황지니는 역사의 패턴에 대해 막연하게 무언가를 구상하는 것 같았는데, 특히 우리나라의 역대 왕국이었던 가야, 신라, 고려, 조선의 흥망성쇠에 동일한 패턴이 존재한다고 말하더군요. 왕실의 패턴뿐 아니라 왕실에 저항하는 세력에도 비슷한 패턴이 있다면서요. 그 패턴이 구체적으로 어떤 것인지는 지금 이 자리에서 설명할 수 없습니다. 구체적인 것까지는 황지니 씨가 내게 털어놓지 않았으니까요."

"구체적인 설명이 아니라도 좋습니다. 조금이라도 실마리가 될 만한 것이 있다면 말씀해주십시오."

"정여립은 대동계를 만들었는데, 이건 우리가 흔히 아는 '계'와는 다른 겁니다. 만일의 경우에, 즉 거사를 할 때에 동원할 무장세력을 키우는 거였으니까요. 고려 말에 도참사상이 유행했던 것과 비슷하게 정여립은 《정감록》을 이용했는데, 아마도 《정감록》의 편집에 정여립이 직간접적으로 관여한 것 같습니다. 이 씨 왕조를 무너뜨리고 정 씨인 자기가 왕이 되려고 한 의도가 뻔히 보이니까요. 물론 정여립이 주창했던 것은 왕조 사회가 아니라 공화제 사회였던 것 같습니다만. 이런 얘기는 김정일 씨와 하지 않았습니까? 김정일 씨가 이쪽 전문인데."

"아, 그분은 황지니 씨와 근래에 연락한 적이 없다고 해서 얘기를 길게 나누지 않았습니다."

"정여립의 기축옥사 중에서 가장 흥미로운 인물이 있다면 길삼봉이라는 인물입니다. 길삼봉은 정여립의 기축옥사에 관한 얘기에 빠짐없이 등장하는데도 한 번도 실체가 드러나지 않은 인물이지요. 실존 인물이 아니고 서인인 정철 일당이 반대편인 동인을 무너뜨리기 위해 거짓으로 만들어낸 인물이란 얘기도 있습니다. 실존 인물이든 가상의 인물이든 간에 여태 드러난 것만 본다면 길삼봉은 천안지방의 사노로 힘센 장사였다고 합니다. 정여립의 측근으로서 모반을 도왔다고 하지만 증거는 거의 없습니다. 정말로 가상의 인물일 가능성도 높지요. 내가 고려 말과 조선 초의 정치변혁을 다룬 논문으로 박사학위를 땄다는 말은 아까 했지요? 길삼봉을 내가 개인적으로 흥미롭게 여긴 이유는 그 이름 때문입니다. 삼봉은 조선의 개국공신인 정도전의 호거든요."

깍지 낀 손으로 턱을 괸 자세로 집중해서 감 교수의 이야기를 듣고 있던 김민기가 어깨를 으쓱해 보이며 물었다.

"천안 사노의 이름이 정도전의 호와 같다는 건 그냥 우연일 수도 있지 않습니까?"

"길삼봉이 실존 인물이라고 할 때 그가 조선을 무너뜨리고 공화제를 수립하고자 한 정여립의 모반을 도운 인물이라면 그 자체로 대단한 겁니다. 영국에서 찰스 1세의 왕정을 무너뜨리고 공화제를 실시해 최초의 근대적 공화주의자로 평가받는 올리버 크롬웰과 정여립은 태어난 해가 50여 년 정도 차이 나긴 하지만 거의 같은 시대 인물이라고 할 수 있지요. 크롬웰은 성공했고 정여립은 실패했지만 그 정신은 비슷합니다. 삼봉이란 이름은 정도전을 염두에 두고 지어진 이름인 게 분명합니다. 고려왕조를 무너뜨리고 새 왕조를 세운 사람과 이름이 같고 행위가 비슷하고 뜻이 비슷하다면 우연이 아닌 겁니다. 삼봉이란 이름을 아버지가 붙여줬다면 그 아버지는 정도전이 왕조를 갈아 치운 것처럼 세상이 뒤집히기를 기원했다는 얘기가 되고, 그것이 스스로 지은 이름이라 해도 그 이름으로 기원한 바는 마찬가지였을 겁니다. 왕조시대에 역성혁명이란 게 얼마나 큰 반역죄인지 잘 알고 있었을 텐데도 그런 이름을 붙였다면 그 심정이 어땠겠습니까?"

"그런 셈이 되나요?"

"길삼봉이 실존 인물이 아니고 가상의 인물이라면 그 이름을 지은 사람은 서인인 정철이나 그와 관련이 있는 인물일 겁니다. 정도전이 이성계를 도와 새 왕조를 개창했지만 조선시대 내내 정도전은 그 이름을 입에 담을 수 없는 존재였습니다. 유생의 입장에서는 기존의 왕조를 뒤집어엎고 새 왕조를 개창한다는 것 자체가 대역무도한 짓이었거든요. 정여립의 측근에게 삼봉이란 이름을 붙였다는 것 자체가 정여립은 역성혁명을 일으킬 자였다고 암시하는 겁니다."

감 교수는 차를 한 모금 마시고 말을 이어갔다.

"사극에서 정도전을 많이 다루었기 때문에 일반인도 정도전에 대해서는 제법 압니다. 하지만 사극이란 스토리 위주로 풀어나가기 마련이라서 일반인은 정도전이 한 일의 대강만 압니다. 이성계를 도와 조선왕조를 개창하고 조선 초기에 왕조의 기틀을 다졌는데 이방원의 눈 밖에 나서 제거당했다, 이 정도입니다. 정도전이 남긴 의외의 후과가 있다면 서얼의 출셋길이 완전히 막힌 겁니다. 조선시대 내내 능력 있는 서얼들은 재능을 발휘할 기회를 엿보았지만 그때마다 기득권층이 정도전을 들먹이며 그들의 출셋길을 막았습니다. 따지고 보면 공자야말로 서얼 중의 서얼인데 말이죠. 공자를 떠받들면서도 공자처럼 서얼이 재능을 발휘하는 건 용납하지 못한 게 조선시대입니다."

"그럼 정도전이 조선시대 내내 씹히게 되는 근본 이유는 뭡니까? 단지 서얼이라서?"

"정도전이 한 일 중에서 제일 큰일은 왕조의 교체가 아니라 기득권층이 차지하고 있던 것을 모조리 빼앗아 국고에 귀속시키고 또 양민에게 재분배했다는 겁니다. 요즘으로 치면, 빨갱이 중에 그런 빨갱이가 없는 거죠. 최근에 종합부동산세 때문에 말이 많지 않았습니까? 부동산을 많이 보유한 사람한테서 세금을 많이 걷겠다는 데도 저항이 그토록 심했는데, 아예 몽땅 빼앗아 재분배하겠다고 했으니 그 당시 정도전의 정책이 얼마나 과격한 것이었을지 짐작이 가지 않습니까? 정도전과 정몽주가 같은 유생이자 사대부였지만 걸어간 길이 서로 달랐던 이유는 고려왕조에 대한 충성심 따위에 있었던 게 아닙니다. 정몽주는 고려왕조의 틀 안에서 개혁이 가능하다고 보았지만, 정도전은 그건 불가능하다고 생각했습니다. 기득권층이 나라의 부를 몽땅 움켜쥐고 있어서 국정이 정상적으로 운영되는 것조차 힘든 상황이었으니까요. 왕조를 바꾸면 그 왕조 밑에서 권세를 쥐고 흔들었던 자들의 재산을 압수할 수 있으니 나라의 기틀을 다시 짤 수 있는 발판을 갖게 되는 것이었습니다. 흔히 고려의 충신이라고 여겨져 온 사람들은 지금으로 치면 부동산 재벌에 가깝습니다. 가진 것도 없으면서도 고려왕조에 목숨을 건 사람들은 극히 일부에 지나지 않습니다. 고려왕조가 무너지면 자신이 가진 부동산도 사라진다, 그래서 고려왕조에 베팅을 한 겁니다. 반대로 조선왕조를 개창한 사람들은 상대적으로 부동산이 적었습니다. 고려왕조가 그대로 존속했다면 그들은 공직은 받을 수 있었을지 몰라도 부동산은 한 마지기도 더 얻지 못했을 겁니다. 국토의 좋은 땅이란 땅은 모두 다 기득권층이 쥐고 있었으니 그들이 새로 하사받을 땅이 없었습니다. 과장해서 표현한다면, 고려왕조가 조선왕조로 바뀐 것은 부동산 때문입니다."

김민기는 녹차를 마시며 키득키득 웃었다.

"재미있는 해석인데요. 그래서 정도전이 내내 미움을 받았다?"

"정도전이 제거당한 표면적인 이유는 이방원이 왕이 되는 데 방해가 됐기 때문이지요. 이방원이 걸출한 인물이었던 것은 맞습니다. 근데 생각해보십시오. 그렇다고 그것이 유생이며 사대부인 다른 사람들의 입장에서 굳이 형을 놔두고 동생인 이방원을 선택할 충분한 이유가 됐겠습니까? 아니지요. 하지만 이방원이 왕이 되면 이득을 볼 사람들은 분명히 존재했습니다. 게다가 정도전이 제거되면 더욱 기뻐할 사람들도 존재했고요. 그들은 설마 고려왕조가 전복될까 싫어 이성계에게 적극 협조하지 않은 사람들이었습니다. 정몽주처럼 적극적으로 고려왕조 수호에 나설 생각은 없고 그저 적당한 선에서 타협을 보려는 사람들이었지요. 그런데 막상 왕조가 바뀌어버리니 뒤늦게 이성계 쪽에 줄을 서기가 애매하게 된 겁니다. 어차피 한 발 늦은 것이었고요. 그들에게 이방원만큼 적절한 인물이 없었지요. 게다가 정도전은 국정운영에 정진하는 사람이었지 부동산 수집에 매진한 사람은 아니었거든요. 정도전이 권력을 쥐고 있는 한 그들은 새로 생긴 이권을 자자손손 세습하는 게 거의 불가능했습니다. 정도전이 부의 재분배를 한 번에 그치고 두 번 하지 말라는 법이 없었으니까. 정도전이 제거당한 후의 당쟁을 보면 훈구파와 사림파의 대결이 나타나는데, 부동산 보유로만 본다면 정몽주와 정도전이 재대결하는 양상이었습니다. 정도전이 오랫동안 자리를 지켰거나 자신을 이을 제2의 정도전을 길러냈다면 훈구파가 그토록 득세하지는 못했겠죠. 이런 양상은 왕조시대가 다 끝난 지금도 여전히 남아 있습니다. 부동산과 기득권을 쥐고 있는 세력과 부의 불평등을 줄여보려는 세력의 다툼은 지금도 계속되고 있지 않습니까?"

한참 얘기를 듣던 김민기는 언급되기를 원하던 단어가 전혀 언급되지 않자 결국 자신이 먼저 그 단어를 발설했다.

"혹시 황지니 씨와 나눈 얘기 중에 원화에 대한 것은 없었습니까?"

"화랑의 전신인 원화 말입니까? 전혀요. 원화가 이번 사건과 무슨 연관이 있습니까?"

김민기는 뒤통수를 긁적이며 인상만 쓰고 대답은 하지 않았다. 이젠 감 교수가 궁금증이 인 듯 턱을 괴고 김민기를 응시하며 말했다.

"원화가 이번 사건의 중요한 실마리인 모양이군요? 이를테면 원화를 전공한 사람이 실은 황지니 피살사건의 진범일지도 모른다?"

이상하게 소문이 퍼지면 곤란하니까 김민기는 적당히 둘러댔다.

"뭐, 그런 건 아니고, 황지니 씨가 원화에 대해 조사했던 모양이니 원화와 관련해서 이것저것 알아보던 참입니다."

"원화라, 시데하라 히로시(幣原坦)라는 일본인이 쓴《한국정쟁지(韓國政爭志)》라는 책이 있습니다. 우리나라의 당쟁을 상당히 부정적으로 묘사한 책이지요. 시데하라 히로시는 1905년에 학부 참정관으로 고빙(雇聘)되어 한국에 온 사람입니다. 조선 정부의 문교사항 전부를 총괄하는 일을 담당한 사람인데, 그의 당쟁 연구는 식민통치를 합리적으로 수행하기 위한 방편을 마련하기 위해 이뤄진 겁니다. 일본은 양반만 통치할 수 있다면 조선민족 전체를 통치하는 것이 가능하다는 입장을 기본적으로 갖고 있었습니다. 윗사람만 쥐고 있으면 아랫사람은 알아서 따라온다는 식이었죠. 하지만 한국인은 누가 윗사람을 쥐고 있다고 해서 아랫사람이 알아서 기지는 않죠, 워낙에 개성이 강한 민족이니. 미군정이 일본을 통치한 방식을 보면 그런 말은 오히려 일본인 자신들에게 맞는 것 같은데 말입니다. 어쨌거나《한국정쟁지》라는 책의 도입부에 원화 사건을 최초의 당쟁으로 묘사하는 내용이 있어요. 원화 사건이란 게 남모와 준정이 서로 아름다움을 다투다가 준정이 질투에 눈이 멀어 남모를 죽인 사건 아닙니까. 이 일로 원화가 사라지고 그것이 나중에 화랑으로 바뀌게 되지만, 시데하라 히로시는 이 원화 사건을 조선민족 최초의 당쟁으로 묘사하면서 조선인은 선천적으로 당쟁을 일삼는 민족이라고 비꽜습니다. 조선시대에만 당쟁이 극심했던 게 아니라 이미 신라시대부터 서로 물고 뜯는 선천적인 기질을 조선민족이 보여줬다는 겁니다."

"원화 사건이 한반도 최초의 당쟁이라……. 그런데 혹시 우리나라 사학자 중에 원화가 전공인 분이 누구인지 아세요? 당쟁 전공 교수나?"

"《화랑세기》를 전공한 분은 많아도 원화만 딱 찍어 연구한 분은 아마 없을 겁니다. 《화랑세기》나 당쟁에 대해 연구한 분은 인터넷 검색만 해도 줄줄이 나올 겁니다. 내가 한두 명 골라주는 것보다 인터넷 검색이 나을 거예요. 정여립의 기축옥사처럼 정부에 대해 반기를 들었다가 실패한 사건만 전공한 분도 있습니다. 반란사건 전공인 정성종 교수님의 자료도 참고하면 좋을 겁니다. 황서경의 《장길산》도 정성종 교수의 자료를 바탕으로 만들어진 소설이니까요. 아, 정성종 교수님 얘기를 하니까 또 생각난 게 있는데."

감 교수는 국화차를 한 모금 마시고 얘기를 이어갔다.

"그 교수님 저서 중에 정도전의 호인 '삼봉'이 중요하게 언급된 부분이 있습니다. 《홍길동전》을 보면 홍길동이 나중에 바다를 건너가 율도국이라는 이상국가를 건설하지 않습니까? 요즘 사람들은 이 얘기를 막연히 그 당시 사람들의 희망을 그려낸 것에 불과하다고 생각하지만, 15세기 말의 성종 때 사람들은 정말로 바다 건너에 이상국가가 있다고 믿었고, 게다가 그 섬을 가리켜 삼봉도라고 했습니다. 조정에서는 풍문을 가라앉히기 위해 군사까지 동원해 삼봉도를 치려고 했지만 끝내 삼봉도를 찾을 수 없었죠. 조정에서는 삼봉도라는 단어를 사용하는 것까지 꺼려 그것을 삼도라고 일컬었습니다. 18세기 영조 때는 경홍부사 황보라는 사람이 아예 배를 건조해 삼봉도로 가려던 시도가 발각되어 관련자들이 문초를 받기도 했습니다. 정도전이 기득권 집단의 토지를 압수해 백성에게 재분배한 사건이 백성의 잠재의식에 어떻게 남아있었는지를 짐작하게 해주는 사건이지요. 정도전의 호 삼봉은 조선시대 백성의 뇌리에 역성혁명과 이상향을 뜻하는 단어로 굳어진 겁니다."

"정성종 교수님은 어느 대학에 계십니까?"

"아, 그분은 이미 돌아가셨습니다. 작년에요. 영남대에 재직하셨는데 칠순도 되기 전에 느닷없이 돌아가셨으니 많이 아쉽죠. 민란이라든가 반란사건에 관한 한 최고의 전문가셨는데……. 소설가 황서경이 그분한테서 자료를 넘겨받아 집필했을 정도면 짐작이 가지 않습니까?"

"느닷없이 돌아가셨다는 말은 무슨 뜻입니까?"

"겉보기에는 정정하셨거든요. 마지막까지 집필도 왕성하게 하셨고, 협회에서 중직도 맡아서 하셨고, 건강해 보이셨는데 갑자기 뇌일혈도 돌아가셨으니 학계의 입장에서는 느닷없이 거목을 잃은 거지요."

김민기는 무심한 얼굴로 감 교수의 얘기를 듣고 있었지만, 머릿속에서는 정성종 교수의 '느닷없는' 죽음이 계속 맴돌고 있었다. 왠지 구린 구석이 있었다. 추적해볼 만한 문제 같았다.

"황지니 씨와 정성종 교수님이 서로 만난 적은 있을까요?"

"가능성은 있죠. 황지니가 왕국 흥망성쇠의 패턴과 그 저항세력의 패턴에 대해 조사했으니까 민란과 반란사건 전문인 정성종 교수를 만나봤을 가능성은 충분히 있습니다. 하지만 관련 자료라면 도서관에서도 충분히 찾아볼 수 있으니 굳이 만나지 않았을 수도 있지요."

감 교수의 눈이 호기심으로 반짝였다. 이를 본 김민기는 재빨리 말을 돌렸다.

"술 약속 있다고 하셨죠? 이거 제가 시간을 너무 많이 뺏은 것 같습니다. 죄송합니다."

감 교수는 손목시계를 보고는 엉거주춤 일어났다.

"시간이 벌써 이렇게 됐나. 그럼 선약 때문에 가봐야겠습니다."

"시간 내주셔서 감사합니다."

감 교수가 나간 뒤 김민기는 다 식은 차를 홀짝거리며 생각을 정리했다. 차를 다 마신 후 카운터로 향하던 김민기는 건너편 테이블에서 고은산이 일어서는 것을 보고 깜짝 놀랐다. 고은산이 알은체를 하지 않아 김민기도 모르는 체 밖으로 나와 느릿느릿 주차장으로 걸어갔다. 고은산이 빠른 걸음으로 그 뒤를 따랐다.

"날 미행한 겁니까?"

"딱히 할 일도 없고, 황지니가 만났던 사람이 어떻게 생겨먹은 사람인가 궁금하기도 해서요. 아까 그 교수는?"

김민기는 차 안으로 들어가 고은산에게 오늘 만난 사람들에게 들은 이야기를 들려줬다.

"황지니가 역사의 패턴을 추적하고 있었다. 그리고 민란과 반란사건을 전공한 정성종 교수를 만났을지 모른다, 정성종 교수의 자료를 소설가 황서경이 넘겨받아 《장길산》을 집필했다, 이 정도군요. 이렇게 합시다.

김 기자가 문화부 기자니까 황서경을 만나 정성종 교수한테서 받은 자료가 뭔지 알아보세요. 난 정성종 교수 유가족을 만나 생전에 정성종 교수가 황지니를 만난 적이 있는지 알아볼 테니까."

"알았습니다. 그런데 이렇게 조사하고 다닌다고 황지니 살인범을 잡을 수 있을까요?"

"내가 자수하면 어떻게 될 거 같아요? 저 윗선에서 뭔가를 은폐하려는 것 같은데, 진범이 잡힐 것 같습니까? 요즘 살인은 3년형에서 5년형 정도를 언도받아요. 심한 놈이나 10년이 넘지 대개는 5년을 평균으로 치죠. 근데 내가 5년형에서 끝날 거 같습니까? 놈들은 날 납치해서 죽이려 했어요. 내가 죽어 마땅한 죄를 저질렀는지는 잘 모르겠습니다. 하지만 죽을 때 죽더라도 누가 무엇을 숨기려고 하는지는 꼭 밝히고 죽어야겠습니다."

고은산은 작별인사도 없이 차에서 내렸다. 김민기는 룸미러로 멀어져 가는 고은산의 뒷모습을 꽤 오랫동안 바라보다가 차에 시동을 걸었다. 그때 전화벨이 울렸다.

"네, 문화부 김민깁니다. …… 아, 왜? …… 뭐, 카메라를 집에 놓고 왔다고? 야, 사진 없이 어떻게 공연 후기를 실어? 옆 사람한테 빌려서라도 찍어! 장당 만 원 준다고 그래!"

김민기는 욕설을 내뱉으며 일본 밴드가 공연을 하고 있는 세종문화회관으로 차를 몰았다.

11_

오백만 원짜리 살인범

우르릉!

고은산은 보던 책을 덮고 도서관 창밖을 바라보았다. 아침부터 우중충하던 하늘이 결국 천둥소리를 울리며 비를 쏟아냈다. 비가 올 거란 일기예보를 보았지만, 은산은 우산을 챙겨 나오지 않았다. 근래 들어 일기예보가 들어맞는 날이 거의 없었기 때문이다. 비 맞는 것이야 대수롭지 않은 일이었지만 쓰고 나온 가발이 망가져서 신원이 노출될까봐 은산은 걱정이 됐다.

고은산은 창밖을 바라보던 눈길을 돌려 손에 쥔 책의 겉장을 내려다보았다. 〈신라 화랑의 연구〉. 지니의 메모장에 적혀 있었던 일본인 미시나 아키히데의 유명한 연구논문이었다. 논문 내용은 은산의 기대에 못 미쳤다. 기대했던 원화 이야기는 거의 나오지 않았다. 아주 조금 다뤄지긴 했지만, 널리 알려진 것과 다를 게 없는 내용이었다. 은산은 쓴 입맛을 다시고는 논문을 원래 자리에 끼워 놓고 열람실을 나왔다.

기말시험 기간이라 도서관에는 학생이 많았다. 논문을 준비하는지 복사한 A4 용지를 한 아름씩 안고 가는 학생도 여럿 눈에 띄었다. 휴게실에는 캔커피를 들고 두런두런 얘기를 나누는 학생이 많았다. 문득 지니와 캠퍼스 커플이었던 시절의 추억이 하나둘씩 은산의 머릿속에 들어차기 시작했다. 은산의 입에서 한숨소리가 새어나왔다.

은산이 이 평범한 지방대학 도서관을 찾은 이유는 근처에 정성종 교수의 유가족이 살고 있어서였다. 정성종 교수의 부인은 남편이 죽은 뒤 이 대학 부근에서 하숙집을 운영하는 딸네 집으로 옮겨와서 함께 살고 있었다. 정성종 교수의 이름은 지니의 메모장에 적혀 있지 않았다. 하지만 정 교수가 연구한 분야가 민란과 반란사건이니 분명 지니도 관심을 가졌을 것 같았다.

은산은 도서관 현관에 서서 비를 가릴 만한 것을 찾아 주위를 두리번거렸다. 마침 현관입구 한쪽에 무가지가 놓여있었다. 은산은 얼른 무가지를 집어 들고 머리에 쓰기 위해 크게 펼쳐들었다. 순간 은산의 눈길이 무가지 1면에 박힌 사진에 고정됐다. 김민세가 꽃다발을 치켜들고 환하게 웃고 있었다. 전날 치러진 선거에서 야당이 압승했다는 큰 제목과 함께 서울시장에 당선된 김민세의 사진이 1면을 꽉 채우고 있었다.

"야, 저 기사 봤어?"

"어, 김민세. 언론마다 떠들어대니 안 보려야 안 볼 수 없지."

"탄핵됐다가 복직된 대통령에, 국회는 여당이 절반을 넘는 의석을 차지하고 있는데, 지자체장 선거는 전라도만 빼고 죄다 야당이 압승이라! 그럼 이제 정국은 어떻게 돼가는 거야?"

"지자체장은 상관없잖아. 시장이나 군수나 도지사가 어느 당이 됐든 국회 의석이 더 중요하니까 지자체장들이 싹 다 야당 출신이어도 별 상관은 없겠지. 그런데 한 시간 뒤면 시험인 우리가 그런 걸 왜 생각해야 하냐? 저번에 보니까 너 노트 정리 잘해 놨더라, 것 좀 보여줘."

"한 시간 뒤면 시험인데 내가 왜 보여 주냐?"

두 명의 학생이 은산이 펼쳐든 무가지를 보고는 쑥덕거리며 지나갔다.

은산은 도무지 사진에서 눈을 뗄 수 없었다. 김민세의 함박웃음, 슬픔이라고는 조금도 비치지 않는 그 웃음이 은산의 눈동자를 후비듯 파고 들어와 가슴에 박혔다. 얼마쯤 지났을까, 은산은 김민세의 사진을 머리에 뒤집어쓰고 빗속을 천천히 달렸다.

정성종 교수의 딸이 운영하는 하숙집은 도서관 뒤쪽에 자리 잡은 동네에 있었다. 은산이 그 집에 도착했을 때는 마침 점심때라 기름진 냄새가 문밖까지 풍겨왔다.

"오늘 점심은 밥이 아니고 김치전이에요?"

"비도 오는데 이것보다 좋은 게 어디 있겠니?"

"아, 술 생각나잖아요! 이따 시험도 봐야하는데 이런 유혹이!"

"잔말 말고 아직 안 일어난 애들 깨워. 점심은 먹어야지."

부산한 하숙집의 풍경을 바라보며 은산은 자신의 대학시절을 떠올렸다. 자취를 했던 은산도 비 오는 날마다 부침개를 부쳐 먹었다. 웬만한 여자보다도 전 부치는 실력이 좋았던 은산의 자취방은 비만 오면 술을 사들고 오는 친구들로 북적였다. 지니랑 같이 전을 부쳐 먹으며 노느라 수업을 빼먹은 일도 아련히 떠올랐다.

"이모, 손님 오셨는데요."

"애, 이것 좀 뒤집어 봐. 예쁘게 잘해, 다 부스러뜨리지 말고."

김치전을 뒤집던 여자가 앞치마에 손을 닦으며 은산이 있는 쪽으로 다가왔다.

“어서 오세요. 하숙 구하세요? 아니면 달방? 전단지 붙인 거 보고 오셨어요? 월세도 싸요.”

“아, 방을 구하러 온 게 아니라 저……, 정성종 교수님 따님 되시죠? 저는 주간지 기잡니다. 교수님에 대한 추모기사를 작성할까 해서…….”

여자는 단번에 실망한 표정을 짓고는 부엌 쪽으로 돌아섰다.

“아버지 돌아가신 지가 언젠데 이제 와서 그런 기사를 작성한단 말이에요? 게다가 난 아버지랑 떨어져 살아서 별로 해줄 말도 없어요.”

“그럼 사모님과 얘기를 나눌 수 있을까요? 사모님과 같이 사신다는 얘기를 듣고 온 거거든요.”

여자는 하숙집 안쪽을 향해 버럭 소리를 질렀다.

“엄마, 나와 봐! 아버지에 대해 뭐 쓴다고 기자가 왔어!”

사진으로 본 정성종 교수는 머리카락이 희끗했지만, 부인은 남편과 달리 머리카락이 새까맸다. 부인은 침을 흘리며 잠자는 아기를 둘러업고 있었다. 외손녀인 모양이었다.

“무슨 일로 오셨나요?”

“돌아가신 정성종 교수님에 대해 취재 좀 할까 해서 찾아왔습니다.”

은산은 말을 멈추고 점심을 먹기 위해 모여드는 학생들을 바라보았다. 그 부산한 식당은 대화를 나누기에 적당한 곳이 아니었다. 부인은 은산의 눈치를 알아채고 아기를 업은 채로 슬리퍼를 끌며 밖으로 나왔다. 부인이 대문 바로 옆에 있는 방 앞 툇마루에 걸터앉았다. 은산도 그 옆에 따라 앉으며 방안을 흘낏 들여다봤다. 책상 위에 책이 어지럽게 놓여 있는 것으로 봐서 학생 방인 듯했다.

“여기가 제일 조용하니까 얘기를 나누기에 괜찮을 거예요. 이 방 학생은 지금 수업 들어갔으니 두 시간 뒤에나 올 테고. 바깥양반 간 지 꽤 됐는데 느닷없이 기자가 웬일이에요?"

"사모님, 교수님이 생전에 황지니 씨를 만난 적이 있습니까?"

"황지니? 어디서 들어본 이름인데?"

"몇 달 전에 피살됐고, 어제 당선된 서울시장 김민세의 아내 말입니다."

"아, 요즘 텔레비전에 자주 보이는 그 여자분? 나도 뉴스 보고 깜짝 놀랐어요. 작년인가 재작년인가, 바깥양반 건강이 좀 나빠졌을 땐데 이 양반이 무슨 불길한 느낌이라도 들었는지 자기가 여태까지 발표한 논문들을 자료집으로 엮는다고 그러시더라고요. 그게 워낙 방대하니까 제자 중 한 사람의 도움을 받아야 한다고 얼핏 들었는데, 그 황지니란 여자가 바깥양반 제자였나 봐요."

은산은 저도 모르게 숨을 들이켰다.

"교수님의 논문을 엮는 데 황지니 씨가 도움을 줬다는 말씀이죠?"

"동물도 때가 오면 감지한다잖아요. 바깥양반도 풍이 와서 불편한 몸으로 굳이 자료집을 엮겠다고……. 나는 말렸어요. 병원에 입원해서 치료나 받지, 이미 나와 있는 논문들을 뭐 하러 재편집을 한답시고 무리를 하냐고. 그 양반이 뭔가 느낌이 온 모양이지요. 살아생전에 자기가 연구한 거 잘 정리하고픈 맘이 있었던가 봐요. 그 황지니란 여자도 주말마다 서울에서 내려와 바깥양반을 도왔어요. 열심이었어요."

부인의 눈에 눈물이 맺혔다.

"그래서 논문집은 완성하셨습니까?"

"완성은요, 그렇게 무리를 하며 일하더니 반도 못 해놓고 뇌일혈로 쓰러져서……."

결국 부인은 울음을 터뜨렸다. 울고 있는 부인을 바라보는 은산의 마음도 안타깝고 씁쓸했다. 외할머니의 흐느낌에 잠이 깬 아기가 칭얼대기 시작했다.

"황지니 씨와 교수님이 그 작업을 하는 동안 다른 외부 인사가 찾아오지는 않았습니까?"

"외부 인사라뇨?"

"이를테면 그 논문 작업과는 아무 상관이 없는 사람 말입니다. 전공도 역사와는 아무 상관없는 사람이라든가 소설가나, 아니면……."

은산은 만약을 위해 미리 인쇄해둔 사진을 꺼내 보였다. 자기를 체포하려 했던 형사와 국정원 직원의 사진이었다. 부인은 고개를 저었다.

"나야 모르죠. 집으로 찾아왔으면 모를까, 교수실로 직접 찾아가서 바깥양반을 만났다면야 내가 알 수가 있나."

"네, 그렇겠군요."

은산은 힘이 빠진 목소리로 대답했다. 그런데 잠시 후 부인이 무슨 생각이 난 듯 다소 목소리를 높여 말했다.

"아! 갑자기 쓰러지기 이틀 전인가, 집에 돌아오셨는데 심기가 불편해 보였어요. 내가 농담 삼아 작업을 하다가 여제자와 싸우기라도 했냐고 물어보니, 서울서 아는 사람이 왔는데 아주 불쾌한 말을 했다는 거예요. 그러고는 아무 말씀 안 하시니 나도 더는 묻지 않았죠. 건강도 안 좋은데 스트레스 받지 마시라고만 했어요."

은산은 목덜미에 소름이 돋았다. 감영수 교수가 김민기 기자한테 했다는 말 중 정성종 교수가 '느닷없이' 돌아가셨다는 말이 떠올랐다.

한 학생이 식당에서 나와 은산과 부인이 앉아 있는 툇마루 쪽으로 다가오는가 싶더니 은산의 얼굴을 힐긋거리고는 다시 빙 돌아 식당 쪽으로 갔다. 그러고는 식당에 있는 다른 학생들을 향해 말했다.

"아닌 거 같은데. 안 닮았어."

순간 은산은 정신이 번쩍 들었다. 자신이 수배 중인 용의자란 것을 깜빡 잊고 있었던 것이다. 은산은 부인이 울음을 그칠 때까지 초조하게 기다리면서 식당에 있는 학생들이 나누는 대화에 귀를 쫑긋 세웠다.

"아깝다. 현상금이 오백이라던데. 한 학기 거뜬하게 지낼 수 있는 돈인데 말이야."

"다시 가서 봐봐. 그 용의자도 기자인 척하며 돌아다닌다잖아."

은산의 손에서 식은땀이 나기 시작했다. 서둘러 부인에게서 정보가 될 만한 것을 얻어내야 했다.

"교수님의 책이나 자료는 어떻게 하셨습니까?"

"영남대에 다 기증했어요. 바깥양반 말고는 집안에 학자가 없으니 그런 자료를 갖고 있어도 쓸데가 없거든요."

"소설가 황서경 씨가 교수님께 자료를 얻었다는 얘기를 들었습니다. 교수님께서 황지니 씨한테도 뭔가 자료를 넘긴 게 있습니까?"

"난 바깥양반이 하는 일에 대해서 아무것도 몰라요."

대학교수 부인은 대학 출신인 경우가 많은데 정 교수의 부인은 아닌 모양이었다. 정 교수가 북쪽 출신이라서 그런가 싶기도 했다. 은산이 일 때문에 방문했던 교수들의 집은 다 학구적인 느낌을 주었는데 정 교수 가족이 사는 집은 전혀 그렇지 않았다. 평범해도 너무 평범했다. 정 교수가 민란이나 반란을 전공한 데도 이런 아웃사이더 같은 분위기가 바탕이 됐나 보다고 은산은 생각했다.

더 이상 얻을 정보는 없어 보였다. 정 교수와 황지니가 생전에 같이 작업을 했다는 것, 정 교수가 사망하기 이틀 전에 서울에서 온 누군가와 말다툼을 했다는 것이 은산이 부인에게서 얻은 정보의 전부였다. 분명 황지니가 정 교수에게서 무언가 중대한 자료를 입수했을 것 같은데 그게 무엇인지 감도 잡을 수 없었다. 소설가 황서경을 만나러 간 김민기가 좋은 소식을 물어오기만을 바랄 수밖에 없게 됐다.

"그런데 기자님은 왜 죽은 사람들 얘기를 물어보러 여기까지 오신 거예요?"

"아, 황지니 피살사건에 대한 정보를 수집하러 다니는 중입니다. 세간에 알려진 것과는 달리 진범은……."

은산은 자기를 주시하는 시선을 느끼고 말을 멈췄다. 한 학생이 식당에서 나와 은산이 있는 쪽을 주시하고 있었다. 마음이 조급해진 은산은 서둘러 부인에게 인사를 하고 툇마루에서 일어났다.

"느닷없이 찾아와서 불편을 끼쳐드려 죄송합니다."

갑자기 번개가 치고 천둥소리가 요란하게 울렸다. 빗줄기는 더욱 거세져서 신문지를 머리에 쓰는 것으로는 어림도 없을 정도였다. 그때 식당에서 밥 먹던 한 학생이 벌떡 일어나며 소리를 질렀다.

"맞아, 그 오백만 원짜리야!"

그와 동시에 은산은 쏜살같이 빗속으로 내달렸다. 몇 달음 못 가서 태연스럽게 행동하지 못한 걸 후회했다. 하지만 이미 벌어진 일을 어찌할 수 없었다. 학생 둘이 달아나는 은산을 뒤쫓아 집밖으로 뛰어나왔지만 슬리퍼를 신고 있어서 빨리 뛰지 못했다. 학생들은 경찰에 신고를 한답시고 밥 먹다 말고 소란을 피웠다.

"거기 달아나는 사람 잡아요! 살인범이에요!"

길 가던 남학생 몇몇이 그 소리를 듣고 은산의 앞을 가로막으려 했지만 전속력으로 돌진하는 은산을 막지는 못했다. 빗물에 젖은 가발이 벗겨져 땅바닥에 떨어졌다. 슬리퍼를 신은 한 학생이 끈질기게 은산의 뒤를 쫓아오고 있었다. 코앞에 전경버스 두 대가 서 있었다. 전경 몇 명이 버스 옆에서 비를 맞으며 담배를 피우고 있었다. 은산을 뒤쫓던 학생이 전경들을 향해 고래고래 소리를 질렀다.

"그 사람 살인범! 잡아요!"

한 전경이 꽁초를 던져버리고 팔을 뻗어 은산을 잡으려 했다. 은산이 맨 가방 끈이 전경의 손에 잡혔다. 은산은 가방으로 전경을 후려치고는 가방을 버린 채 달아났다. 화가 난 전경들이 우르르 은산을 뒤쫓기 시작했다.

은산은 무작정 내달려 뒤쫓던 전경 무리를 간신히 따돌렸다. 하지만 이내 막다른 골목에 당도하고 말았다. 담장은 은산의 어깨 높이 정도로 그리 높지 않았지만 위에 철조망이 쳐져 있어서 쉽게 뛰어넘기는 힘들어 보였다. 은산은 이를 악물고 도움닫기를 해서 담장에 매달렸다. 철조망을 움켜쥔 손바닥에서 피가 났다. 사이렌이 울렸다. 경찰까지 출동한 모양이었다. 멀찍이서 전경들의 목소리가 들려왔다.

"현상금 오백만 원짜리 살인범이래!"

"잡으면 배 터지게 회식이야!"

담장에 매달려 버둥거리던 은산의 눈에 담장 아래 있는 맨홀 뚜껑이 들어왔다. 은산은 담장에서 내려와 있는 힘을 다해 맨홀 뚜껑을 열고 그 안으로 들어갔다.

맨홀 안은 은산이 겨우 웅크리고 앉을 수 있을 정도로 좁았다. 쏟아지는 폭우로 인해 하수구의 물살이 거셌고, 물은 이미 은산의 가슴에 이르렀다. 더러운 물을 타고 온갖 쓰레기가 몰려왔다. 무언가 둔탁한 물건이 오수에 휩쓸려가다가 은산의 옆구리를 세게 쳤다. 너무나 아팠지만 신음소리도 낼 수 없었다. 은산은 오른손으로 맨홀 벽에 튀어나온 철근을 움켜잡고 왼손으로 입과 코를 막았다. 악취 때문에 견딜 수가 없었다. 죽은 쥐가 떠내려갈 때는 당장 잡히더라도 맨홀에서 뛰쳐나가고 싶었다.

"야, 담장 위에 발자국 있다!"

"철조망에 핏자국도 있는데! 건너편이다!"

은산을 뒤쫓던 무리의 목소리와 발소리가 우르르 몰려와 맨홀 뚜껑 위에서 어지러이 울리다가 다시 우르르 멀어져갔다.

천둥소리가 들렸다. 맨홀 뚜껑에 난 구멍으로 번개가 번쩍이는 것도 보였다. 하수구 물살은 더욱 거세졌다. 맨홀 위로 물살이 역류하지 않기만을 바라며 맨홀 뚜껑에 난 구멍에 입과 코를 갖다 대고 숨을 쉬었다. 불행 중 다행으로 은산이 숨은 맨홀은 경사면의 윗부분에 있어서 맨홀 뚜껑을 통해 들어오는 빗물은 적은 편이었다.

지옥 같은 맨홀 속에서 은산은 정신을 잃지 않기 위해 이를 악물며 날이 어두워지기만을 기다렸다. 얼마나 지났을까. 맨홀 뚜껑으로 희미하게 비치던 빛이 완전히 사라졌다. 은산은 밖으로 나가기 위해 맨홀 뚜껑을 밀었다. 그러나 뚜껑은 꿈쩍도 하지 않았다. 맨홀 안에서 악몽 같은 시간을 버텨내느라 은산은 녹초가 됐다. 그렇다고 이대로 포기할 수는 없었다. 은산은 젖 먹던 힘까지 쥐어짜내며 안간힘을 다했다. 앙다문 입술 사이로 용쓰는 소리가 새어나왔다.

'다시, 다시, 다시 한 번 지니야, 나에게 기운을 줘. 진실을 밝혀낼 기운, 살아나갈 기운을 줘.'

덜커덩.

맨홀 밖으로 나온 은산은 그대로 땅바닥에 엎어졌다. 일어날 기운이 없었다. 입안으로 흘러드는 빗물을 뱉어낼 기운도 없었다. 어둠이 깔린 주위는 이제 조용해졌지만, 은산의 귓가에서는 여전히 사이렌소리가 들렸다.

한동안 죽은 듯이 엎드려있던 은산이 갑자기 눈을 번쩍 떴다. 발각되기 전에 어디로든 몸을 숨겨야 했다. 힘겹게 상체를 일으켜 세우는데 옆구리에 극심한 통증이 느껴졌다. 맨홀 안에서 쓰레기에 부딪힌 부위가 찢어진 것 같았다. 후들거리는 손으로 바지 뒷주머니를 뒤졌다. 다행히 지갑은 그대로 있었다. 은산은 아주 천천히 몸을 일으키고 골목을 벗어났다. 어느새 비가 그쳐 있었다.

은산의 몰골은 처참했다. 누가 봐도 의심을 할 만한 모습이었다. 은산은 인적이 드문 골목으로 다니다가 경찰차가 눈에 띄면 방향을 바꾸었다.

어느 골목 어귀에서 은산은 나란히 서 있는 두 개의 공중전화 박스를 발견했다. 은산의 지갑에는 사둔 지 5년 정도 되는 공중전화 카드가 한 장 있었다. 휴대전화 배터리가 방전되면 쓸 생각으로 버리지 않고 고이 모셔둔 카드였다. 은산은 전등이 고장 나 불이 켜지지 않은 공중전화 박스로 들어가 수화기를 들고 카드를 밀어 넣었다. 공중전화 카드에는 750원의 잔액이 남아있었다.

"여보세요, 김민기 기자?"

김민기의 목소리를 들으니 은산은 안도감이 들었다. 절친한 관계는 아니지만 그만은 자신을 도와줄 거라는 확신이 들었다.

"여기요? 여기가 어디냐면, ……."

초여름이었지만 비온 뒤의 밤은 서늘했다. 은산은 공중전화 박스의 문을 닫고 쭈그리고 앉아 추위에 떨며 김민기를 기다렸다. 졸음이 밀려왔다. 은산은 박스 안에 매달린 두꺼운 전화번호부를 한장 한장 뜯어내 그것으로 몸을 덮었다. 그러고는 그대로 정신을 잃었다.

12_

비밀결사 조직

잠에서 깬 은산의 눈에 맨 처음 들어온 것은 큼지막한 모형 비행기였다. 은산이 프라모델(플라스틱 모형)에 관심이 많은 건 아니었지만 그 모형 비행기가 무엇인지는 알고 있었다. 2차대전 때 큰 활약을 한 미군의 P-51D 무스탕이었다. 모형 비행기는 방금 전까지 은산을 괴롭히던 온갖 악몽을 싹 잊게 해주었다. 머리가 지끈거리다 못해 후벼 파는 것처럼 아프고 목구멍은 지지는 듯이 고통스러웠지만 다시 잠을 청하기는 싫었다. 눈을 감으면 악몽이 다시 시작될 것만 같았다.

"정신이 듭니까?"

은산은 목소리가 들린 곳으로 고개를 돌리려다 말고 신음소리를 냈다. 온몸이 뻐근하고 저릿저릿했다.

"여기가?"

"제가 사는 원룸입니다."

천장에 달린 무스탕 전투기 아래로 김민기의 뒷모습이 보였다. 그는 커다란 냄비 앞에서 서서 무언가를 젓고 있었다. 비로소 은산의 코끝으로 맛있는 냄새가 다가왔다.

"몸살감기인 것 같아요. 약 사왔으니까 이 야채죽 먹고 바로 약 드세요."

"고마워요."

고맙단 말 한 마디를 하는 것도 은산은 힘이 겨웠다. 온몸 구석구석 아프지 않은 데가 없었다.

"어제 전화 받고 가보니까 정말 엉망진창이더군요. 그대로는 차에 못 태울 것 같아서 물과 소주로 몸을 대강 씻긴 다음에 차에 태웠습니다. 경찰이 곳곳에서 검문검색하고 있어서 빠져 나오는 데 너무 힘들었습니다. 솔직히 말해서 버리고 가고 싶었어요. 이러다 내 신세까지 망칠까봐 겁이 나데요. 그런데 소주로 씻긴 게 도움이 되긴 했어요. 경찰이 내 기자증을 본 다음에 뒷좌석에 있는 사람은 누구냐고 물어서 술에 떡이 된 친구라고 했죠. 소주 냄새가 진동하니까 경찰도 굳이 자세히 살펴보지는 않더라고요. 덕분에 무사히 빠져나올 수 있었어요."

"정말로 …… 고마워요."

은산은 겨우 두 마디를 아주 느리게 뱉어냈다.

"일어날 수 있겠어요? 죽 먹으려면 앉아야 하는데."

은산은 옆구리에서 찢어지는 듯한 통증을 느꼈지만 이를 악물고 침대에서 몸을 일으켰다.

김민기의 원룸은 단출했다. 더 꽂을 틈이 없을 정도로 빽빽하게 책이 들어찬 가로 2미터짜리 책장과 CRT 모니터가 놓인 컴퓨터 책상, 은산이 누워있는 싱글 침대가 가구의 전부였다. 침대 건너편의 옷걸이에는 방주인이 인기 없는 싱글남임을 드러내는 듯한 어두운 색의 옷이 죽 걸려 있었다. 은산이나 김민기나 똑같은 2류 주간지 기자인데 사는 행색은 김민기가 은산보다 훨씬 못했다. 사회부 기자였던 은산은 돈을 챙길 수 있는 편법이 여러 가지 있었지만, 문화부 기자인 김민기는 뒷돈 챙길 건수가 거의 없었다.

김민기는 접이식 상을 펼친 뒤 마른 행주에 싼 야채죽 그릇을 조심스레 내려놓았다. 몇 가지 반찬이 더 있었지만 은산은 야채죽만으로도 충분했다. 뜨거운 죽이 마른 목을 훑고 지나가자 은산의 목통증이 많이 가셨다. 여전히 아프기는 했지만 말하는 것은 훨씬 수월해졌다.

"소설가 황서경을 만난 일은요?"

김민기는 손가락을 들어 컴퓨터 책상 아래를 가리켰다. 성경책 몇 권 분량의 종이가 쌓여있었다.

"황서경 씨가 정성종 교수한테서 얻은 자료를 다 복사해 왔어요. 근데 저걸 훑어보는 것도 장난이 아닐 겁니다."

은산도 엄청난 양의 자료에 할 말을 잊었다. 그걸 다 훑어본다고 해서 지니의 살인범에 대한 힌트를 얻을 수 있을 것 같지도 않았다.

"황서경 씨와 많은 얘기를 나눴지만 그다지 인상적인 정보는 없었습니다. 정성종 교수 유가족 쪽은 어땠습니까?"

은산은 죽을 한 술 떠서 힘겹게 삼키고는 고개를 저었다.

"지니가 정성종 교수의 제자였다는 것, 교수가 죽기 전에 서울에서 온 누군가와 말다툼을 했다는 것, 정도?"

"혹시 서울에서 왔다는 누군가가 교수를 살해했을지도 모른다고 추측하는 겁니까?"

"정 교수는 지니와 함께 자신이 쓴 논문들을 체계적으로 정리하는 일을 하고 있었어요. 지니가 정 교수를 도운 건 은사에 대한 보답 차원이었을 수도 있지만, 어쩌면 자기가 찾는 자료를 수집하기 위해서였을 수도 있지요. 그리고 그 누군가는 정 교수의 자료가 지니에게 흘러들어가는 걸 싫어했을 수도 있고. 게다가 교수는 그 누군가를 만난 이후 사망했고, 자료정리는 결국 미완으로 끝났으니……. 아, 모르겠어요. 사실은 별거 아닌 평범한 일일 수도 있는데, 살인이란 관점에서 모든 일을 바라보니 잘못된 추측을 하는 건지도 몰라요."

밖이 어둑어둑해지자 김민기는 형광등을 켰다. 어제 김민기에게 전화를 건 것이 초저녁 무렵이었으니까 은산은 김민기의 원룸에서 거의 24시간 동안 누워있었던 셈이었다. 날씨는 어제 저녁과 달리 제법 무더웠다. 그런데도 김민기는 창문을 가린 커튼을 걷지 않았다.

"좀 더운 것 같은데 커튼을 걷죠?"

"밖에서 방 안을 들여다볼까 해서요. 건너편 집에 사는 사람이 우연히 이 방을 들여다 보고 수배범을 봤다고 신고하면 골치 아파지지 않겠어요?"

쫓기는 신세임을 자각한 은산의 얼굴표정이 침울해졌다. 김민기는 은산의 얼굴을 살피고는 입을 열었다.

"말이 나온 김에 얘기를 확실해 해두죠. 솔직한 내 심정은 고은산 씨가 잡히든 말든 별 상관이 없습니다. 내가 문화부 기자이니 고은산 씨 사건은 전공이 아니기도 하고요. 하지만 요즘 엄청난 이슈가 되고 있는 사건에 대해 내가 알게 된 것을 기사화하고 싶은 욕구는 강렬합니다. 살인사건에, 정체를 알 수 없는 배후도 존재하는 것 같으니 시리즈물로 기획하면 판매부수 올리는데 제법 도움이 되겠죠. 그렇다 하더라도 범인을 은닉해준 대가를 치르고 싶지는 않아요. 안 그렇습니까? 고은산 씨가 내 불알친구도 아니고 피붙이도 아닌데."

"내가 무얼 어떻게 해주면 좋겠습니까?"

"언젠가는 체포될 거라는 건 알고 있죠? 신출귀몰하던 신창원도 잡혔으니 고은산 씨도 언젠가는 잡힐 겁니다. 재판을 받기 전에는 언론과 접촉하기도 힘들 겁니다. 그때 나만은 절친한 사이인 것처럼 얘기해서 면회가 가능하게 해주세요. 그럼 그때부터 고은산 씨 기사를 써내려 갈 겁니다. 딱 적절한 타이밍이죠. 미리 기사부터 나갔다가는 경찰이 나부터 물고 늘어질 테니 말입니다. 물론 쫓기는 동안 나를 만난 사실은 영원히 함구해야 합니다."

은산은 침울한 표정으로 고개를 끄덕였다. 벌써부터 체포된 뒤의 일을 생각해야 하니 기분이 축 가라앉았다.

김민기는 은산이 죽 그릇을 비운 것을 보고 몸살감기약을 꺼내 놓았다.

"약 먹고 더 누워 있어요. 거의 스물네 시간을 잤으니 잠이 더 오지는 않겠지만요. 고은산 씨가 움직일 수 없으니 대신 내가 더 돌아다녀야겠죠. 몸이 건강해도 돌아다니는 건 조심해야 해요. 서울시장이 되더니 김민세가 더욱 득의양양해져서 경찰을 깔보는 말을 하고 있거든요. 살인범이 백주대낮에 돌아다니는데도 못 잡는 무능한 조직이라는 둥. 뿔난 경찰이 은산 씨를 잡으려고 눈에 불을 켜고 수사를 해서 뒷조사하는 것도 힘들게 됐어요. 그나저나 이제 누구를 만나봐야 하는 겁니까?"

은산은 눈을 가늘게 뜨고 지니의 메모장에 적혀 있었던 이름을 되새겼다.

"서울시립대의 김영옥 교수를 만나보세요."

김민기가 고개를 갸웃거리며 말했다.

"김영옥 교수는 전공이 국문학인데요?"

"잘 아는 분입니까?"

"잘 아는 것까지는 아니고요. 전에 취재한 적이 있어요. 직접 만나서 인터뷰도 했어요. 아주 잠깐이어서 김 교수는 나를 잘 기억하지 못할 수도 있지만. 김 교수는 이두나 향찰 같은 우리나라 고대어가 전공인데, 우리 옛말과 원화가 무슨 상관일까요?"

"글쎄, 만나보면 알겠죠. 그런데 황서경 씨는 누구 만나보라고 권유한 사람 없습니까?"

김민기는 고개를 젓고는 설거지를 시작했다.

"정말 허탕이었어요. 저 책상 밑에 쌓인 자료를 다 훑어보면 도움이 될 만한 게 있을지도 모르겠지만. 패턴에 대한 얘기를 나누긴 했어요. 왜, 황지니 씨가 기득권 세력의 패턴과 저항 세력의 패턴을 연구했잖습니까. 저 두꺼운 자료는 민란과 반란 사건에 대해 정성종 교수님이 쓴 글을 모은 건데, 혹시 저 안에 패턴에 관한 단서가 있을지도 모르잖아요. 그래서 저걸 다 읽어봤다는 황서경 씨의 견해를 들을 겸 그에게 물어봤죠."

"뭐라던가요?"

"나라가 운영되려면 그 구성원이 세 가지 의무를 이행해야 된다. 군역을 질 것, 세금을 낼 것, 사회기반시설을 지을 것. 그런데 사회구성원이 이 세 가지 의무를 이행하기 위해서는 먼저 그들이 기본적인 생활을 영위할 수 있도록 의식주가 갖춰져야 한다. 옛날로 치면 논밭을 일굴 땅이 있어야 하고, 요즘으로 치면 안정된 직장이 필수적이다. 하지만 이게 고래로 계속 문제였다. 왕 입장에서는 양민이 토지를 갖고 있어야 군역과 요역(노역)을 담당하고 세금을 내서 국가재정이 좋아질 텐데, 왕 밑의 신하들이 토지겸병으로 국가의 기본 재정원인 토지를 손아귀에 쥐고 양민을 몰락시켜 노예화시키면서 문제가 생겼다. 귀족이든 관리든 왕 밑의 신하들은 군역, 요역, 세금에서 비교적 자유로울 뿐만 아니라 권세가 커지면 법망까지 벗어날 정도가 된다. 그리고 노예화된 양민은 국가에 대한 세 가지 의무에서 벗어나 권세가에 대한 의무를 이행하게 된다. 이런 방식으로 나라가 망해가는 패턴을 보인다. 뭐 이런 얘기를 하더군요. 지금 우리도 그런 패턴을 그대로 따라가고 있다고 개탄하던데요. 주택 공급량이 수요량을 넘어섰는데도 자기 집을 소유하지 못한 국민이 많은 것, 정규직 일자리가 줄어들고 비정규직이 크게 늘어나는 것, 수많은 중소기업의 목줄이 소수 재벌의 손아귀에 잡혀 있는 것 등이 토지를 빼앗기고 유랑하던 고대 양민의 사례를 그대로 되풀이하고 있는 거라면서요. 지배층이 의무에서 자유로운 것도 망해가는 나라의 특징인데 우리가 지금 그렇게 되고 있답니다. 몇백만 원 정도의 빚만으로도 나락으로 떨어지는 서민들과 달리 지배층은 억 단위의 부정부패를 저질러도 휠체어만 타면 감옥을 산책하고 나오듯 가볍게 빠져나올 수 있다는 것도 고래로 망한 나라들이 보여준 패턴을 그대로 답습하는 것이라고 했습니다."

"저항세력의 패턴에 대해서는 뭐라고 하던가요?"

김민기는 설거지를 마치고 고무장갑에서 물기를 털어낸 다음 냉장고에서 찬 물을 꺼내 한 모금 마셨다.

"옛날부터 공자의 유교가 나라의 통치이념으로 많이 이용됐잖아요? 특히 충(忠)을 강조한 건 지금으로 치면 거의 이데올로기라 할 정도로 강력했는데, 황서경 씨의 말은 이랬어요. 공자가 충을 강조했을 때는 춘추전국시대의 혼란한 상황으로, 공자는 일반 백성을 대상으로 충을 강조한 것이 아니라 지방영주들을 대상으로 충을 강조했다. 원래는 주나라 왕실을 농락하고 천하의 패권을 다투던 지방영주들을 대상으로 강조한 게 충인데, 이게 나중에는 백성을 억압할 때 내세워지는 이데올로기가 됐다고 했어요. 역사적으로 보면 민란이나 반란은 왕권이 강력할 때는 일어나지 않다가 권문세가들이 왕권을 농락하고 자신들의 배만 채울 때 발생한대요. 그런데 민란이 발생할 때마다 권문세가들이 항상 들먹이는 게 불충이었다 이거죠. 정작 불충은 자기들이 저질러놓고 말이에요. 이 패턴은 그대로 현대 사회로도 이어져서, 자유민주주의라는 이데올로기를 강조하는 것도 지배층이고 그 이데올로기를 붕괴시키는 것도 지배층이랍니다. 표현의 자유, 집회와 결사의 자유, 언로(言路)의 자유를 마비시키는 것도 지배층이고 민주주의 근간을 부수고 소수 지배층의 논리로만 나라를 움직이려 하는 것도 지배층인데, 국민이 자유민주주의를 요구하며 궐기하면 거꾸로 자유민주주의가 위험해진다면서 궐기한 국민을 탄압하는 패턴이 고대나 현대나 똑같다는 겁니다."

"언로? 언론이 아니고?"

"아, 나도 그 부분을 다시 물어보았는데 분명히 언로라고 했어요. 언론은 이제 신문방송 기업을 뜻하는 말이 됐기 때문에 그 원래의 의미가 퇴색됐다고 하더라고요. 신문방송 기업의 자유가 아니라 국민의 뜻이 지배층에 잘 전달되게 할 자유가 중요하고, 그게 언로의 자유라고 하던데요."

은산은 눈을 감고 침대에 다시 누웠다.

"명확하진 않지만 약간의 패턴이 보이는 것도 같군요. 이를테면 홍경래의 난이나 광주 5.18이나 근본은 비슷하다는 말이지요. 하지만 지니의 살인범이 누구인가는 여전히 안개 속이군요."

그때 컴퓨터책상 위에 놓인 김민기 휴대전화에서 진동음이 울렸다. 휴대전화 메시지를 확인한 김민기가 나갈 채비를 하며 말했다.

"약속이 있어서 나가봐야 합니다. 술도 마실 것 같으니 늦게 들어올지도 모르겠습니다. 좀 더 누워 있거나, 심심하면 컴퓨터로 웹서핑이나 하세요. TV 수신카드도 달린 거라서 케이블 방송도 볼 수 있어요."

"폐를 너무 많이 끼쳐서 미안하단 말을 하기조차 미안하네요."

김민기가 나간 후 은산은 컴퓨터를 켰지만 모니터 빛만 봐도 머리가 욱신거려서 바로 끄고 말았다. 침대에 누워 천장에 달린 무스탕 모형 비행기를 멍하니 바라보며 은산은 이 나라를 벗어나고 싶다는 생각을 했다. 쫓기는 것도 질렸고, 배후를 알아내려는 시도도 더 해봐야 신물만 날 것만 같았다. 다시 주현상을 만나 위조여권을 만든 다음에 이 나라를 빠져나가고 싶었다. 캐나다나 뉴질랜드에서 막일이라도 하며 사는 것이 여기서 숨죽이며 사는 것보다 나을 성싶었다.

하지만 다른 한편으로는 여전히 궁금했다. 누가 지니를 죽였는지, 배후는 누구인지, 수년 동안 기자생활을 버티게 해준 호기심이 은산의 뒤꿈치를 잡았다.

약 기운이 돌면서 은산은 다시 잠에 빠져들었다.

비봉 인터체인지에서 요금을 내고 고속도로를 빠져나와 국도로 접어들면서 김민기는 약간 헤매기 시작했다. 예전에 제부도에 가본 적이 있지만 벌써 몇 년 전의 일인데다 그동안 새로운 도로도 생겨서 길 찾기가 어려웠다. 메이저 언론사의 정치부나 경제부 기자들은 차에 내비게이션이 달려 있어서 초행길도 순탄하게 찾아다녔지만, 이류 주간지의 가난한 문화부 기자인 김민기에게 고가의 내비게이션은 그림의 떡이었다.

"길 좀 묻겠습니다. 제부도 가려면 이 길로 쭉 가면 되나요?"

결국 김민기는 차를 세우고 지나가던 사람에게 길을 물었다.

"네, 직진하면 됩니다. 교통 표지판을 잘 보면 제부도 방향이 나옵니다."

"고맙습니다."

김민기가 코에 바닷바람이나 쐬자고 제부도에 가는 것은 아니었다. 서울시립대의 김영옥 교수를 만나기 위해서였다. 학교에 찾아갔더니 생각보다 일찍 학사일정이 끝나서 더 이상 학교에 나오지 않는다고 했다. 김 교수에게 직접 전화를 해보니 1박 2일로 치러지는 여고 동창모임에 참석하기 위해 제부도로 가는 중이라고 했다. 내일부터는 일 때문에 짬을 내기 힘들 것 같아서 김민기는 어쩔 수 없이 제부도로 향했다. 취재를 끝내고 나면 김 교수가 분명히 동창들한테 수다를 떨 것이라고 생각하니 벌써부터 골치가 아파왔다.

제부도 초입에서 다다르자 김민기는 차를 근처 다른 곳에 세우고 물때를 물어보았다.

"오후 여섯 시 반까지 출입이 가능합니다. 세 시간 동안 물이 들어왔다가 나가니까 밤 아홉 시 반부터 다시 출입이 가능하고요."

김민기는 시계를 보고 쓴 입맛을 다셨다. 만약에 이야기가 길어지면 밤까지 섬에 갇혀야 했다. 그곳에 모인 여자들의 호기심을 충족시키려 했다가는 필요 이상의 얘기를 발설하게 될 우려가 있었다. 말을 안 하고 얼버무리면 상상력이 자극된 여자들이 엄청난 소문을 양산할 가능성이 충분히 있기 때문에 무조건 입을 닫고 있는 것도 좋은 방법이 아니었다.

결국 김민기는 김영옥 교수에게 전화를 걸어 잠깐 섬 밖으로 나와 달라고 부탁했다.

"정말 죄송합니다. 갑자기 오후에 서울에서 다른 취재를 하게 돼서 제가 섬까지 들어갈 수가 없습니다. 만약 물때를 못 맞추면 제가 섬에 갇히

게 되지 않습니까? 사정 좀 봐주십시오. 부탁드립니다."

김민기는 땀을 뻘뻘 흘리며 김 교수를 설득해서 섬 밖으로 나오게 하는 데 성공했다. 섬에서 나오는 김 교수 차를 보며 김민기는 인상을 찌푸렸다. 혼자 나오기를 기대했지만, 친구로 보이는 사람이 운전을 하고 김 교수는 조수석에 타고 있었다. 황지니에 대한 얘기를 꺼내는 것 자체가 부담스러운 마당에 사건과 무관한 사람이 옆에서 얘기를 듣는다는 게 달가울 턱이 없었다.

김민기는 두 여자를 모시고 제부도 초입의 포도농원으로 들어갔다. 직접 키운 포도도 팔고 낚시용품점도 겸해 하는 곳이었다. 포도농원 안쪽으로 노천카페처럼 꾸며놓은 데가 보여 그쪽으로 갔다. 김민기는 제일 안쪽에 자리를 잡고 앉았다.

"얘는 인도에서 선교 활동을 하고 있는 친구예요. 이기연이라고. 얘가 이번에 2년 만에 한국에 와서 그 덕분에 동창들이 다 모인 거죠."

활동하는 지역의 풍토 탓인지 이기연이라는 선교사는 동남아 여자로 착각할 정도의 외모를 가지고 있었다. 김민기는 간단히 인사를 하고 심각한 얼굴로 입을 열었다.

"실은 김 교수님을 뵙고자 한 건 황지니 씨 때문입니다."

두 여자의 얼굴이 조각상처럼 딱딱하게 굳었다. 낯빛도 변해서 말을 꺼낸 김민기가 당황할 정도였다.

"지니에 대해 뭘 알고 싶은 거죠? 우린 지니에 대해 아는 게 거의 없어요."

김민기는 고개를 들어 하늘을 한 번 쳐다본 다음에 두 여자를 차례로 응시했다.

"우린? 그럼 황지니 씨가 두 분과 고등학교 동창이었단 말입니까?"

이기연이 무슨 말을 하려고 했지만 김 교수가 먼저 치고 들어왔다.

"지니는 3학년 1학기 중간에 전학을 왔기 때문에 같이 졸업은 했지만 절친한 사이는 아니었어요. 대체 무엇 때문에 날 찾아온 거죠?"

"유력한 용의자인 고은산이란 사람이 황지니 씨가 생전에 만났던 교수들을 찾아다닌다는 소문은 들어보셨습니까? 저는 김 교수님이 황지니 씨와 동창인 줄은 몰랐고, 단지 황지니 씨와 연락을 주고받았다면 황지니 씨가 생전에 무엇을 연구했는지를 아실 것 같아 찾아왔습니다."

"그게 왜 궁금한 건데요?"

"영남대 강호동 교수가 고은산한테 결박당해 주차장에 버려진 사건은 뉴스에 나와서 잘 아실 겁니다. 고은산은 자기가 범인이 아니고 진범은 황지니 씨의 논문과 관계가 있는 사람이라고 말했다고 합니다. 이게 단순한 살인사건이 아니고, 새로 서울시장이 된 김민세의 부인이 죽은 거라서 경찰이 기자들한테 쉬쉬하며 수사를 비밀로 진행하고 있습니다. 어쩔 수 없이 이렇게 기자가 일일이 발로 뛰어 취재해야 하는 상황입니다. 김 교수님은 황지니 씨와 생전에 논문에 대해 의견을 주고받지 않았습니까?"

김 교수는 네일아트를 한 왼손 검지를 만지작거리기만 할 뿐 선뜻 입을 열지 않았다. 김민기도 쉽게 얘기가 흘러나오지는 않을 것이라고 각오하고 묵묵히 대답을 기다렸다. 먼저 입을 연 것은 선교사였다.

"지니하고 이메일로 연락을 주고받은 적이 있어요."

김민기도 약간 놀랐지만, 김 교수는 더 놀란 것 같았다.

"지니하고 연락했어? 그런 말 안 했잖니?"

"어, 그게 힌두교에 대한 내용이라서 그다지 재미있는 얘깃거리가 아니거든."

"설명을 부탁해도 될까요?"

이기연은 생각을 정리하려는 듯 잠시 눈을 감더니 이내 눈을 뜨고 김민기의 눈동자를 정면으로 응시했다.

“인도로 나가기 전에 종교에 대한 책을 낸 적이 있어요. 전 세계에 파송나간 선교사들의 보고서를 정리한 것인데, 이슬람교나 불교, 힌두교 같은 선교지 현지의 종교를 보다 잘 이해할 수 있도록 개신교의 관점에서 편집한 책이지요. 지니가 이메일로 물어본 건 힌두교와 불교에 대한 거였어요. 내가 간 곳이 인도니까. 지니는 그 책의 내용과 실제로 내가 현지에서 경험해본 것이 비슷한가 하는 것도 물어봤고, 교리에 대한 것도 물어봤고, 뭐 그런 정도였어요. 지니가 가장 관심을 가진 건 카스트 제도였어요. 인도 역사에 대해 조금만 관심을 가져도 알 만한 것이지만, 기원전 2천 년경에 아리아인이 인도 북서부로 침투하면서 원주민인 드라비다족을 복속시키고 확립한 신분제도가 카스트 제도잖아요.”

김민기는 고은산에게 먼저 들은 얘기가 있었던 터라 무심결에 끼어들었다.

“인도의 브라만교와 카스트 제도가 한반도에 유입됐을 가능성에 대해 문의했던 거군요.”

김민기의 말에 이기연은 깜짝 놀랐다.

“그걸 어떻게 아세요? 혹시, 이메일 해킹?”

김민기는 당황해서 손을 내저었다.

“아닙니다, 천만에요. 이것저것 조사하고 다니면서 알게 된 것을 토대로 추측한 것일 뿐입니다. 그래서요?”

이기연은 김민기를 여전히 의심의 눈초리로 바라보며 말을 이었다.

“지니가 그런 걸 물어보긴 했어요. 하지만 선교사인 내가 그런 학술적인 부분까지 답해줄 수는 없었죠. 게다가 선교업무라는 것이 상상보다 무척 벅찬 일이라 지니가 물어본 걸 조사해줄 엄두도 낼 수 없었죠. 다만 연꽃무늬 문양에 대해서는 조금 얻어들은 게 있어 답변 메일을 보내주긴 했어요."

연꽃무늬 얘기가 나오자 김민기는 긴장해서 손가락을 꺾으며 뚝뚝 소리를 냈다. 연꽃무늬 문양이라면 고은산이 얘기한 《화랑외사》의 뒤에 그려져 있었다는!

"불교에서는 연꽃이 속세의 더러움 속에서 피어나지만 더러움에 물들지 않는다고 그러잖아요. 그래서 극락세계를 상징하는 꽃으로 이용하고 있고요. 극락세계를 달리 부를 때 연방(蓮邦)이라고 하던가요. 또 아미타불의 정토에 왕생하는 사람의 모습을 연태(蓮胎)라 표현하기도 하고요. 붓다가 앉아있는 대좌를 연꽃 모양으로 조각하는 것도 이러한 상징성에서 기인한 거죠. 붓다의 출생설화를 보면 붓다가 태어나자마자 일곱 걸음을 걷고 천상천하유아독존이라고 외쳤는데 그때 걸음걸이마다 연꽃이 피어났다고 하잖아요."

"넌 선교사가 불교에 대해 어찌 그리 잘 아니?"

"지피지기니까. 인도에 가서 선교사 하려면 힌두교뿐만 아니라 불교, 이슬람교까지 다 알아둬야 되거든. 그런데 불교의 연꽃 상징이 실은 브라만교에서 비롯된 이미지가 변화된 거예요. 연꽃은 카스트 제도의 최상위 계급인 브라만을 뜻해요. 이건 늪이나 뿌연 흙탕물에서 연꽃이 피는 모습이 천한 아래 계급 위에 군림하는 브라만의 모습과 흡사하다고 여겼기 때문이에요. 불교에서 연꽃은 극락이고 수면 아래는 속세를 뜻하지만, 브라만교에서는 연꽃은 브라만 계급이고 수면 아래는 하위 계급을 상징하거든요. 흔히들 붓다의 신분이 왕자이고 브라만이었을 거라고 추측하지만 사실 붓다는 무사계급인 크샤트리아 출신이었고, 그의 아버지도 왕이 아니라 세력이 약한 지방영주에 불과했어요. 그 당시 브라만 계급은 종교의 영향력을 등에 업고 부패한 권력을 휘두르고 있었죠. 붓다가 누구에게나 자기 안에 불성이 있다고 한 주장은 모세가 파라오의 권위를 무시한 것만큼 엄청난 사회적 파장을 일으킬 수 있는 반사회적인 주장이었어요. 불성이 각자의 내면에 있으니 굳이 브라만이 지배하는 종교에 예속될 필요가 없다는 파격적인 내용이었으니까요. 무엇보다 붓다 자신이 브라만 계급이 아니었기 때문에 브라만의 계급적 이익에 반하는 종교를 펼칠 수 있었던 거죠. 붓다가 탄생한 직후에 그의 걸음걸이마다 연꽃이 피어났다는 설화는, 원래는 이렇대요, 붓다는 태어나자마자 브라만의 상징인 연꽃 일곱 송이를 짓밟았다!"

"오호!"

김민기는 저도 모르게 손가락을 딱 튀겼다.

"그럼 붓다의 대좌가 연꽃인 것의 의미도 바뀌는 거네요."

"그렇죠. 붓다가 백성들을 착취하고 군림하는 브라만을 깔아뭉개고 없는 자들을 위해 설법을 했다는 의미가 되는 거죠. 하지만 영악한 브라만은 붓다의 가르침이 확산되는 걸 용납할 수 없었겠죠. 붓다는 비슈누의 아홉 번째 화신으로 받아들여져 힌두교에 조용히 흡수돼 버렸어요. 그런데 이 연꽃 얘기가 왜 지니한테 중요한 건지는 모르겠어요. 기자님은 아세요?"

김민기는 자기도 확실하게 알지 못하는 것을 어느 정도까지 말해줘야 하나 망설였다.

"저도 지금 이것저것 취재 중이라 잘은 모르겠습니다만, 황지니 씨는 한반도에 브라만교가 들어왔고, 브라만 계급의 비밀결사 조직이 지금도 있는 걸로 추측했던 모양입니다."

두 여자는 깜짝 놀라 눈이 휘둥그레졌다. 하지만 이내 입가에 비웃음 같은 미소를 살짝 띠고는 말했다.

"말도 안 돼요. 인터넷 대통령이 로그온하는 시대에 그런 계급적인 신분이 있을 리가 없잖아요. 양반제도도 무너진 게 언젠데?"

김민기는 이기연에게 두었던 시선을 김 교수에게로 옮겼다.

"교수님은 황지니 씨 생전에 많이 만났습니까?"

"아뇨, 동창모임에도 잘 나타나지 않는 애였거든요. 기자시니까 알지 모르겠는데 걔가 철인3종 경기를 할 정도로 터프한 애라서 우리랑은 좀 안 어울렸어요. 동창모임보다는 동호회 모임에서 비슷한 취미를 가진 남자들과 만나는 걸 더 좋아한 애라서. 근래에 내가 한글에 대한 책을 냈는데 걔가 그걸 읽어보고 연락을 해 와서 몇 번 만나기는 했어요. 기자님도 서점에 가서 한번 훑어보세요. 책 제목도 《한글》이어서 찾기 쉬워요."

"한글의 어떤 점에 대해 황지니 씨가 물어보던가요?"

"지니가 물어본 건 훈민정음이 반포될 때 격렬한 반대상소를 올렸던 최만리에 관한 거였어요. 하지만 내가 답해준 것은 책에 써놓은 내용 이상은 아니었어요. 내 책만 읽어보면, 아니면 한글에 대한 다른 서적 몇 권만 읽어보면 다 알 수 있는 내용이었거든요. 굳이 같은 내용을 직접 만나서 들을 이유까지는 없는, 그런 내용이었어요. 기자님도 학창시절에 배운 최만리의 상소 내용이 어렴풋이 기억날 거예요. 중화(中華)에 모든 기준을 맞추고 국익까지 거기에 맞추려는 내용의 상소였죠. 어찌 보면 일제시대에 황국신민이라는 기준에 조선의 모든 것을 끼워 맞추려고 하던 시도랑 너무나 흡사하죠. …… 아, 한번 저녁을 같이 먹으면서 지니가 그런 말을 했어요. 우리나라 역사에 등장한 기득권층은 다른 나라 기득권층과 너무나 다르다고요. 다른 나라 기득권층은 자기 나라의 문화와 역사에 대해 자부심을 갖고 그것을 지켜나가는 데 반해 우리나라 기득권층은 신기한 외국문물을 처음 본 젊은이처럼 자기 나라의 모든 걸 외국문물로 교체해 나가는 데 환장한 것처럼 보인다고요. 우리나라 곡조를 모두 인도풍 장단으로 바꾸어버린 우륵도 그렇지만, 성(姓)도 다 중국식이고 순수 우리말은 한자로 다 바꾸어버려서 국어사전 어휘의 90퍼센트가 한자말이 돼버렸는데도 본래 우리말을 되찾으려고 하기는커녕 중국 본토에서도 사장된 한자를 배우는 데 사교육비를 낭비하게 하지 않나, 지금은 온갖 걸 다 영어로 바꾸면서 그게 멋있다고 착각하게 하고……."

그 얘기를 들으며 김민기는 씩 미소를 짓고 말았다. '지니(志訑)란 이름이야말로 상용한자에도 들어있지 않은 한자를 이용해 영어식으로 지은 이름이잖아. 뭐, 부모님이 지어준 이름이니 당사자는 무죄인가.'

"자국의 역사마저 남의 역사에 끼워 맞추려고 애쓰는 바람에 정작 자국의 고대 정사(正史)는 망실되어 버렸고, 게다가 단군을 버리고 기자(箕子)를 숭배하기도 하는 등 우리나라의 기득권층은 과연 이 나라 사람들인지 의심스럽다고 했어요. 마치 영국 동인도회사 직원들이 인도 문화를 미개한 것으로 폄하했던 것처럼 제법 문화가 발달한 다른 나라 사람들이 한반도에 와서 한반도의 모든 역사와 문화를 낮추어보고 자기네 문물로 교체하려고 해온 것처럼 보인다고요. 어쩌면 이 나라 기득권층은 이 나라 출신이 아닐지도 모른다, 그렇게 말하던데요. 지니는 정말로 카스트 제도를 갖고 와 고수하려는 브라만이 한반도에 존재한다고 생각한 걸까요?"

김민기는 어깨를 으쓱해 보였다.

"황지니 씨의 사생활은 어땠습니까?"

두 여자는 서로 마주 보고는 잠시 입을 다물었다. 피살된 친구의 사생활에 대해 이야기하는 게 껄끄러운 것이기는 했다.

"결혼한 지 5년이 넘도록 자식이 없었잖아요. 먹고 살기 힘든 맞벌이 부부라면 이해를 하겠는데, 김민세 시장은 변호사 시절에도 제법 잘나가던 사람이잖습니까. 게다가 김민세 시장은 황지니 씨보다 일곱 살이나 많아서 가능한 한 일찍 아이를 갖고 싶어 했을 것 같은데 말입니다. 혹시 철인3종 경기를 하는 황지니 씨가 아이를 가질 수 없는 몸이었나요? 아니면 김민세 시장이 사실은 건강하지 않았던 건가요?"

"남의 2세 계획까지 궁금하세요?"

"유명 정치인의 부인이 불륜을 저지르다 피살됐으니 사생활에 관심이 갈 수밖에 없죠. 게다가 저는 이런 것만 좇는 주간지 기자 아닙니까."

김 교수가 마지못해 대답해주었다.

"결혼하자마자 아이를 가지려고는 했어요. 그런데 유산을 몇 번 하더니 포기한 것 같아요. 시댁에서는 아이를 못 낳는다고 이혼시키려고 한 모양인데 남편이 이미지 나빠진다고 이혼을 꺼려한 것 같아요."

"이미 애정이 식었는데도 자기의 이미지가 실추될까봐 이혼을 안 했다? 그럼 김민세 시장도 불륜 상대가 있었을지도 모르겠네요."

"그건 모르겠어요. 우린 지니가 바람을 피울 거라고는 상상도 못 했거든요. 사건이 터지고서야 알았죠. 그런데 지니 남편이 바람을 피웠는지 안 피웠는지를 어떻게 알겠어요?"

종업원으로 보이는 남자가 쟁반에 포도송이를 가득 담아 들고 다가왔다. 김민기 일행이 앉은 자리가 가장 안쪽이라 주위에 다른 사람은 아무도 없었다. 김민기 일행은 커피만 시켜서 마시고 있던 중이라 포도송이를 들고 오는 남자를 보고 바로 손을 내저었다.

"포도는 주문하지 않았어요."

"서비스인가?"

김민기 맞은편에 앉은 이기연이 김민기 뒤편을 보고 눈이 휘둥그레졌다. 그것을 본 김민기가 자기 뒤를 돌아보았다. 그 순간 우락부락한 남자 둘이 김민기를 덮쳤다. 포도송이를 들고 오던 남자도 쟁반을 내던지고 김민기에게 달려들었다. 놀란 두 여자가 비명을 질렀다.

"당신들 뭐야! 이거 왜 이래?"

한 남자의 손에서 은빛 수갑이 번쩍였다. 그는 김민기가 반항할 겨를도 없이 수갑을 채웠다.

"고은산, 황지니 살인범으로 체포한다. 당신은 변호사를 선임할 권리가 있고 묵비권……."

"난 고은산이 아니야!"

두 여자가 안정을 찾고 형사에게 설명했다.

"이 사람은 고은산이 아니라 주간지 기자예요."

그러나 형사는 들은 체도 않고 김민기를 끌고 나갔다. 주변에는 경찰들이 쫙 풀려있었다. 도주를 우려해서인지 포도밭 사이사이에 가스총으로 무장한 경찰들이 몸을 숨긴 채 지키고 서있었다.

"야, 야, 풀어줘. 고은산 아니다."

청바지에 몸에 딱 붙는 반팔티를 입은 근육질의 사내가 끌려오는 김민기를 보더니 소리를 질렀다. 짧게 깎은 깍두기머리 스타일하며 외모로만 보면 경찰보다는 조직폭력배로 보이는 사내였다. 그 뒤로 밀짚모자를 쓴 까무잡잡한 남자가 근심스런 표정으로 김민기 일행을 바라보고 있었다.

"너 똑바로 안 할래? 사람 얼굴도 구분 못 해?"

근육질의 사내는 포도송이 쟁반을 들고 왔던 형사를 나무랐다.

"아니, 저는 포도농사 한다는 고은산 사촌형 집에 잠복하고 있다가 주간지 〈사건과 진실〉 기자를 사칭하는 자가 나타났다고 해서……."

"야, 임마, 얼굴은 확인해야 될 거 아냐!"

쟁반을 들고 왔던 형사는 김민기의 손목에 채웠던 수갑을 풀어주고 옷에 묻은 흙도 털어주었다.

"죄송합니다. 고은산이 〈사건과 진실〉 기자를 사칭하고 다닌다는 건 아시죠? 그래서 실수한 겁니다."

김민기는 불쾌하면서도 한편으로는 등골이 오싹했다. 경찰이 원룸을 뒤져보겠다고 그러면 어쩌나 싶기도 했다.

"이 포도농원 주인장이 고은산 사촌형님이라고요?"

"네, 경찰이 고은산 관련 인물들 주변에 최소한 한 명씩은 배치돼 있거든요. 혹시라도 고은산이 나타나면 즉각 체포하려고 말입니다. 그런데 참 독한 놈이에요. 여태까지 피붙이에게 전화 한 통 안 한 놈이거든요. 보통은 가족 중 한 명 정도한테는 연락하기 마련인데 말입니다."

"야, 너 기자한테 뭐라고 주절거려? 입 닥쳐."

근육질의 사내는 정중하게 경례를 한 후 김민기의 기자증과 신분증을 확인하고 동석한 두 여자의 신분증도 확인했다.

"죄송합니다만 김민기 기자께서는 이 두 여성분과 무슨 관계이고 뭘 취재하려고 하던 참이었습니까?"

김민기는 전혀 말하고 싶은 마음이 없었지만 입을 다물고 있다가 더 꼬치꼬치 캐물으면 큰일이니 적당히 둘러댔다.

"저 두 분은 황지니 씨의 고등학교 동창입니다. 황지니 씨의 사생활에 대해 좀 물어보았습니다."

브라만이나 연꽃무늬 문양에 대해서까지 말할 필요는 없었다. 근육질의 사내는 미간을 찡그리고 두 여자를 돌아보았다.

"잘 아시겠지만 황지니 사건은 단순한 살인사건이 아니고 정치적인 문제가 얽힌 것이니 이렇게 기자를 만나 뭘 얘기해주면 안 됩니다. 서울시장이면 다음 대선에 나올지도 모르는 사람이라 이런 문제에 민감하거든요. 그리고 김민기 기자님!"

워낙 험악한 범죄자를 많이 다루어본 사람이라 그런지 형사의 눈빛은 조직폭력배보다 훨씬 더 매서웠다. 그 눈빛이 자신을 뚫어져라 응시하자 김민기는 가슴이 서늘해졌다.

"언론의 자유란 게 있으니 기사화 여부는 기자님 마음이지만, 고인의 사생활은 기사화하지 않는 게 좋을 겁니다. 변호사 출신 서울시장하고 법정다툼까지 가서 무슨 이익이 있겠습니까. 더구나 지금 야당은 여당보다 더 파워가 세서 대통령도 하룻강아지로 보는데 괜한 분쟁 일으키지 마세요. 나중에 범인도 잡고 수사도 웬만큼 마무리되면 기자회견 다 할 테니까 그때 가서 기사화해도 늦지 않을 겁니다. 이건 내가 경찰이라서 경고하는 게 아니고 권유하는 겁니다. 오해하지 마십시오."

경찰들이 정중하게 경례를 하고 철수했다. 만약 기자가 아니었다면 김민기는 매우 험한 꼴을 당했을지도 몰랐다. 포도농원 주차장에는 언제 왔는지 경찰차가 다섯 대나 서 있었다. 김민기는 고은산의 사촌형이라는 사람과 얘기를 나눠볼까 하다가 별 정보도 얻지 못할 텐데 굳이 그를 괴롭힐 필요가 있을까 하는 생각이 들어 말도 걸지 않았다.

김민기는 아직 놀란 표정이 가시지 않은 두 여자에게 대신 사과했다.

"아니에요. 우리야 좀 놀라기만 했지만 험한 꼴은 기자님이 당하셨잖아요."

"방금 한 인터뷰 기사화할 건가요?"

김민기는 고개를 저었다.

"고은산이 잡히기 전에는 그렇게 할 생각이 없습니다. 살인사건치고는 민감한 사건이라 범인이 잡힌 다음에……. 뭐, 영원히 기사화되지 않을 수도 있습니다. 기자들이 취재한 게 다 기사화되는 건 아니니까요."

두 여자를 제부도로 돌려보내고 김민기는 자기 차에 올랐다. 놀란 가슴이 여전히 가라앉지 않아서 바로 시동을 걸지는 못했다. 그는 백미러를 통해 주위를 힐끔힐끔 훑어보았다. 자신에게도 고은산 친척에게 붙은 것과 같은 미행이 따라 붙지 않을까 불안했다.

서울 방향으로 차를 몰며 김민기는 조금 전 두 여자에게서 들은 얘기를 되새김질했다. 과연 이 나라에 국민을 불가촉천민으로 생각하는 절대권력을 가진 브라만 계급이 존재할까? 그런 게 있었다 해도 천년왕국 신라를 거쳐 오늘날까지 오랜 세월 존속하는 것이 과연 가능할까? 설마 우리가 알고 있는 지금의 민주주의가 사실은 민주주의가 아닐 가능성은?

김민기는 틈틈이 룸미러로 뒤를 살폈다. 다행히 미행하는 차량은 없는 것 같았다. 그래도 여전히 불안한 그는 서해안고속도로를 타지 않고 국도로 이동했다.

'고은산, 제발 내 집에서 체포되는 일만은 피해줘.'

13_

정읍의 재야사학자

"저쪽 정읍천이 동진강 본류와 만나는 곳에 두 개의 교량이 보이시죠? 신태인대교와 만석대교인데, 그 두 교량을 지나 하천이 합류되는 지점 바로 아래쪽이 보(洑)가 있었던 자리입니다. 1894년에 전봉준을 선두로 하여 고부 관아를 점령한 농민들이 만석보로 달려가 그것을 헐어버렸고, 지금은 1973년에 동학혁명기념사업회에서 세운 만석보유지비만 남아 있습니다."

장마철이 되어 밖에는 비가 흩뿌리고 있었다. 폭우가 쏟아졌다면 동학농민혁명 답사가 미뤄졌을 텐데 다행히 가랑비가 내리고 있어 답사는 예정대로 진행됐다. 30인승짜리 소형버스의 좌석은 꽉 차지 않았다. 학생 열댓 명과 학자풍의 일반인 다섯 명 정도가 답사에 참석한 인원의 전부였다. 마이크를 잡고 설명을 하는 사람은 학산중학교 교사이며 정읍동학농민혁명계승사업회 이사를 맡고 있는 재야사학자 조광한이었다. 은산이 이 버스에 탄 가장 큰 이유가 바로 그에게 있었다. 그는 지니의 메모장에 적혀 있던 사람이었다.

노란색 버스는 만석보유지비가 세워져 있는 만석보 터에 당도했다. 은산은 맨 마지막으로 버스에서 내리며 코를 만지작거렸다. 은산은 오늘 라텍스 프로스테틱으로 만든 분장용 가짜 코를 자기 코 위에 덧붙이고 나왔다. 김민기가 영화 특수분장을 담당하는 팀을 인터뷰하러 갔다가 얻어온 것이었다. 이제 턱수염까지 길어 은산의 모습은 사뭇 달라져 있었다. 그를 아주 잘 아는 사람이 아니면 거의 몰라볼 정도였다. 다만 날이 좀 무더워서 콧등에 나는 땀 때문에 가짜 코가 떨어질까봐 자꾸 신경이 쓰였다. 은산의 얼굴을 알아본 것인지, 아니면 유난히 큰 코가 눈에 띄어 그러는 것인지 동행한 학생들이 가끔씩 은산을 곁눈질로 흘깃거렸다. 은산은 그런 학생들의 시선이 거북했다.

"나이 드신 분들이야 보가 뭔지 잘 아시겠지만 학생들은 보가 뭔지 잘 알지 못할 테니, 보에 대해서 먼저 설명해야겠죠? 댐이나 대형 저수지를 축조하기가 쉽지 않았던 19세기 이전에는 농사에 필요한 물을 저장하는 방법으로 농민들이 흐르는 하천을 나무와 돌로 가로질러 막았는데 바로 그것을 가리켜 보라고 합니다."

학생들은 재야사학자의 설명을 열심히 노트하며 들었지만, 은산을 비롯한 일반인들은 만석보 터 주위의 풍경을 감상하며 들판에 불어오는 바람에 땀을 식혔다. 은산은 한시라도 빨리 재야사학자에게 지니에 관한 것을 물어보고 싶어서 속이 탔다. 나름 변장을 했지만 혹시라도 알아보는 사람이 있을까봐 겁이 나기도 했다.

"1892년 당시에 정읍천이라는 하천이 동진강 본류와 맞닿는 지점에 농민들이 쌓은 보가 있었습니다. 하지만 농민수탈을 일삼던 고부군수 조병갑이 농민들을 강제로 동원해 산주인의 허락도 받지 않고 수백 년 묵은 소나무를 베어 갖다 쓰면서 정읍천과 태인천이 합류하는 지점에 새 보를 쌓았습니다. 새로 쌓은 보는 너무 높아서 홍수가 나면 오히려 냇물이 범람해 상류의 논이 피해를 입기까지 했습니다. 게다가 조병갑은 농민들한테서 고가의 물세를 현물로 받아내어 고부 관아 창고뿐만 아니라 인근 마을에까지 쌓아둘 정도였습니다. 가뭄이 심해 농민들이 물세를 낮춰달라고 청원했지만 조병갑은 괘씸죄를 적용해 농민들을 패서 쫓아내기만 했지요. 결국 이게 발단이 되어……."

은산은 재야사학자의 설명을 흘려들으며 다른 사람들과 눈이 마주치지 않도록 조심했다. 그리고 팔짱을 낀 자세로 한 손으로 턱을 어루만지는 척하며 얼굴을 조금이라도 더 가리려 애썼다.

조금은 지루한 설명이 끝나고 사람들은 다시 버스에 올랐다.

"다음으로 이동할 곳은 말목 장터입니다. 조병갑의 학정에 분노해 들고일어난 농민들이 고부 관아를 점령하고 창고에 쌓여있던 곡식을 인근 빈민들한테 나누어준 다음에 말목 장터로 나와 진을 쳤지요. 그 말목 장터로 가서 점심도 먹으면서 답사를 계속하겠습니다."

점심을 먹고 나서 바로 답사를 이어가지는 않을 테니 밥 먹은 뒤의 휴식시간에 재야사학자와 면담을 해야겠다고 은산은 궁리했다.

말목 장터에 도착한 일행은 재야사학자의 인솔 아래 미리 정해진 식당으로 이동했다. 지역경제가 침체되어 재래식 장터도 시들해진 것인지, 아니면 비가 와서 그런 것인지 장터는 한산하고 조용했다. 식당으로 들어가자 주인이 재야사학자의 손을 두 손으로 쥐며 반겼다. 제법 넓은 식당인데도 손님은 두어 명밖에 없었다. 그런 상황에 수십 명의 사람을 데리고 왔으니 쌍수를 들어 환영할 만했다. 일행은 국밥을 시켜놓고 식당 안에 켜져 있는 TV를 보았다. 개그 버라이어티 프로그램이 끝나고 뮤직비디오가 흘러나왔다. 성악가 조수미가 부른 영화 〈명성왕후〉의 주제곡 〈나 가거든〉이란 곡이었다. 잠자코 있던 재야사학자가 다시 입을 열었다.

“예전에는 명성황후를 민비라고 부르며 권력욕에 불타는 여인으로 묘사하다가 근래 들어서는 뮤지컬이나 드라마에서 명성황후를 상당히 긍정적으로 바꾸어 그리던데 여러분 생각은 어떻습니까?”

수십 그릇의 국밥을 나르느라 바쁜 식당 아주머니를 사이에 두고 학생들이 자기 의견을 말했다. 주로 드라마에서 본 내용을 바탕으로 한 대답이었다.

“한 나라의 황후가 암호명 여우로 불리면서 적국의 무뢰배한테 암살당했으니 울분을 느끼는 건 당연하죠. 게다가 우리는 죽음과 연관되면 고인을 좀 미화하는 습관도 있지 않습니까. 하지만 명성황후를 미화하려면 역사적 사실에 바탕을 두고 그렇게 해야겠지요. 흥선대원군이 물러나고 명성황후가 집권한 이후 20년 동안 민 씨들이 모든 관직을 장악하고 나라를 파탄으로 몰아간 사실은 어떻게 해도 미화할 여지가 없는 부분입니다. 임오군란과 갑신정변은 모두 민 씨들이 정권을 장악하고 부정부패를 일삼아서 생긴 사건들입니다. 당시 백성은 명성황후와 민 씨 정권을 지지하지 않았습니다. 개화 반대를 외치며 임오군란에 참여한 군중은 명성황후를 표적으로 삼았습니다. 만약 그때 군중의 손에 명성황후가 죽었다면 근래에 이루어지고 있는 명성황후 미화는 아예 시작되지도 않았을 테지요. 갑신정변을 일으킨 개화파나 동학농민군 모두 명성황후와 민 씨 일파 타도를 외쳤습니다. 동학농민군을 저지할 수 없었던 민 씨 일파는 이승만처럼 하야하는 게 옳았습니다. 하지만 그들은 오히려 청나라 군대를 끌어들여 백성을 학살했습니다. 자신들의 기득권을 유지하기 위해 다른 나라의 군대로 자기 나라 백성을 학살한 지도층을 이 나라의 지도층이었다고 인정해줘야 할까요? 말이 길어졌네요. 국밥 식기 전에 어서 먹읍시다."

손님이 적은 식당이라 맛이 없을 줄 알았는데 맛은 꽤 좋았다. 손님이 적은 것은 아마도 비 탓인 듯했다. 은산은 밥숟가락을 입에 넣으면서 계속 주위를 곁눈질했다. 재야사학자가 외따로 떨어져 있는 순간을 놓치지 않고 지니에 대해 물어봐야 했다.

식사도 거의 끝나고 일반인들은 커피로 입가심을 하고 학생들은 근처 가게에서 아이스크림을 사와 하나씩 입에 물고 재잘거렸다. 한 여학생이 식당주인에게 화장실 위치를 물었다. 학생 바로 옆에 있던 재야사학자가 화장실 위치를 알려주었다. 이 식당에 자주 와서 잘 알고 있는 듯했다.

"뒷문으로 나가서 오른쪽이다. 그 화장실은 남녀공용이니까 문 꼭 잠그고 일봐라."

여학생이 화장실에 다녀오자 이번에는 재야사학자가 화장실로 향했다. 은산은 이때를 놓치지 않고 그를 뒤따라갔다. 재야사학자는 문을 잠그지 않은 상태로 소변을 보고 있었다. 은산은 그가 들어간 화장실에 따라 들어가 조용히 문을 잠갔다.

화장실은 세탁실을 겸하는 곳이었다. 커다란 세탁기가 한자리를 차지하고 있는데도 공간이 매우 널찍했다. 은산이 화장실에 들어갔을 때 재야사학자는 볼일을 끝내고 손을 씻고 있었다. 그는 거울로 은산을 힐끗 쳐다보고는 손을 다 씻고 밖으로 나가려했다. 은산이 문을 막고 서서 목소리를 깔았다.

"조광한 씨, 황지니라는 이름을 들어보셨죠?"

조광한의 얼굴이 굳어졌다. 그는 은산을 노려보며 말했다.

"아까 한 학생이 당신 얼굴이 살인범과 닮았다며 신고하자는 걸 무시했더니……."

"잘하셨습니다. 전 살인범이 아니니까요. 황지니를 만난 적이 있지요? 황지니와 무슨 얘기를 나누었는지 기억나는 대로 말씀해 주십시오."

"내가 황지니란 사람과 무슨 얘기를 했는지가 왜 중요합니까?"

"진범을 잡아야 하니까요. 저는 그 누구보다도 놈을 잡고 싶은 사람입니다. 살인범은 지니의 논문과 연관이 있는 사람이 분명합니다. 전 지금 상당히 조급합니다. 너무나 조급해서 무슨 짓이라도 저지를 것만 같아요. 솔직히 말씀해 주십시오. 황지니를 만나셨죠? 황지니와 무슨 얘기를 하셨습니까?"

조광한은 품에서 무언가를 꺼내려 했다. 놀란 은산이 호주머니에서 잭나이프를 꺼내들었다. 그것을 본 조광한의 자세가 그대로 얼어붙었다.

"진정하십시오. 여긴 미국이 아닙니다. 내가 품에 총이라도 숨겼을 거라고 생각한 겁니까? 보여줄 게 있어서 그래요. 칼 좀 치워요."

은산은 칼을 주머니에 도로 넣었다. 그러자 조광한이 품에서 커다란 종이를 꺼내들었다.

"뭡니까, 그게?"

"사발통문을 복사한 겁니다."

고부군수 조병갑의 백성 수탈이 극심해지자 몇몇 농민대표가 진정을 하기 위해 관아를 두 번 찾아가지만 그때마다 곤장만 맞고 쫓겨났다. 한계를 절감한 전봉준이 무력항쟁을 결심하고 1893년에 농민대표 스무 명을 모았는데, 그들이 결의사항을 적고 자신들의 이름을 사발 모양으로 둥글게 써서 서명한 문서가 사발통문이었다. 은산은 버스 안에서 조광한이 사발통문에 대해 설명해주었기 때문에 그것을 금세 알아봤다.

"황지니가 그 사발통문에 관심을 가졌단 말입니까?"

조광한이 사발통문 복사한 걸 펼쳐 보여주자 은산은 고개를 갸웃했다.

예로부터 사람들은 거사 전에 저런 것을 작성해서 자기들의 의(義)를 주장했다고 이미 들은 바 있어 전혀 새삼스러운 건 아니었다. 하지만 은산의 눈을 사로잡는 게 있었다. 그것은 거사에 참여한 사람들이 둥글게 서명한 모양새였다.

"원래 거사에 참여하는 사람들은 서명을 그렇게 둥글게 합니까?"

"아뇨, 중국에서나 우리나라에서나 그 전에는 이런 모양새의 서명이 없었습니다. 보통은 그냥 세로로 죽 이름을 나열했습니다. 이렇게 둥글게 모양을 갖춰 서명을 한 것은 이게 처음입니다. 황지니 씨는 사발통문의 서명이 원형인 이유를 내가 아는가 싶어서 찾아왔었습니다."

어디선가 많이 본 듯한 모양새였다. 은산은 두어 발자국 뒤로 물러난 다음에 눈을 가늘게 뜨고 사발통문을 바라보았다. 은산의 눈이 빛났다. 그 모양새는 그가 《화랑외사》에서 본 연꽃무늬 문양과 흡사했다.

"황지니한테 서명이 원형인 이유를 설명해주었습니까?"

"아니요. 그 이유를 나도 모르니까요. 다만 사람들이 원형으로 모이거나 원탁에 둘러앉는 것은 그들 사이의 평등을 강조하는 행위지요. 세로로 이름을 쓰는 것은 서열을 강조하는 것입니다. 농민 대표들은 자기들 나름대로 평등을 강조하기 위해 원형으로 서명한 게 아닌가 하고 추측합니다."

농민들이야 어차피 자기들끼리는 평등하니까 평등을 강조하기 위해 원형으로 서명할 필요가 없었을 것 같았다. 무언가 다른 이유가 있었다는 생각이 들었다. 그들 중에 이질적인 농민 대표가 섞여 있었거나, 아니면 그들이 어느 단체의 행동을 흉내 냈거나 하는.

"지니가 또 물어본 것은 없습니까?"

"대원군의 밀지에 대해서 물어봤습니다. 동학농민군을 진압한다는 명목 하에 청나라 군대와 일본 군대가 조선에 주둔하자 동학농민군은 관군과 전주화약을 맺고 해산합니다. 조선 정부는 청나라와 일본에 동학농민군이 해산했으니 철군하라고 요청하지만, 일본은 더 많은 군대를 보내 경복궁을 침입하고 결국 청나라와 전쟁을 벌이지요. 일본군의 만행에 분노한 남원의 김개남 장군이 재봉기를 선언하지만 전봉준이 남원으로 달려가 그를 만류합니다. 그러다가 대원군의 밀지가 내려오자 전봉준도 거사를 감행합니다."

"대원군과 전봉준이 선이 닿아 있었던 겁니까?"

"대원군의 측근인 박동진과 정인덕이 전봉준의 처족 쪽 8촌이자 전주대도소 도집장인 송희옥을 만나 전봉준에게 보내는 대원군의 밀지를 전달하고 재봉기를 주문했다고 전해지고 있습니다. 밀지의 내용은 삼남 각처의 양반과 보부상뿐만 아니라 농민군까지 다 같이 일어나 국가의 운명을 위태롭게 하는 간신과 일본군을 치고 나라를 구하라, 하는 내용이었다고 합니다. 황지니 씨는 내가 밀지의 복사본이라도 갖고 있는 줄 안 모양인데, 사실 밀지는 전해진 게 없습니다. 그 내용이라고 알려진 것도 그것을 본 사람들의 말을 근거로 한 소위 카더라 통신이지, 실제로 그 밀지에 구체적으로 어떤 내용이 들어 있었는지는 확실치 않습니다. 나는 개인적으로 밀지의 존재 자체를 의심하고 있습니다."

"사실 농민군은 조선왕정을 무너뜨리려고 했던 게 아니었나요?"

"맞습니다. 그 증거로 장성의 황룡강 전투에서 승리한 농민군이 왕의 윤음(국왕이 관원과 인민에게 타이르는 내용으로 내린 문서)을 가지고 왔다가 포로로 잡힌 초토영 종사관 이효응과 배은환 등 다섯 명을 원평장터에서 참수했다는 사실을 들 수 있습니다. 봉건왕조 타파가 목적이 아니고 왕의 총명을 흐리는 세력을 제거하는 것만이 목적이었다면 왕의 윤음을 가지고 온 종사관을 참수할 수는 없는 거지요. 아무튼 일본군은 대원군을 정치적으로 완전히 제거할 만한 구실을 만들어야 했습니다. 그래서 전봉준과 김개남을 체포했을 때 그들을 고문해 거짓자백을 받아낸 게 아닌가 하는 게 제 추측입니다. 일본군에게 잡힌 뒤 전봉준은 대원군의 밀지에 대해 끝까지 부정했지만 김개남은 대원군의 밀지를 받았다고 자백했지요. 아마 김개남의 자백은 고문에 의한 거짓자백이었을 겁니다."

'만약 그것도 아니라면, 밀지가 실제로 존재했지만 거기에 아주 뜻밖의 내용이 담겨 있었을 수도 있겠지. 조선왕조를 무너뜨리려던 전봉준이 목표를 수정할 만큼 충격적인 진실이 담긴 내용! 잠깐, 서산대사도 승군을 조직하고 혁명을 꿈꾸었지만 임진왜란이 터지는 바람에 조선왕조 전복이라는 목표를 포기하고 왜군과 싸웠지. 관군은 패퇴를 거듭했지만 서산대사의 승군은 조직적으로 왜군과 싸워 전과를 올렸지. 그런 조직을 갖고도 서산대사가 좀 더 일찍 거사해서 조선왕조를 무너뜨리지 않은 이유는 뭘까? 나라의 권력이 왕에게 있는 게 아니고 다른 자들의 손에 쥐어져 있다는 것을 서산대사가 알았기 때문이 아닐까? 그렇게 본다면 대원군의 행보도 이해가 가는 부분이 있어. 자기가 왕이 될 수 있었음에도 불구하고 대원군은 어린 아들 고종이 왕위를 이어받게 하고는 뒤에서 조종했지. 실제 권력은 최고 윗자리에 있는 것이 아니고 그 아래의 숨겨진 집단이 휘두르는 것이다?'

은산의 머리가 재빠르게 굴러갔다.

"황지니와 또 다른 얘긴 안 나눴습니까?"

조광한이 무슨 말을 하려는데 밖에서 누가 화장실 문을 두드렸다.

"선생님, 속이 안 좋으세요?"

"아, 배탈이 났나 보다. 조금만 기다려줄래?"

"네."

발자국 소리가 멀어지자 은산이 조광한에게 바싹 다가섰다.

"지니는 역사를 바탕으로 무언가에 대한 뒷조사를 열심히 한 모양입니다. 그게 밝혀지면 누군가가 타격을 입게 되니 입막음으로 지니를 살해한 것 같습니다. 지니가 추적한 게 뭔지 짐작 가는 게 없으세요?"

"전혀요. 역사라는 게 해석에 따라 입장이 엇갈릴 수도 있는 겁니다. 이를테면 장흥에서는 아직도 동학 때문에 주민들이 편이 갈려 서로를 불편해합니다. 장흥부를 지키다가 동학농민군에게 죽임을 당한 부사 박헌양을 비롯한 장졸의 후손과 난을 일으킨 역적의 후손이라는 낙인이 찍힌 동학농민군의 후손의 사이가 그렇습니다. 이제는 동학혁명에 대해 새로운 역사적 조명이 이루어지고 새롭게 해석되고도 있지만, 과거에는 동학농민군의 후손이 얼마나 숨죽이고 살았겠습니까? 황지니 씨가 무얼 조사했는지는 모르겠지만, 만약 그것이 기득권층의 이데올로기를 뒤집을 해석으로 이어질 만한 것이라면 누군가는 많이 거북해 했겠지요. 하지만 발표도 안 된 논문 때문에 사람이 죽을 수 있는 겁니까?"

은산은 어깨를 으쓱해 보였다. 그러고는 칼을 뽑아들고 세면대에 다가갔다. 그것을 본 조광한이 움찔 놀라 물러섰다. 은산은 안심하라는 듯 손바닥을 펴 보이며 말했다.

"난 사람을 해친 적이 없습니다. 살인 누명을 쓴 간통범일 뿐입니다."

"자수해서 진실을 밝히는 게 낫지 않습니까?"

"그 생각을 안 해본 건 아닙니다. 하지만 경찰을 사칭하는 놈들한테 죽을 뻔한 적이 있어서 아무도 믿을 수 없습니다."

은산은 칼날을 물에 적신 다음에 그것으로 눈썹을 다듬었다. 엄지손가락만큼 두꺼운 눈썹을 초생달 모양으로 가늘게 다듬었더니 인상이 많이 달라보였다. 턱수염도 밀까 하다가 그러면 오히려 사람들이 더 잘 알아볼 같아 그대로 놔뒀다.

"부탁이 있는데, 제가 진실을 알아낼 때까지 신고를 늦춰주시면 안 될까요?"

"저도 학자입니다. 진실을 알아내고픈 마음은 누구 못지않습니다. 하지만 학생 중에 이미 의심하는 애가 있으니 지금 달아난다면 바로 신고할지도 모르겠습니다."

"적어도 조 선생님이 신고하지 않는다면 달아날 시간을 더 벌 수는 있겠지요."

조광한은 잠긴 화장실 문을 열고 은산에게 어서 달아나라고 손짓했다.

"꼭 진실을 밝히기 바랍니다. 만약에 당신이 진범이라고 밝혀진다면 전 무척 실망할 겁니다."

은산은 조광한의 눈을 한동안 응시했다. 거짓 없는 학자의 눈이었다.

"고맙습니다."

은산은 화장실 밖으로 나가 계속 달렸다. 비가 그쳐서 우산도 필요 없었다. 식당 뒤뜰을 가로질러 집 뒤로 빠져나간 다음 버스가 다니는 큰길로 달렸다. 맨 처음으로 정차한 버스에 올라타고 장터를 빠져나갔다.

버스에 올라탄 은산은 한숨을 내쉬었지만 아직 안도하기에는 일렀다. 조광한은 신고하지 않을 것 같지만, 은산을 의심스런 눈초리로 쳐다보던 학생들이 분명 신고할 터였다. 그렇다면 한 시간 내로 경찰이 출동할 것이다. 시골 장터를 도는 이 완행버스로는 한 시간 동안 그리 멀리 달아나지 못할 게 뻔했다. 정읍 시내로 가서 서울행 버스를 타거나 정읍역에서 기차를 타고 정읍을 빠져나가자고 은산은 생각했다.

은산은 운전기사 바로 뒷자리에 자리를 잡고 앉았다. 40분쯤 달렸을까, 운전기사가 투덜댔다.

"뭐야, 한낮에 음주단속을 하는 건 아닐 테고."

저 멀리 경찰이 차를 세우고 검문을 하고 있었다. 은산의 옆자리에 앉은 할머니가 잘 안다는 듯이 말했다.

"또 누가 탈영했나 보이. 탈영하면 저렇게 길 막고 신분증 검사 하던데."

보통은 대중교통수단까지 단속하는 경우는 드물었다. 버스에 올라 승객을 일일이 확인하는 것이 귀찮기 때문이리라. 은산은 잠깐 사이에 수백 번 고심했다. 내릴 것이냐, 그냥 통과하리라 기대할 것이냐. 결국 은산은 버스에서 내렸다. 논두렁을 가로질러 걸어가려다가 누군가가 멀리서 보고 농사꾼 복장도 아닌 사람이 논두렁을 걸어가는 모습을 수상하게 여길까봐 그러지도 못했다.

은산은 길가에 허름하게 지어진 원두막에 들어가 그늘에 몸을 숨긴 채 휴식을 취했다. 원두막 입구에는 복숭아 판매를 알리는 현수막이 찢어진 채 걸려 있었다. 멀리 검문하고 있는 경찰이 새끼손톱만하게 보였다. 철수할 생각이 아예 없는 듯했다. 경찰이 버스에 오르는 모습을 보면서 은산은 가슴을 쓸어내렸다. 철저하게 검문검색을 하는 경찰을 보고 은산의 불안은 커져만 갔다. 그는 어두워지기를 기다려 움직이기로 했다.

해가 떨어지자 폭우가 쏟아지기 시작했다. 폭우 때문인지 경찰이 검문을 끝내고 철수했다. 은산도 움직이기 시작했다. 여름이지만 해가 지고 나서 폭우를 맞으니 한기가 느껴졌다.

빵빵.

은산은 깜짝 놀라 경적을 울린 자가용을 바라보았다. 창문이 열리고 조광한이 타라고 손짓했다. 은산은 차에 다른 사람이 없는지 살핀 다음 조수석에 올라탔다.

"웬일이십니까?"

조광한은 은산에게 수건을 건네주고는 차를 유턴해 돌렸다.

"지금 어디 가려던 중이었습니까?"

"정읍 시내로 들어가 버스나 기차로……."

"지금 정읍으로 들어가면 바로 체포됩니다. 웬만한 데는 다 경찰이 깔려서 도보로 산을 넘지 않고서는 빠져나갈 수가 없어요. 내가 내장산에 데려다줄 테니 거기서 자고 경찰이 뜸해질 때를 기다려 서울로 가는 게 낫습니다. 내장산으로 갈 수 있는 길도 한 군데밖에 없어요. 내가 아는 후배가 경찰인데 오늘 내장산 가는 길목에서 근무 중이거든요. 내 얼굴을 보면 통과시켜줄 겁니다."

은산은 수건으로 머리에서 물기를 닦아내다가 조광한의 옆모습을 바라봤다.

"도와주시는 건 정말 고맙습니다만, 무얼 믿고 저를 도와주시는지……."

"서양 속담에 그런 말이 있잖아요. 호기심은 마녀가 키우는 목숨이 일곱 개인 고양이도 말려 죽인다고요. 나도 그래요. 궁금해요. 고은산 씨 맞죠, 이름이? 고은산 씨가 거짓말하는 것으로는 보이지 않았어요. 게다가 만약 황지니 씨가 진실을 밝히려다 살해된 거라면, 그 진실이 뭔지 정말 궁금하군요. 나중에 황지니 씨의 논문에 대해 다 알아내면 내게도 알려주세요."

은산의 목구멍이 뜨거워졌다. 그는 침을 삼키고 천천히 대답했다.

"물론입니다. 그리고 감사합니다."

밤중이라 은산은 길을 잘 알 수 없었다. 조광한의 차는 정읍시 외곽을 지나 내장산으로 향하고 있는 듯했다. 얼마 안 가 경찰이 검문검색을 하는 곳에 이르렀다. 우비를 입은 경찰들이 면허증과 운전자를 비교하고 있었다. 조광한이 차창을 내리자 인상을 찌푸린 경찰이 조광한을 알아보고 인사를 건넸다.

"어, 형님, 비도 쏟아지는데 어딜 가세요?"

"너야말로 비 맞으며 수고한다. 서울서 답사 오신 분인데 같이 내장산으로 바람이나 쐴까 해서."

"장마철이라 내장산에 가도 입산이 힘들 텐데요."

그 경찰은 조수석에 탄 은산에게 신분증을 내놓으라고 하지는 않았지만 은산의 얼굴을 유심히 살펴보았다. 가짜 코와 가느다란 눈썹, 그리고 턱수염 덕분인지 경찰은 은산을 알아보지 못했다.

"비 오는데 운전 조심하세요, 형님."

"그래, 나중에 시간 나면 술이나 한 잔 하자."

차가 다시 출발하자 은산은 길게 한숨을 내쉬었다. 떨리기는 조광한도 마찬가지였다. 그는 양손에 땀이 차서 운전대를 잡은 손을 고대로 바지에 닦아댔다.

"정말 고맙습니다."

"행여나 나중에 잡히더라도 내 이름은 대지 마십시오."

긴장이 풀린 두 사람의 힘없는 웃음소리가 에어컨 소리에 묻혔다.

내장산에 도착할 즈음에는 빗줄기가 가늘어졌다. 하지만 계곡을 흐르는 물소리는 폭포를 연상시킬 정도로 크게 들렸다. 아직 아홉 시도 되지 않았지만 내장산 자락은 문 닫은 식당들뿐이라서 음침하게 보였다. 거리를 다니는 사람도 없었고 모텔 몇 군데의 간판에만 불이 켜져 있었다. 조광한은 식당과 여관을 겸하고 있는 업소에 은산을 내려주었다.

"고맙습니다."

은산은 정말로 고마웠다. 억울한 살인 누명을 쓰고 도망 다니는 자신의 처지가 참으로 운도 없고 재수도 없다고 생각됐지만, 이렇게 의외의 사람에게 도움을 받을 때면 자신이 나름 운이 좋은 놈일지도 모른다는 생각도 들었다.

조광한은 싱긋 웃고 가볍게 손을 흔들어주고는 차를 돌렸다. 멀어져가는 차의 뒤꽁무니를 보고 은산은 머리를 깊게 숙여 인사했다.

은산은 숙소에 들어가기 전에 공중전화부터 찾았다.

"지금 어딥니까? 뉴스를 보니 정읍 일대에서 경찰이 검문검색하고 난리가 났던데."

수화기 저편에서 김민기가 말했다.

"내장산입니다."

"용케 빠져 나갔군요. 하긴 우리나라는 북한 잠수함이든 신창원이든 국민이 신고해서 경찰 코앞에 갖다 줘야 잡지, 경찰 스스로는 못 잡으니까."

"경찰이 잠잠해질 때까지 여기 며칠 있을 예정입니다. 그동안 김 기자가,"

"안돼요. 일주일 동안은 바빠서 도와줄 겨를이 없어요. 지금도 내가 마침 화장실에 있어서 이렇게 통화를 할 수 있는 거지, 사무실 안이었으면 통화도 하지 못했을 거예요. 문득 생각난 건데, 황지니가 쓰던 컴퓨터에 중요한 자료가 남아있지 않을까요? 어차피 쫓기는 신세니까 크게 일

저지르는 셈 치고 서울시장 집에 잠입해서 황지니가 쓰던 컴퓨터에 저장된 자료를 검색해보는 게 어때요? 교수들 찾아다니는 것보다 그 편이 훨씬 더 빠를 것 같은데."

"그러다 잡히면,"

"언젠간 체포됩니다. 그리고 만약에 체포되지 않는다 해도 결정적 증거나 진범이 누군지 알 수 있는 자료를 얻게 되면 자수할 생각 아니었습니까? 무리를 해서라도 증거를 확보해야 체포되더라도 살인 누명은 벗을 거 아닙니까? 아, 화장실로 누가 옵니다. 끊을게요."

전화를 끊고 은산은 모텔에 방을 잡았다. 비 오는 밤중에, 그것도 관광지의 모텔에 아무 짐도 없는 맨몸으로 투숙하려는 은산을 모텔 주인은 의혹의 눈길을 쳐다봤다. 마침 모텔 로비의 대형 TV에서 은산을 찾으려는 경찰의 움직임에 관한 뉴스가 흘러나오고 있었다. 은산은 후다닥 뛰어 달아나고 싶은 충동을 억누르고 태연스러운 태도로 키를 건네주기를 기다렸다. 천만다행으로 TV에 나오는 은산의 사진은 머리가 길었을 때의 사진이어서, 머리가 짧고 눈썹이 가늘고 코가 큰 지금 얼굴하고는 많이 달라 보였다. 은산은 모텔 주인이 건네주는 키를 받아 들고 천천히 위층으로 올라갔다. 손에 땀이 차서 키가 미끌거렸다.

더운 물에 샤워를 하며 은산은 좀 전에 김민기가 한 말을 곰곰 생각해보았다. 그러나 살인 현장에 있던 자료까지 죄다 없앤 그들이 컴퓨터 안의 자료를 남겨두었을 것 같지는 않았다. 괜한 모험을 했다가 자료를 구하기는커녕 잡혀버리면 곤란했다. 아직은 잡힐 때가 아니었다.

쏟아지는 빗소리를 들으며 은산은 잠을 청했다.

14_

연꽃무늬 문신

달가닥, 달가닥.

문을 따려는 은산의 손놀림이 분주했지만 예상 외로 문은 잘 열리지 않았다. 이마에서 흐른 땀이 코끝에서 뚝뚝 떨어졌고, 손바닥에 땀이 차서 만능열쇠가 헛돌기만 했다.

정읍 일대의 검문검색이 뜸해지자 서울로 올라온 은산은 김민기가 권한 대로 지니의 컴퓨터를 뒤져보기로 마음을 바꿔먹었다. 그러나 서울시장의 저택에 침입해서 지니의 데스크톱을 뒤져볼 엄두는 내지 못했다. 대신 지니가 다녔던 학교의 컴퓨터를 뒤져보기로 했다. 자료가 남아있지 않을 가능성이 더 많았지만 1퍼센트의 가능성에라도 매달려볼 수밖에 없었다.

방학이라 학교 건물 안에는 인적이 드물었다. 은산은 그것이 더 불안했다. 학생들이 많이 오고가면 태연히 돌아다닐 텐데, 인적이 드문 곳을 어슬렁거리다가 도둑으로 의심받을까봐 겁이 났다. 작은 범죄로 잡혔다가 더 큰 범죄가 들통 나는 범인을 왕왕 보아왔기 때문이다. 은산은 주위를 두리번거리다가 잠기지 않은 창문을 열고 건물 안으로 들어갔다. 예전에 두어 번 지나가 있었던 교수실에 가본 적이 있기에 찾기는 쉬웠다. 다만 생각보다 문이 잘 따지지 않았다.

달칵.

"휴우."

은산은 한숨을 내쉬고 턱수염에 매달린 땀을 쓱 문질러 닦고는 교수실로 들어갔다. 커튼이 쳐진 교수실 안은 어두워서 은산이 조금은 자유롭게 일을 할 수 있었다. 은산은 컴퓨터 전원을 켜고 부팅이 되는 동안 책꽂이에 빼곡히 꽂힌 책들을 훑어보았다. 건질 만한 자료가 없을까 하고 둘러봤지만 너무나 책이 많아서 뭐가 뭔지 구분할 수 없었다.

컴퓨터는 암호를 묻는 절차도 없이 쉽게 부팅이 됐다. 만약 패스워드가 지워졌거나 깨진 거라면 이 컴퓨터는 이미 다른 사람이 다녀간 거였다. 은산은 컴퓨터 안의 문서 자료를 검색했다. 확장자가 hwp인 한글 파일은 하나도 들어있지 않았다. 확장자가 bak로 된 백업파일조차 없었다. 확장자가 doc로 된 마이크로소프트 워드 파일도 전혀 없었다.

"젠장, 다 지워버렸나 보네."

은산은 실망해서 컴퓨터를 끄려다가 좀더 뒤져보기로 마음을 고쳐먹었다. 문서 파일은 하나도 없었지만, 그림 파일은 그대로 남아있었다. 어쩌면 연꽃무늬 문양에 관한 자료를 찾을 수도 있을 거란 생각에 은산은 마음이 들떴다. 흑백 인물사진이 제법 많았다. 파일 이름이 숫자로만 돼있어서 사진 속의 인물이 누군지는 알 수 없지만 머리모양이나 옷차림으로 봐서 그 가운데 몇은 해방 이전의 인물인 것 같았다. 제복으로 잘 차려입은, 일제시대의 고위직 인물이었던 것 같은 사람을 찍은 사진들도 있었다.

"이완용 정도의 인물들인가. …… 어, 이건 뭐지?"

관자놀이에 거무스름한 흔적이 있었다. 구레나룻은 아니었다. 은산은 그림을 확대해보았다. 얼룩덜룩한 점 같은 원형의 흔적이 사진 속 인물들의 관자놀이마다 그려져 있었다.

'박성화 씨는 원화의 멤버들이 얼굴에 문신을 한다고 했어. 그럼 관자놀이에 있는 저 얼룩덜룩한 점 같은 게 바로 그 문신인가?'

마우스를 움직이는 은산의 손가락이 떨렸다. 메모리 스틱을 컴퓨터에 꽂고 사진 파일을 옮겨 담았다. 파일을 복사하는 중에 은산의 뇌리를 스치는 이름이 있었다. 혜전대 의상디자인과 강사 최해숙. 지니의 메모장에 적혀 있었던 이름 가운데 기억에 남아있는 몇 안 되는 이름 가운데 하나였다. 은산은 최해숙을 나중에 찾아가 봐도 될 인물로 여기고 그를 찾아가는 것을 미루고 있었다. 의상디자인과 지니의 전공인 역사학은 연관성이 별로 없을 거라고 생각했기 때문이다. 그런데 이제 불현듯, 어쩌면 복식에서 지니가 의외의 사실을 밝혀냈을지도 모른다는 생각이 든 것이다.

사진 파일을 다 옮겨 담은 은산은 컴퓨터를 끄고 키보드 표면을 살짝 닦았다. 어차피 수배 중이라 지문이 좀 찍혔다고 해서 상황이 더 나빠질 것은 없지만 그래도 최대한 조심하는 게 좋았다. 은산은 문고리까지 싹 닦아서 지문을 없앤 후 교수실을 나왔다. 문을 딸 때 자물쇠가 망가졌는지 문이 잠기지 않았지만 상관하지 않고 그냥 나왔다.

대학 건물을 빠져나온 은산은 김민기에게 전화를 걸어 최해숙을 만나달

라고 부탁할까 하다가 포기했다. 김민기는 요즘 뭐가 그리 바쁜지 원룸에도 오지 않고 있었다. 은산은 김민기의 원룸에서 기거하게 되어 숙박비를 절약할 수 있어 좋았지만, 그래도 원룸에 출입할 때마다 조심했다. 제발 내 원룸에서 체포당하는 일만은 피해달라는 김민기의 부탁 때문이었다.

주차장에 세워놓은 차에 타자마자 은산은 거울을 보았다. 코에 붙인 라텍스 프로스테틱이 제대로 붙어있나 확인하기 위해서였다. 코가 커진 건 상관없었지만 코와 얼굴의 색깔균형을 맞추기 위해 색조화장을 한 것이 답답했다. 한여름에 코를 덧달고 색조화장까지 했으니 얼굴이 근질근질할 수밖에 없었다. 매일 수염 다듬듯이 눈썹을 가늘게 다듬는데다가 콧수염을 밀고 턱수염을 길러 넓은 사각턱을 가렸더니 인상이 확 달라 보였다. TV에 나오는 사진이나 편의점의 수배 전단지에 인쇄된 사진은 여전히 긴 머리여서 지금의 짧은 머리도 사람들이 자신의 얼굴을 알아보지 못하게 하는 데 도움이 되었다.

서울에 올라와서 임원주라는 이름으로 렌터카도 빌렸다. 아직까지는 은산이 임원주라는 이름으로 행세하는 것을 경찰이 알아차리지 못한 모양이어서 안심하고 차를 빌릴 수 있었다. 강호동 교수를 만날 때 임원주라는 이름을 사용했지만 강 교수는 그 이름을 기억하지 못한 모양이었다. 게다가 병원에 찾아왔던 여고생도 임원주라는 이름을 신고하지 않은 것 같아 안심할 수 있었다. 은산은 그 이름으로 휴대전화도 개통할까 하다가 행여 들통 나면 추적당할 우려가 있다는 생각에 휴대전화 없이 지내는 불편함은 참기로 했다.

"이 얼굴로 기자 시늉이 먹힐까 실험해볼까?"

은산은 최해숙의 신상명세를 알아보았다. 최해숙은 복식에 대한 책을 몇 권 낼 만큼 실력이 있지만, 아직 전임강사도 되지 못하고 시간강사로만 여러 학교를 돌아다니고 있었다. 그나마 임신 때문에 학교를 쉬고 있었는데, 나이로 봐서는 김영옥 교수처럼 지니와 동창일지도 몰랐다. 은산은 전화번호를 알아내어 그에게 전화를 걸었다. 수화기 너머로 냉랭한 기운이 확 느껴졌다.

"전화 잘못 거셨네요. 난 지니와 친한 사이도 아니에요."

그러나 분명 친한 사이였을 거라는 느낌이 들었다. 은산은 차를 몰고 최해숙이 사는 동네까지 찾아갔다. 개발이 진행 중인 동네여서 한쪽으로는 3층짜리 연립주택이 늘어서 있는데 반대쪽으로는 수십 층짜리 새 아파트들이 쭉쭉 올라가고 있었다. 최해숙은 곧 재건축을 해도 될 법한 5층 빌라의 맨 위층에 살고 있었다.

"임신부가 살기에는 좀 벅찬 높이군."

은산은 차에서 내리기 전에 자기 얼굴을 다시 확인한 뒤 사용하지도 않을 카메라까지 들고 내렸다. 5층에 올라가 초인종을 누르자 조금은 신경질적인 목소리가 흘러나왔다.

"누구세요!"

"네, 아까 전화 드린 주간지 〈사건과 진실〉 기자입니다. 잠깐 말씀 좀 나눌 수 있을까요?"

"가세요! 왜 여기까지 찾아와서 귀찮게 구는 거예요!"

"황지니 씨가 생전에 최해숙 씨와 연락을 주고받았던 것으로 알고 있는데 무슨 일로……."

"경찰 부르기 전에 귀찮게 하지 말고 가세요!"

경찰이란 말에 움찔하긴 했지만 은산은 포기할 수 없었다.

"사생활을 침해하려는 건 아닙니다. 황지니 씨와 복식에 대해 어떤 의견을 주고받았는지 궁금해서 왔습니다."

전공에 대한 얘기가 나오니 최해숙의 반응이 조금 누그러지는 듯했다. 최해숙은 걸쇠를 채운 채로 문을 살짝 열고는 밖을 내다봤다. 화장을 하지 않은 최해숙의 얼굴은 임신 때문인지 부어있었다.

"기자가 남의 전공에 대해 왜 궁금해 하는 건데요?"

"지금 황지니 씨의 진범이 따로 있다는 소문이 있어서 그것에 대해 알아보고 있는 중입니다. 황지니 씨가 생전에 조사했던 연구논문과 진범이 연관이 있지 않을까 해서……."

"몇 달 뒤면 출산할 여자를 찾아와 살인범 얘기를 하자는 건가요?"

"심려를 끼쳐드려 죄송합니다. 그냥, 황지니 씨하고 어떤 이야기를 나누었는지만 듣고 바로 가겠습니다."

최해숙은 은산의 손에 들린 카메라를 힐끔 쳐다보았다.

"사진을 찍고 이름까지 밝히는 건가요?"

"아닙니다. 이름은 물론 성까지 익명으로 할 겁니다."

최해숙의 표정이 누그러지면서 문이 열렸다. 은산이 굽실거리며 안으로 들어갔다. 집안은 정리정돈을 제대로 해놓지 않아 몹시 어지러웠다. 몸이 무거워서 청소를 잘 안 하는 모양이었다. 입구 정면에는 웨딩사진이 걸려 있었고, TV 위에는 조그만 아기신발이 놓여 있었다. 신발 색깔이 분홍색인 것으로 봐서 장차 태어날 아기는 딸인 것 같았다.

"뉴스를 보니 성이 고 씨인 사람이 범인이라던데 그 사람이 범인이 아니란 말이에요?"

"그 사람은 무죄를 주장하는 모양입니다. 황지니 씨가 준비하던 논문과 연관이 있는 사람이 진범이라고 주장한다더군요. 전 기자로서 일단 취재를 해보는 겁니다. 기사화가 아예 안 될 수도 있습니다."

"혹시 지금 날 의심하고 취재 온 건가요?"

"그럴 리가요! 황지니 씨가 최해숙 씨한테 어떤 학술적인 도움을 받지 않았을까 해서 찾아온 것 뿐입니다. 그런데 혹시 황지니 씨와는 예전부터 아는 사이였습니까?"

소파에 앉은 최해숙은 조금 불편한지 몸을 뒤척이더니 불룩한 배 위에 두 손을 얹었다.

"옛날에 같이 재수학원 다니면서 친해졌어요. 각자 딴 대학교에 들어가면서 좀 소원해지긴 했지만, 그래도 1년에 두세 번은 연락하고 지내는 사이였어요. 그러다가……."

말 꺼내기가 거북한지 최해숙은 입을 다물었다.

"껄끄러운 게 있어도 얘기는 해주십시오. 그런 것은 절대 기사화하지 않을 테니까요."

최해숙은 길게 한숨을 내쉬고 말을 이어갔다.

"대학원 나오고 강사 자리 알아보면서 약간 틀어졌어요. 걔는 아시다시피 유명인 남편을 둔 바람에 생각보다 쉽게 일이 잘 풀렸어요. 걘 매년 논문을 꾸준히 발표하긴 했지만 특별한 연구실적은 없었다고요. 번역한 책이 있나 단행본으로 책을 낸 적이 있나, 그런 거 하나도 없이 쉽게 전임강사가 된 거예요. 난 번역서 두 권에 공저로 낸 책만도 다섯 권이 넘어요. 여태까지 낸 논문도 내가 걔보다 많거든요. 그런데 난 아직까지 시간강사를 전전하다가 그나마도 이제 결혼하고 임신해서 집에 묶여버렸죠. 걔가 나보다 나은 거라곤 남편이 유명인이고 정치인이라는 것밖에 없었어요."

은산은 고개를 끄덕였다. 그렇지만 신세한탄이나 듣자고 찾아온 게 아니었기에 얼른 질문을 던져 김해숙의 말을 끊었다.

"황지니 씨가 복식의 어떤 점을 문의해왔습니까?"

"관자(貫子)에 대해 물어왔어요."

역시 은산의 추측이 맞았다. 관자놀이의 문신과 연관이 있는 게 분명했다.

"관자라면 옛날 망건 좌우에 있던?"

"네, 그거요. 망건의 좌우에 달아 당줄을 꿰어 거는 지름 1.2센티미터 내외의 작은 고리로, 권자(圈子)라고도 하죠. 망건편자의 귀 부근에 달아 편자 끝에 있는 좌우의 당줄을 걸어 넘기는 구실을 하는 것이지만, 관품(官品)에 따라 재료나 새김장식을 달리 해서 신분을 표시하는 거예요."

최해숙은 끙 소리를 내며 몸을 일으키고는 책꽂이에서 두꺼운 책 한 권을 꺼내 가지고 왔다. 자기가 쓴 책인 모양이었다. 얼핏 제목을 보니 《조선의 복식》이라고 적혀 있었다.

"《경국대전》에 의하면 1~3품의 당상관은 금과 옥을 사용했고, 3품 이하 서민에 이르기까지는 뼈, 뿔, 대모(玳瑁), 호박(琥珀), 마노(瑪瑙) 등을 사용했다고 해요. 또 《오주연문장전산고》에는 1품은 만옥권(漫玉圈), 속칭 옥환을 사용했고, 2품은 견우화, 매화, 오이꽃 모양의 금권(금관자)을, 3품은 견우화, 매화 모양의 옥권(옥관자)을 사용했다고 기록돼있어요. 그러나 후세에 실제 사용된 예를 보면 1품은 새김장식이 없는 작은 옥관자(민옥관자, 도리옥), 정2품은 새김장식이 없는 소형 금관자(도리금), 종2품은 새김장식이 있는 대형 금관자, 정3품은 새김장식이 있는 대형 옥관자, 당하3품 이하 서민은 뼈, 뿔, 대모, 마노, 호박 등을 사용했어요."

최해숙이 손가락으로 가리키는 페이지에는 금으로 만든 관자가 번쩍이고 있었다. 최해숙의 설명이나 책에 나와 있는 그림 중에서 은산의 주의를 끌 만한 것은 없었다. 은산의 귀를 확 잡아당긴 것은 그 다음으로 무심코 흘러나온 최해숙의 마지막 설명이었다.

"새김장식에 사용된 무늬는 주로 꽃, 그러니까 대나무꽃, 연꽃 등이었죠."

"연꽃이라고요?"

은산이 갑자기 목소리를 높이자 최해숙이 이상하다는 듯 은산을 쳐다보았다.

"지니도 연꽃에 반응을 보이던데, 연꽃에 무슨 특별한 의미가 있나요?"

"아니 뭐, 그건 제가 여쭤보고 싶은데요. 옛날 복식 전공이시니까 말인데요, 복식에 그려진 연꽃무늬에 특별한 의미가 있을까요? 이를테면 특정 집단을 뜻한다거나, 혹은 관자의 존재 자체가 당줄을 거는 게 목적이 아니고 관자놀이에 있는 무언가를 가리거나 강조하는 게 목적이라거나……."

"연꽃의 의미가 특별할 게 있나요? 연꽃의 꽃말대로 청결, 신성, 아름다움을 뜻하거나 흔한 의미로 불교를 상징할 수도 있겠죠. 아, 조선총독부에서 소화 2년, 그러니까 1927년에 조선인쇄주식회사를 통해 《조선의 복장》이라는 책을 낸 적이 있는데 거기에 특이한 내용이 있어요. 조선의 유력가문은 예부터 신분을 과시하기 위해 어릴 때 관자놀이에 작은 문신을 했는데, 나중에는 서민도 이를 흉내 내어 관자에 문신을 했다는 내용이었어요. 기자님 말대로 관자의 원래 목적은 당줄을 걸려는 것이 아니라 신분과시용이었을 수도 있어요."

"그런데 말입니다, 조선시대에는 부모한테서 받은 신체는 손상하지 않는다고 해서 머리카락과 수염에도 손대지 않고 조심했는데 그런 문신을 과연 정말로 했을까요?"

"우리가 아는 조선시대의 이미지는 조선 후기의 모습이지 조선시대 전체에 대한 게 아니에요. 예를 들자면 임진왜란 때까지 조선 사람은 남녀 가릴 것 없이 귀고리를 했어요. 《조선왕조실록》을 보면 명나라의 경리 양호라는 자가 조선 군대에서 서로 군공을 다투느라 조선 사람의 시신을 거짓으로 왜적의 시신인 양 꾸민다고 추궁하자 명나라 사신 접반사인 이덕형이 조선 사람은 귀에 귀고리 구멍이 있어 시신을 구분할 수 있다고 답했어요. 지금은 상상도 할 수 없지만 그때는 귀고리가 남자들도 흔히 한 장신구였던 거죠. 어쩌면 귀고리와 마찬가지로 문신도 특정 계층에서는 흔하게 하던 것일 수 있어요."

최해숙의 설명을 듣고 은산의 표정이 심각해졌다.

'박성화 씨 말대로 관자놀이에 연꽃무늬 문양을 문신으로 새겨 넣는 비밀결사 조직이 존재한단 말인가? 조선시대에는 관자로 문신을 가렸으니까 겉으로 드러나지 않았겠지만 지금은 관자를 사용하지 않으니 문신을 했다면 대번에 드러날 텐데. 그런데도 그걸 비밀결사 조직이라고 할 수 있나? 그러나 어쨌든 이것으로 원화의 존재는 확실해졌어. 왕과 대통령을 뛰어넘는 권력의 실세인 비밀결사 조직, 지니를 죽인 놈들!'

"설명 정말 감사합니다. 덕분에 많은 걸 알게 됐습니다."

"설명해준 나는 오히려 더 모르겠는데요. 내가 설명해 준 게 지니의 죽음과 무슨 연관이 있는 건가요? 참, 이거 기사화되면 내 이름 나가게 되나요?"

"아직 취재 중이라 확답을 드릴 수는 없습니다. 새로 서울시장이 된 김민세와 얽힌 문제라 어쩌면 기사화가 아예 안 될 수도 있습니다. 이름은 원하시는 대로 해드리겠습니다. 실명을 원하시면 실명으로, 이름이 드러나는 게 싫으시면 가명으로 해드릴 수도 있습니다."

"나중에 도움이 될지도 모르니까 실명으로 해주세요. 제가 임신 전에 마지막으로 강의했던 학교가 상지대학이니까 상지대학 강사 최해숙으로 해주세요."

"그럼 그렇게 해드리겠습니다. 이 집 주소는 제가 아니까 기사화되면 이 주소로 기사가 실린 주간지를 보내드리겠습니다. 황지니 씨가 생전에 자문을 구하기 위해 방문했던 분이라고 하면 좀 권위가 있어 보이긴 할 겁니다."

"그렇죠? 이름 꼭 넣어주세요."

서둘러 집을 빠져나온 은산은 차에 시동이 걸리자마자 바로 출발했다. 웬만한 실마리는 잡혔으니 이제 지니가 모아놓은 사진 속 인물들이 누군지를 밝혀내면 그 후손이나 관련 인물을 밝혀내는 건 손쉬운 일일 터였다. 처음에 인도의 고대 음악 이야기를 들었을 때는 너무도 막막했는데 이제는 거의 마지막 증거에 다다른 느낌이었다.

우르릉, 쾅!

창밖으로 천둥 번개가 요란했지만, 자료검색에 열중하고 있는 은산의 귀에는 아무 소리도 들리지 않았다. 그는 지니의 컴퓨터에서 빼온 사진 속 인물들의 정체를 확인하느라 눈 깜박이는 것도 잊은 채 모니터를 응시하고 있었다.

"매국노의 대명사 이완용은 없네. 의외군. 을사오적이나 정미칠적이 다 있지도 않고……. 친일파 매국노가 다 원화였던 건 아닌 모양이지."

천둥소리도 의식 못하던 은산이 갑자기 마우스를 움직이다 말고 귀를 쫑긋 세웠다. 계단을 올라오는 발자국 소리 때문이었다. 은산은 의자에서 일어나 화장실로 들어갔다. 그리고 화장실 창문을 열어놓은 채 현관문을 응시했다. 여차하면 화장실 창문을 통해 이웃집 옥상으로 달아날 생각이었다.

이윽고 현관문이 열리고 비에 쫄딱 젖은 김민기가 들어왔다. 은산은 가슴을 쓸어내리며 모니터 앞으로 돌아갔다.

"아, 뭐예요! 이렇게 번개가 치는데 컴퓨터를 켜놓으면 어떡해요?"

"미안, 지니의 컴퓨터에서 빼온 자료를 인터넷으로 확인하느라 번개가 치는 것도 몰랐어요."

평소의 김민기라면 은산이 무얼 검색하는지 관심을 가졌을 텐데 오늘은 무심하게 젖은 옷을 갈아입고 발만 씻은 다음에 방바닥을 대강 걸레질했다. 은산이 좀 이상하다고 느끼던 참에 김민기가 어색하게 입을 열었다.

"장대비가 쏟아지는 저녁에 이런 말 하기는 좀 그런데, 오늘밤은 다른 데서 자면 안 될까요?"

"아, 누가 오기로 돼있군요? 알았어요. 나갈게요. 대신에 저 큰 우산 좀 가지고 갈게요. 괜찮죠? 그런데 누군데요? 여자친구?"

"굳이 내가 사는 곳을 구경하고 싶다고 그러네요."

은산은 방을 둘러보고는 입을 씰룩거렸다.

"미리 전화해줬으면 내가 청소라도 좀 해놨을 텐데. 차라리 모텔로 가는 게 낫지 않아요?"

"아직 그 정도 사이는 아니거든요!"

김민기가 양손을 내저으며 정색하는 모습을 보고 은산은 빙긋 웃었다.

"뭘 그렇게 정색을 해요? 여자가 남자 사는 집에 와보겠다는 걸 보면 밤을 같이 지새우게 될 가능성도 충분하구만. 이거 필요하지 않을까요?"

김민기는 은산이 지갑에서 꺼내 건네주는 것을 보고 눈을 휘둥그레 떴다.

"아직 그 정도 사이가 아니라면 이거 쓸 가능성은 제로?"

하지만 김민기는 은산을 보며 씩 웃고는 은산이 건네주는 콘돔을 받아 주머니에 넣었다.

"고마워요."

"무리해서 덤벼들지는 말아요. 괜히 따귀 맞을라."

은산이 집을 나가려고 옷을 챙겨 입는 동안 김민기는 부지런히 방을 청소했다. 은산은 신발을 신다가 화장실에서 걸레를 빠는 김민기의 뒷모습을 보고 작은 목소리로 외쳤다.

"건투!"

"커피나 한 잔 마시고 그냥 갈지도 모르는데 건투는 무슨."

그렇게 말하는 김민기의 얼굴에는 미소가 가득했다.

빗줄기는 엄청났다. 골목길의 가로등 아래는 안개가 낀 것처럼 뿌옇게 보였다. 은산의 신발은 금세 물에 젖어 축축해졌다. 은산은 서둘러 주차해놓은 차에 타고 시동을 걸었다. 라이트는 켜지 않고 에어컨부터 틀었다. 문득 컴퓨터에 그대로 꽂아놓은 메모리 스틱이 떠올랐다. 그걸 가지러 차에서 내리려는데 20대 후반으로 보이는 한 여자가 원룸 건물 입구로 들어가는 게 보였다. 김민기를 찾아온 여자인 듯해 차에서 나가지 않고 그대로 있는데 왠지 낯이 익은 느낌이 들었다.

여자는 계단을 오르지 않고 원룸 건물 밖의 골목을 휘 둘러보았다. 누구를 찾는 듯한 모습이었다. 그러더니 휴대전화를 꺼내 잠깐 통화를 했고, 이내 복도의 불이 켜지면서 김민기가 계단을 뛰어내려왔다.

'역시 김민기의 애인이로군. 그런데 분명 아는 얼굴인데, 어디서 봤더

라?'

은산은 복도의 불이 꺼질 때까지 지켜보다가 차 안의 실내등을 켜고 잭나이프로 눈썹을 가늘게 다듬었다. 이어 턱수염을 쓰다듬어보고는 특수 분장용 가짜 코를 덧붙였다.

은산은 차를 몰아 골목을 빠져나갈 때까지 김민기 애인을 어디서 봤는지 떠올리려 애썼지만 도무지 기억이 나지 않았다. 그러나 그 얼굴과 관련된 과거의 일이 기분 좋은 것은 아닌 게 확실했다. 당분간 김민기의 집은 피해야겠다는 생각이 들었다.

은산은 골목을 벗어나자 길가에 잠깐 차를 세우고 공중전화 박스로 달려가 전화를 걸었다. 자기의 전화를 반기리라는 기대는 하지 않았지만, 전화가 연결되자마자 상대방은 짜증부터 냈다.

"뭐야, 한동안 네 목소리 듣지 않아 안심하고 있었는데 왜 전화한 거야!"

"전화 받아주셔서 감사합니다."

"받고 싶어서 받은 게 아냐. 전에는 공중전화 번호가 P로 떴는데 근래 들어 공중전화 번호도 지역번호에 할당번호까지 뜨니까 멋모르고 받은 거지. 이거 공중전화 맞지?"

"부탁이 있어서 그런데요, 문신 잘 하시는 분을 소개받고 싶어서요."

"문신? 헤나나 타투는 대학가에 넘치니까 그런 데 가서 해. 그따위 일로 나한테 전화하지 말고!"

주현상은 화를 버럭 내고 전화를 끊으려 했지만 은산은 애원하는 말투로 빌었다.

"멋이나 장난으로 하는 문신 말고 진짜 이레즈미 문신을 하시는 분이 필요합니다. 형님이 문신하신 곳을 소개받고 싶은데요."

"너 조직에 들어갔냐?"

"그건 아니고요. 꼭 알아봐야 할 게 있어서 그래요."

"너랑 엮여서 좋을 게 뭐가 있다고 내가 소개를 해주겠냐?"

"예전에 조직 문신을 전문으로 하는 분이 인천에 있다고 하신 말씀을 얼핏 들었거든요. 잉어나 호랑이, 용 같은 거 말입니다. 제발 도와주세요. 저 좀 살려주세요."

잠깐 동안 전화기 너머에서 아무 반응이 없었다.

"여보세요, 여보세요?"

은산은 전화가 끊어진 줄 알고 다급하게 여보세요를 외쳤다.

"주소 불러줄 테니 받아 적어. 내가 소개해줘서 왔다는 소리는 하지 말고 그냥 소문 듣고 찾아왔다고 그래. 하지만 만나봤자 너 같은 놈한테 문신 해줄 가능성은 없어."

"형님, 감사합니다!"

주소와 전화번호를 받아 적은 은산은 급히 차를 몰았다. 비 오는 날에는 정체구간이 늘어나기 때문에 서두르지 않으면 아주 늦은 밤에야 인천에 도착할 터였다. 마음 같아서는 과속이라도 하고 싶었지만 사소한 일로 경찰의 단속에 걸릴 수는 없는 노릇이라 속도를 내지도 못했다. 도중에 빗길 교통사고를 목격한 은산은 속도를 더욱 줄이고 안전운전을 했다. 만에 하나 접촉사고라도 나는 날에는 모든 게 끝장이었다.

김은구. 한국에서 일본식 문신인 이레즈미의 1인자이며, 수많은 조폭에게 문신을 해준 사람이었다. 예전에 재개발 지역에서 조폭이 연루된 사건

을 취재하다가 흥미로 조폭의 문신에 대해 알아본 적이 있었다. 작은 조직에서는 두목만이, 큰 조직에서는 중간보스 이상이 김은구라는 사람을 찾아가 문신을 한다는 것을 알아내고 김은구를 찾아가 취재를 하려다가 시간이 여의치 않아 포기한 적이 있었다. 한국 조폭 두목들의 문신을 전문으로 해온 사람이라면 분명히 관자놀이에 하는 연꽃무늬 문신에 대해서도 알 터였다.

주현상이 일러준 곳은 인천역 맞은편의 차이나타운에 있는 당구장이었다. 은산은 역 앞에 있는 유료주차장에 주차를 하고 비를 맞으며 당구장으로 뛰어 들어갔다. 차이나타운답게 몇몇 손님은 중국말로 크게 웃으며 떠들고 있었고, 나시티 사이로 시커먼 문신이 드러난 손님도 제법 많았다. 대부분의 사람들은 은산의 등장에 별 관심을 보이지 않았는데, 한 무리의 남자들이 은산을 쏘아보았다.

"김은구 씨를 만나려고 왔는데요."

아르바이트생으로 보이는 청년이 재떨이를 비우면서 말했다.

"사장님은 퇴근하셨는데요."

주현상이 일러준 전화번호는 당구장 번호뿐이었다. 은산이 김은구의 휴대전화 번호를 묻자 청년은 떨떠름한 표정을 지었다.

"사장님은 아홉 시 넘어서 전화하면 짜증을 심하게 내셔서……."

은산은 당구장 벽에 걸린 시계를 가리켰다.

"아직 아홉 시 안 됐는데요."

"근데 사장님은 왜요? 혹시 문신 하러 오셨어요? 사장님은 요새 문신 안 해요. 문신 하실 거면 딴 데 가세요. 근처에 헤나 해주는 곳 있는데 알려드릴까요?"

"문신하러 온 게 아니고 김은구 씨를 취재하러 온 겁니다. 기자거든요."

은산이 기자라고 말하자 청년은 인상을 찌푸리며 마지못해 전화를 걸었다.

"네, 사장님, 기자가 찾아와서 사장님을 인터뷰하겠다는데요. …… 네? 잠시만요."

청년이 은산을 돌아다보며 물었다. "어디 기잔지 물어보라는데요."

"주간지 〈사건과 진실〉 기잡니다."

"들으셨죠? 〈사건과 진실〉이래요. …… 네? 혹시 기자가 아니라 대학교수처럼 보이지 않냐고요?"

대학교수라는 말에 은산의 동공이 커졌다. '지니도 김은구를 만났구나!'

청년은 은산을 위아래로 훑어보고는 수화기에 대고 말했다.

"그렇게 똑똑해 보이지는 않는데요. 기자처럼 보이지도 않지만요. 네."

전화를 끊은 청년이 은산을 보며 말했다.

"좀 기다리세요. 오신대요."

은산은 살짝 기분이 상했다. 여태 단 한 번도 무식하게 생겼다는 말을 들은 적이 없는 은산이었다. 그는 청년을 살짝 쏘아보고는 카운터 근처의 빈 의자에 앉아서 김은구가 오기를 기다렸다.

카운터 옆에 있는 조그만 방에서 인상이 험악하게 생긴 사람들이 트럼프를 하고 있었다. 커다란 창문으로 방 안이 훤히 들여다보였다.

20분쯤 지났을까, 은산은 알바 청년이 당구장에 막 들어서는 사람에게 인사하는 것을 보고 자리에서 일어났다. 모시옷을 입은 키 작은 노인이 당구장 안으로 들어섰다. 짧게 친 머리카락은 새치로 희끗희끗했다. 주름살이 거의 없고 눈빛이 강렬한 그는 마치 태껸 고수처럼 보였다.

"내가 김은구요."

"안녕하십니까, 저는 주간지 〈사건과 진실〉의 임원주 기잡니다."

은산은 품 안을 뒤지는 척하다가 빈손을 내밀었다.

"이거 제가 명함을 챙겨오지 않았네요. 죄송합니다."

김은구는 은산과 가볍게 악수를 하더니 카운터 옆방으로 가서 사람들을 내쫓았다.

"내가 손님하고 조용히 할 얘기가 있으니 카드 그만하고 나가."

인상이 험악한 사람들은 별 불평 없이 카드를 주섬주섬 챙겨서 밖으로 나갔다. 은산은 김은구를 따라 그 방으로 들어갔다. 김은구는 선풍기를 틀어 방 안에 자욱한 담배연기를 내보냈다.

"그래, 문신에 대해 뭘 취재하려고 이 시간에 여길 왔나? 자네 카메라 없나? 사진 안 찍어?"

"저는 일반적인 문신 때문에 온 게 아니고 연꽃무늬 문신에 대해 여쭤보려고 왔습니다. 혹시 아십니까? 관자놀이에 새기는 엄지손톱만한 크기의 문신인데요."

은산의 질문에 김은구의 표정이 무표정하게 변했다. 그는 일체의 감정이 드러나지 않은 얼굴로 은산을 훑어보고는 아주 나지막한 목소리로 되물었다.

"그런 얘기는 어디서 듣고 왔나?"

"아시는군요. 혹시 직접 그 문신을 해주시는지?"

김은구는 대답 없이 의자 등받이에 몸을 기대며 짧게 한숨을 내쉬고는 손가락을 까닥까닥 움직이며 문을 닫으라는 시늉을 했다. 은산은 얼른 방문을 닫고 김은구가 대답을 기다렸다.

"자네, 이제 보니 쫓기는 사람이구만."

은산은 가슴이 철렁 내려앉았지만 태연한 자세로 되물었다.

"네? 무슨 말씀이신지?"

"자네, TV에서 본 사람이야. 얼굴이 좀 달라 보이긴 하지만 틀림없어."

은산의 뇌리에 오만 가지 생각이 떠올랐지만 김은구에게 꼭 들어야 할 얘기가 있었다. 여기서 잡힌다 하더라도 김은구에게 진실을 들어야 했다.

은산은 굳어진 얼굴로 김은구를 노려봤다.

"황지니라는 여자를 만나신 적이 있죠?"

"언제더라, 예전에 한 번 찾아와서 나한테 이것저것 물어보고는 돌아갔지. 미소가 예쁜 여자였지. 한 번 또 찾아오겠다는 말은 했지만 두 번 올 거라고 기대하지는 않았지."

은산은 불길하고도 기분 나쁜 느낌에 사로잡혔다. 왼손바닥에 땀이 차기 시작하고, 오른손은 부들부들 떨렸다.

"황지니가 선생님을 찾아뵙고 무엇을 물어보았는지 여쭈어도 될까요?"

"자네가 물어본 거랑 거의 비슷한 질문이었어. 아는 게 힘이란 말도 있지만 모르는 게 약이란 말도 있지. 그런데 그 여자는 대학교수라서 그런지 모르는 게 약이란 말을 부정하더라고. 난 그런 자세는 위험하다고 경고해줬지만 별로 개의치 않더군. 이봐, 지금 자네에게 가장 필요한 건 심호흡이야. 내가 말해주지도 않은 걸 상상하고는 몸이 반응할 필요는 없지. 자네 지금 내가 황지니와 직간접으로 연관되어 있다고 상상하는 거 아냐? 포르노 처음 본 사내놈처럼 흥분하지 말고 심호흡을 해."

은산은 김은구의 말대로 길게 숨을 들이마셨다가 내쉬며 마음을 진정시켰다. 끝까지 태연한 척 잡아뗐어야 하는데 괜히 흥분하는 바람에 자신이 황지니 살해범 용의자라는 사실을 드러내버린 꼴이 되고 말았다. 하지만 김은구는 은산이 찾아온 것에 대해 놀라워하는 기색이 전혀 없었다.

"그 여자의 경우에는 모르는 게 약이었지만 자네의 경우는 알든 모르든 힘이 되지도 않고 약이 되지도 않을 거야. 그래도 궁금한 건 알아야겠지? 결론부터 말하자면, 내가 바로 연꽃무늬 문신을 하는 사람 맞아."

은산은 침을 꿀꺽 삼켰다.

"아무나 할 수 있는 문신이 아니죠? 그 문신은 누가 할 수 있는 겁니까?"

"조폭이 흔히들 하는 문신이 뭔지 아나? 호랑이나 용이 아니고 잉어지. 문신은 자기가 속한 계파를 상징하기보다는 개인적인 소망을 상징하는 게 대부분이야. 잉어 문신은 재물을 불러온다는 미신이 있어서 가장 많이 하는 문신이야. 연꽃도 문신으로 가끔 하는데 다산을 상징하지. 야쿠자 첩들이 했다는데 국내에는 거의 없어."

"그런 연꽃 문신은 등이나 어깨에 하는 것이고, 제가 궁금한 건 관자놀이에 하는 연꽃 문신입니다."

"내가 자네한테 모든 걸 다 설명해줄 의무는 없지 않나? 그래도 궁금해서 찾아왔으니 자네가 아는 걸 확인해줄 수는 있지만 설명해줄 생각은 없어."

은산은 아랫입술을 지그시 깨물었다.

"황지니한테는 다 설명해 주신 게 아닙니까?"

"아니, 그때도 그 여자가 아는 걸 확인만 해주었지. 자네, 아는 게 별로 없다면 그냥 순순히 돌아가게. 경찰에 신고는 안 할 테니까."

"그 문신은 역사가 깊습니까? 선생님도 누군가의 뒤를 이어 그 문신을 하게 되신 건가요?"

김은구는 피식 실소를 흘리며 말했다.

"역시 역사교수보다는 모르는 게 더 많군. 내가 그 여자한테서 얻어들은 얘기를 해줄 테니 귀담아 듣게. 진수의 《삼국지》 위지동이전을 보면 변진(弁辰) 사람들이 문신을 했다는 기록이 있네. 변진이 어딘고 하면 훗날 가야연맹체가 들어서는 곳으로 지금의 김해, 마산 지역이지. 이는 우리나라 사람도 예로부터 문신을 해왔다는 증거야."

김은구가 회상에 잠긴 듯한 표정으로 말을 이었다.

"난 10대 후반부터 주먹세계에 뛰어들었네. 뭐, 그래봤자 잔챙이였지만. 먼 발치에서였지만 유지광이나 임화수를 지켜보며 컸지. 그러다가 5.16 터지고 나서 정치깡패들이 사라질 때 난 운 좋게도 문신 쪽으로 업종을 바꿀 수 있었지. 그러던 어느 날 내게 문신을 가르쳐준 선배님이 실수를 하는 바람에 내가 그 뒤를 잇게 됐지."

"실수라면 문신을 잘못했다는?"

"아니, 자네가 말한 그 문신 말이야. 그건 오로지 인정받은 한 사람만이 할 수 있는 건데, 그날 선배님이 술에 취해서 내가 대신 하게 됐거든. 내가 그 선배님의 수제자였으니 훗날 내가 이어받게 되는 건 당연했지만, 그래도 그때는 그걸 내가 해서는 안 되는 거였는데……. 그게 발단이 돼서 선배님은 삼청교육대에 끌려갔고 결국 내가 이어받았지. 후, 선배는 삼청에서 살아나오지 못했어. 이쪽 세계는 무시무시하다고."

"오로지 수제자 한 명에게만 이어지는 문신 기술이라니, 어렵고 복잡한 기술인가 보죠?"

"어렵고 복잡할 것까지는 없고 스캐러피케이션이라 부르는 문신 기술인데, 물감 없이 상처로만 문신을 만드는 기법이지. 하지만 연꽃문양은 좀 다른 것이, 물감을 아예 안 쓰는 게 아니고 제조기법이 비밀에 부쳐진 물감을 쓴다네. 그래서 문신이 평소에는 보이지 않다가 혈액순환이 빨라져야만 드러나지. 이를테면 화가 치밀거나 부끄럽거나 성적으로 흥분하면 드러나고 평소에는 문신이 있는지 보이지도 않아."

"누구한테 그 문신을 해주었는지 말씀해주십시오."

김은구는 껄껄 웃었다.

"황지니는 내게 여러 장의 사진을 보여주며 그 사람들이 내가 문신을 해준 사람들이 맞느냐고 물어봤는데, 자네는 그저 경찰이 취조하듯 물어보는군."

"일제 때 사진은 갖고 있습니다만."

"그건 아마도 내 선배의 선배가 했겠지."

한동안 침묵이 이어졌다. 은산은 입안이 바싹바싹 말랐다.

"황지니를 누가 죽였는지 짚히는 것이 있으면 말씀해주십시오."

"그걸 내가 어찌 알겠나. 격동의 세월을 살았지만 모르는 것 투성이야. 현대사회는 거대한 기계야. 난 그 기계 속의 한 구석에서 돌고 있는 보잘것없는 톱니에 불과하지. 내 주위를 알아볼 수는 있지만 기계 전체를 보지는 못해. 나라는 톱니가 끼어서 돌고 있는 이 기계가 자동차 엔진인지 방직기계인지조차 알 수가 없어. 부품에 지나지 않는 나는 내가 할 수 있는 걸 할 뿐이지. 당구장 운영이나 하고, 어쩌다 문신 좀 해주고, 그리고 입을 다물고 조용히 사는 거지. 내년이면 나도 환갑이야. 조용히 살다가는 게 가장 무난하고 좋은 삶이지."

은산이 곧 폭발할 것 같은 표정으로 쏘아보자 김은구는 카운터 옆에 켜놓은 TV를 가리켰다. 9시 뉴스가 흘러나오고 있었다. 비 오는 와중에 야당 인사들이 우산을 쓴 채 촛불을 들고 시위를 하고 있었다. 사학법 개정에 반대하는 시위였다.

"조선시대에는 양반, 중인, 양인, 노비로 신분이 갈렸지만 원래 양반은 신분이 아니고 양인이 벼슬을 한 경우에만 부여받는 감투였지. 하지만 나중에는 양인과 양반은 아예 신분이 다른 것처럼 나누어져버렸어. 일단 양반이 된 자들은 자신들의 특화된 신분을 유지하고 싶은 거지. 저기 야당의 높으신 분들이 비를 맞으며 시위를 하는 이유가 뭔데? 공교육을 무너뜨려서 서민이 자신들처럼 되는 걸 막자는 거야. 사교육비를 치솟게 해서 그걸 감당할 수 있는 자는 귀족이 돼도 좋지만 그걸 감당할 수 없으면 그냥 빈민으로 살라는 거야. 민주주의는 개나 주라고 그래. 힘 가진 높으신 분들이 이 나라를 귀족사회로 만들겠다는데 서민들이 그걸 막을 힘이 있나. 그저 나처럼 비위나 맞춰주며 잠자코 사는 게 노후를 조용히 보낼 수 있는 길이지."

"지금 TV에 나오는 사람 중에 그 문신을 해준 사람이 있습니까?"

김은구는 히죽 웃었다.

"글쎄, 기억이 잘 안 나는구만. 자네, 나한테 뭘 묻고 싶으면 그 황지니란 여자처럼 확실한 걸 물으란 말이야. 그럼 내가 그렇다, 아니다 하고 짧게 대답해줄 테니까. 그리고 날 협박해서 뭘 알아내려는 시도는 하지 않는 게 좋을 거야. 이 방을 주목하는 시선이 늘어났거든."

당구 치는 사내들이 힐끔힐끔 은산과 김은구를 쳐다보고 있었다. 은산은 몸을 돌려 앉아 그들을 등졌지만 뒤통수가 여전히 따가웠다.

"경찰이 내 당구장에 오는 걸 나는 반기지 않네. 난 신고는 안 해. 그러니까 확인할 게 없으면 당장 여기를 나가 줄행랑을 놓는 게 좋을 거야. 언제라도 자네가 알아낸 걸 확인하고 싶으면 오게. 하긴 그 여자처럼 여기를 두 번 오게 될 일은 없을 것 같네만."

은산은 지니의 메모장에 적혀 있던 이름 가운데 아직 남은 한 사람의 이름을 떠올렸다. 그를 찾아가면 좀 더 확실한 정보를 얻을 수 있을 것 같았다. 그에게서 정보를 얻어 다시 김은구를 찾아오면 정확한 판단을 내려줄 것 같았다. 하지만 그 사람을 찾아가기가 매우 꺼려졌다. 그는 전직이 기자였기 때문에 은산이 찾아가면 바로 알아보고 신고부터 할 게 뻔했다.

"그럼 더 확실한 정보를 얻어 가지고 선생님을 뵈러 오겠습니다. 그때는 지금보다는 확실한 대답을 해주시길 바랍니다."

김은구는 미소 띤 얼굴로 고개를 끄덕였다. 김은구가 손짓으로 가보라는 시늉을 해서 은산은 자리에서 일어나 천천히 방에서 나갔다. 당구에 열중하고 있는 사람들은 무관심했지만, 차례를 기다리는 사내들은 한결같이 은산을 노려보고 있었다. 한 발자국 뗄 때마다 식은땀이 났다. 다행히 은산이 당구장을 벗어날 때까지 아무 일도 일어나지 않았다. 은산은 당구장을 벗어나자마자 주차장을 향해 전속력으로 달렸다. 경찰에 신고하지는 않는다고 했지만, 그래도 겁이 나는 건 어쩔 수 없었다.

시동을 걸고 주차요금을 낸 뒤 주차장을 벗어날 즈음에 은산의 뇌리를 스치는 생각이 있었다. 그 여자, 김민기의 집에 들어간 그 여자를 어디서 보았는지 기억해낸 것이다. 한양대로 김병목 교수를 만나러 갔을 때 김 교수는 일본에 출장 간 상태였고 대신 조교에게서 관련된 얘기를 얻어듣고는 주차장에서 빠져나올 때 뒤에서 은산의 차를 받은 그 여자였다. 단지 우연의 일치일까? 부산으로 이대길 선생을 만나러 갔을 때 검은 코란도가 추격해온 것도 그 여자의 차와 접촉사고가 난 다음이었다. 문득 그 여자가 자신을 노리고 일부러 김민기에게 접근한 거란 생각이 들었다. 차 안에 에어컨을 세게 틀어놨지만 땀이 목으로 흘렀다. 은산은 불길한 생각에 사로잡혔다.

'혹시 김민기도 지니처럼?'

은산은 고속도로에 진입하기 전에 다시 공중전화 박스로 달려갔다. 김민기는 전화를 받지 않았다.

"빌어먹을, 내가 아까 건네준 콘돔을 사용 중인 거냐! 제발 그러기라도 해라!"

은산은 차를 돌려 시내로 들어가 가장 가까운 PC방에 들어갔다. 그곳에서 공짜로 문자를 보낼 수 있는 사이트를 이용해 김민기에게 문자를 보냈다. 휴대전화가 없는 은산이 김민기에게 연락을 취할 수 있는 최선의 방법이었다.

'그 여자를 조심해요! 분명 나를 아는 여잡니다. 나 때문에 일부러 당신에게 접근한 여자예요.'

문자를 전송하자마자 은산은 바로 PC방을 나왔다. 차에 올라 시동을 건 다음 은산은 망설였다.

'만약 김민기가 지니처럼 됐다면 어쩌지!'

당장 김민기의 원룸으로 달려가고 싶었지만, 이미 놈들이 그곳에서 자기를 기다리고 있을지도 모른다는 생각이 들어 두려웠다. 그러나 다음 순간 자신을 도운 사람의 목숨이 위험한데 뭘 망설이냐는 양심의 목소리가 은산을 질책했다. 은산의 마음은 갈등으로 번잡했다. 은산은 다시 공중전화 박스로 가서 전화를 걸었다. 역시 전화를 받지 않았다.

"젠장!"

은산은 차로 돌아와 시동을 걸었다. 목적지를 정하지 않았지만 무작정 출발했다. 김민기의 원룸에는 갈 수 없었다. 김민기가 무사하다고 해도 이젠 그곳에 가서는 안 됐다. 지금부터는 김민기에게 부탁을 하는 것도, 연락을 취하는 것도 피해야 했다.

지니의 메모장에 적혀 있었던 인물 중 은산이 그동안 찾아가기를 꺼렸던 인물을 찾아가야 했다. 한때 메이저 언론사의 정치부 사진기자였고 지금은 전문대에서 사진학과 강사로 있는 최영훈 명예기자. 은산도 대학에 다닐 때 교양과목으로 최영훈의 강의를 들은 적이 있었다. 그때 은산은 인상적인 제자가 아니었기에 최영훈의 기억 속에는 없을 것이다. 하지만 지금은 달랐다. 전국적인 수배범이 된 은산을 그가 몰라볼 리 없었다. 은산이 아무리 변장을 하더라도 그는 단번에 알아볼 게 분명했다. 그러나 은산은 체포되더라도 진실을 알고 싶었다. 은산은 저도 모르게 자동차의 액셀러레이터를 밟았다.

15_

그들의 부귀영화

"끙, 으윽."

온라인 게임에 중독된 사람은 PC방 의자에서도 충분히 잘 잘 수 있다고 하던데. 은산은 게임 중독자가 아니라서 그런지 온몸이 뻐근했다. 고개를 조금만 돌려도 절로 신음소리가 흘러나올 정도로 근육이 뭉쳤다. 은산은 빽빽한 창문을 살짝 열어 바깥을 내다봤다. 여전히 안개처럼 장맛비가 내리고 있었다.

"거기 창문 닫아요!"

잠도 제대로 못 잤는데 잔소리까지 들으니 화가 확 치밀었지만 사소한 다툼도 피해야 하는 처지인 은산은 잠자코 창문을 닫았다. 비가 그치면 최영훈 명예기자를 찾아갈 생각이었지만, 비는 좀처럼 그칠 것 같지 않았다.

간밤에 은산은 인천을 빠져나와서 그대로 서해안고속도로를 타고 남쪽으로 내달렸다. 그러다가 최영훈을 만나봐야겠다는 생각이 들어 국도로 빠져나와 가까운 PC방을 찾아 들어왔다. 지금은 학사일정이 다 끝나서 최영훈이 대학에 나갈 이유가 없었다. 은산은 최영훈이 강의하는 학교 사이트에 들어가서 그의 연락처를 찾다가 우연히 최영훈의 제자인 사진학과 학생이 만든 블로그를 발견하게 됐고, 그 블로그에 링크된 최영훈의 미니홈피도 찾을 수 있었다. 최영훈은 충남 당진에서 전원생활을 즐기고 있는 모양이었다.

은산은 화장실에 가기 위해 의자에서 일어났다. 관절에서 나는 우두둑 소리를 감상하면서 은산은 느릿느릿 화장실로 걸어갔다. 세수를 하고 인근 식당에서 아침을 먹을 생각이었다. 밤을 새고 아침이 되도록 온라인 게임을 즐기는 학생들을 보며 은산은 한숨을 내쉬었다. 그중 한 녀석이 스피커 볼륨을 줄이고 야동을 감상하고 있었다. 일대일도 아닌 그룹섹스 장면이 나오고 있는 그 동영상의 제목에는 스와핑이라는 단어가 들어있었다. 은산은 그 녀석에게 꿀밤을 한 대 먹이려다가 요즘 애들에게는 씨알도 먹히지 않을 짓이라는 생각이 들어 그냥 화장실로 갔다.

세수를 하는 김에 머리도 감은 은산은 화장실 거울에 비친 퀭한 자신의 얼굴을 쳐다보았다. 가련하고도 한심하게 보이는 얼굴이었다. 한숨이 절로 나오게 하는 얼굴이었다. 화장실에 걸린 냄새나는 수건으로 대충 물기를 닦아내고 화장실을 나오다가 은산은 갑자기 발걸음을 멈추었다.

'스와핑?'

지니와 마지막 사랑을 나눈 후 모텔을 나올 때 지니가 은산에게 부탁한 것이 있었다. 은산이 취재했던 스와핑 관련 사건의 파일이었다.

'지니한테 왜 스와핑 관련 취재파일이 필요했을까? 혹시 스와핑이 원화랑 무슨 연관이 있는 것일까?'

은산은 아침 먹으러 나가려던 계획을 잊은 채 다시 컴퓨터 앞에 앉아 인터넷을 검색하기 시작했다. 쏟아져 나오는 스와핑 관련 뉴스를 뒤지면서 그는 자신이 취재했던 사건 현장을 떠올렸다. 인터넷으로 검색되어 나오는 뉴스 중에서는 딱히 특징적인 것이 없었다.

스와핑은 범죄요건이 성립되지 않는 사건이라 처벌할 수 없는데다가 관련자들이 대부분 변호사, 대학교수, 사업가 등 소위 있는 자들이 많아 취재 나간 기자들이 사진조차 찍지 못하는 경우가 대부분이었다. 은산도 스와핑 관련 카페에 가입해 잠입취재를 시도해본 적은 있지만 동석할 파트너를 구하지 못해 결정적인 장소까지는 가보지 못했다. 경찰이 현장을 급습할 때 동행한 적도 있지만 카메라에 다 담지는 못했다. 게다가 참석자들의 강력한 요구로 필름이나 메모리를 다 빼앗겼기 때문에 은산의 취재파일에도 사진은 한 장도 없었다.

지니는 스와핑의 어떤 점이 자기가 조사하던 원화랑 연관이 있다고 짐작한 것이 분명했다. 은산이 취재한 스와핑 사건은 워낙 쇼킹한 뉴스라서 일본 기자들도 취재하러 왔었다. 보수적인 한국사회에서, 그것도 소위 사회지도층이 스와핑과 관련된 카페에 5천 명이나 회원으로 가입했다는 것은 상상도 해보지 못한 뉴스라고 일본 기자들은 말했다. 은산은 눈을 감고 취재파일의 내용에 대한 기억을 떠올렸다. 하지만 지니가 원화와 관련해 관심을 가질 만한 부분이 어느 대목인지는 도무지 짐작할 수 없었다.

'만약에 스와핑이 단순히 파트너를 바꾸어 섹스를 하는 것만이 목적이 아니고, 실은 다른 목적이 있다면? 스와핑은 그 모임에서 단지 통과의례일 뿐 진정한 목적은 따로 있다면? 그때 취재했던 스와핑 모임이 실은 원화의 회합이었을까? 박성화 씨가 원화는 하야그리바의 압육 앞에서 피와 사랑의 맹약을 맺는다고 그랬는데, 그게 외부인의 눈에는 스와핑으로 보이는 것이 아닐까? 하지만 사건 현장에 하야그리바의 압욥 따위는 없었어. 아니면 원화의 멤버들이 하야그리바의 압욥 앞에서 피와 사랑의 맹약을 맺은 후에 그 강렬한 가입절차의 경험을 잊지 못해 스와핑을 하는 것일까?'

은산의 머리가 어지러이 돌아갔다. 스와핑 모임에 서민은 없었다. 스와핑 카페의 회원은 모두 부와 사회적 명성이 있는 사람들이었다.

"내가 취재했던 인물 중에 원화가 있었던 게 분명해. 그런데 젠장, 벌써 몇 년 전에 한 취재여서 기억이 나지 않아. 그중 누굴 하나 잡아 족치면 정보를 얻을 수 있을 텐데!"

은산은 PC방에서 나와 근처 식당에서 간단히 요기를 한 후 충남 당진으로 차를 몰았다. 차를 출발시키기 전에 김민기에게 전화를 해볼까 했지만 추적당할지도 모른다는 생각이 들어 포기했다. 혹시 김민기도 지니처럼 험한 꼴을 당하지 않았을까 걱정이 됐지만, 식당에서 밥 먹는 동안 뉴스를 유심히 봐도 살인사건이 발생했다는 이야기는 없었다.

장맛비도 잠시 그쳐 창문을 열어놓고 속도를 내니 기분이 상쾌해졌다. 쫓기는 것도 아니고 무언가를 조사하러 다니는 것도 아니라면 이대로 국도를 따라 쭉 남쪽으로 내려가면 좋겠다는 생각이 들었다.

최영훈이 사는 마을은 짭조름한 바다냄새가 풍겨오는 서해 바닷가에 있었다. 전형적인 반농반어의 마을이지만 언덕 위로 펜션 두 동이 있는 것으로 보아 관광객도 좀 찾아오는 곳인 듯했다. 장마철이라 관광객처럼 보이는 사람은 보이지 않았다. 마을사람들이 위치를 일러주어 은산은 비교적 쉽게 최영훈의 집을 찾을 수 있었다. 펜션 두 동 가운데 하나였다.

"큰아버지를 찾아오셨군요. 그런데 큰아버지는 여기 사시지 않습니다."

"최영훈 씨 조카 되십니까?"

예쁘게 잘 꾸며진 오두막에 잔디마당이 딸린 펜션을 찾아가자 시골사람 모습이라곤 전혀 찾아볼 수 없는 30대 후반 남자가 나왔다. 햇볕에 탄 적이 없어 보이는 하얀 얼굴에, 넥타이를 매지 않은 와이셔츠 차림을 한 그 남자는 대도시에서 일하는 영업사원을 연상시켰다.

"실은 펜션이 잘 안 돼서 큰아버지 미니홈피에다 광고를 한 겁니다. 큰아버지의 제자들이 MT나 바캉스 때 우리 펜션을 이용하게 하려고요."

최영훈의 조카가 멋쩍게 웃었다.

"마을분들은 이 펜션이 최영훈 씨 집인 것처럼 말씀하시던데요."

"이 근처 땅을 제법 소유하고 계시니까요. 이 펜션도 대지는 큰아버지 명의예요."

은산은 최영훈의 조카가 일러준 주소를 받아 적어 가지고 다시 차를 몰고 이동했다. 젊어서는 메이저 언론사의 사진기자를 했고, 은퇴해서는 대학 사진학과 시간강사를 하고 있고, 경치 좋은 곳에 꽤 넓은 땅도 소유하고 있는 최영훈이 은산은 그렇게 부러울 수가 없었다. 재산도 없고 결혼도 못한 채 유부녀랑 바람이나 피우다가 살인사건에 휘말려 쫓기는 은산이니 최영훈이 부러운 것은 당연했다.

최영훈의 조카가 일러준 주소지도 충남 당진만큼 괜찮은 곳이었다. 인공호수 옆에 지어진 전망 좋은 전원주택이 최영훈의 집이었다. 인공호수는 아산만 방조제 때문에 생긴 호수로, 아산에서는 아산호라 부르자고 주장하고 평택에서는 평택호라 부르자고 주장해왔지만 평택 쪽으로 산책로가 조성돼있어서 평택호라는 이름으로 굳어지고 있었다. 최영훈의 전원주택은 평택쪽 산책로 근처에 있었다. 장마철이지만 비가 그쳐서 그런지 팔짱을 끼고 산책하는 연인들도 보이고 흙탕물같이 뿌연 호수 위로 서핑을 즐기는 동호인들도 보였다.

"난 언제 이런 집에서 살아보나."

조립식 목조주택으로 지어진 전원주택은 꽤 운치가 있었다. 잔디가 깔린 마당에서 털이 하얀 몰티즈 두 마리가 은산을 보고 앙칼지게 짖어댔다. 툇마루 앞에서 나무판자를 뚝딱거리며 개집을 만들고 있던 최영훈이 망치질을 멈추고 은산을 바라보았다. 은산이 허리를 숙이고 인사를 하자 최영훈은 말없이 장갑을 벗고 마당의 수돗가에 가서 손을 씻었다.

"이름은 생각이 안 나는데, 내 제자 맞지? 잠깐 기다리게."

최영훈이 단번에 자신을 알아보자 은산의 심장이 방망이질치기 시작했다. 당장 달아나야 할지 사실을 말하고 도움을 청해야 할지 도무지 판단이 서지 않았다.

최영훈은 만들다 만 개집을 옆으로 치워놓고 집으로 들어갔다. 은산도 최영훈을 따라 안으로 들어갔다. 벽지 대신 황토를 바른 실내는 고풍스런 느낌을 주었다. 은산이 거실의 소파에 앉아 기다리는 동안 최영훈은 부엌으로 들어가서 손수 차를 끓였다. 거실 벽에 걸린 가족사진에 있는 최영훈은 지금보다 훨씬 젊어 보였다. 손주들과 같이 찍은 사진 속 최영훈의 표정은 밝았다.

"저, 사모님은?"

"몇 년 됐지. 처음에는 혼자 사는 게 적적했는데 이젠 익숙해졌네."

최영훈은 가족사진을 보고는 회상에 잠기는 듯했다. 은산은 무슨 말부터 꺼내야 할지 망설였다. 지니 얘기부터 꺼내는 것은 부담스러워 말을 돌렸다.

"선생님 미니홈페이지를 보고 충남 당진부터 찾아갔어요. 조카 분께서 알려주신 주소를 들고 이렇게 찾아온 겁니다."

"잠시 거기서 살기도 했네. 이번 정권이 들어서서 중국과의 무역규모를 늘리고 서해안 시대를 연다고 떠들어댄 덕분에 땅값이 꽤 올랐어. 아마 제2의 IMF가 와도 당진 땅값이 떨어지는 일은 없을 거야."

"거기 풍광도 멋졌는데 여기도 경치가 좋은데요."

"쌍용을 상하이차에 팔았으니 평택과 상하이 간 물류도 늘어나겠지. 평택항이 인천항보다 조수간만의 차가 적으니 장차 평택이 인천보다 더 커질 수도 있어. 지금은 여기가 전원주택 지역이지만 10년 뒤면 어떻게 변할지 상상도 안 돼."

"부럽습니다. 전 아직 제 이름으로 된 부동산이 하나도 없거든요."

"이 나라는 옛날부터 땅 가진 사람들이 정책방향을 쥐고 흔들었어. 정부정책에 관한 정보를 빼돌린 사람들이 미리 땅을 사두고 재미를 봤다고 생각하겠지만, 사실은 그 반대야. 땅 가진 사람들의 입맛에 맞게 정부가 정책을 결정하는 거야. 나 같은 경우에는 기자생활 하면서 얻어들은 걸로 재미를 좀 본 거지. 음, 자네, 부동산 얘기를 하자고 여기 오진 않았을 텐데?"

최영훈의 시선은 은산을 응시하고 있지 않았다. 그는 마당에서 뛰노는 몰티즈 두 마리를 바라보고 있었다. 은산이 누군지, 왜 여기 왔는지 다 안다는 분위기였다. 다 알지만 굳이 관심을 두지 않는다는 분위기였다. 은산은 직설적으로 물었다.

"선생님, 황지니를 죽인 게 누굽니까?"

차를 마시던 최영훈은 사레가 들렸는지 잠깐 헛기침을 했다. 그는 여전히 마당의 몰티즈에게 시선을 고정시킨 채 대답했다.

"현장에 있었던 자네도 모르는 걸 왜 나한테 묻나?"

은산은 아랫입술을 깨물었다. 맘 같아서는 고문을 해서라도 모든 진실을 다 알고 싶었다. 한때는 자신의 스승이었지만 지금은 사제지간이고 뭐고 상관없이 달려들고 싶었다.

"그럼 지니가 선생님께 무얼 물으려고 찾아온 겁니까? 선생님은 지니한테 뭘 알려주셨죠?"

"자네는 내 수업을 들었음에도 불구하고 기자다운 날카로움이 없었고, 황지니는 내 수업을 들은 적이 없지만 웬만한 기자보다 더 예리했네."

최영훈은 거실 한 쪽 벽을 통째로 차지하고 있는 책꽂이에서 앨범 하나를 꺼내왔다. 그 앨범은 은산도 어렴풋이 기억하고 있는 것이었다. 최영훈이 정치부 사진기자 생활을 하면서 찍은 흑백사진들을 모아놓은 것이었다. 최영훈은 수업시간에 그 앨범 가운데 일부를 가져와 학생들에게 보여준 적이 있었다.

"예전 수업시간에도 내가 말한 적이 있을 거야. 내가 정치부 사진기자 생활을 하면서 최초로 건진 대박특종 사진, 바로 이기붕 일가가 피살당한 장면을 찍은 사진이지. 나는 이 사진을 찍기 전에는 그저 그런 사진기자에 지나지 않았지만 이 사진을 찍은 뒤로 인정받기 시작했지."

이승만 정권의 부정부패는 3.15 부정선거로 극에 달했다. 1960년 4월 25일에는 잠자코 있었던 교수들마저 시국선언을 하고 이승만의 하야를 주장하며 데모를 했을 정도였다. 그것이 계기가 되어 데모대가 이기붕의 서대문 자택을 포위했고, 신변에 위협을 느낀 이기붕 일가는 경기도 포천의 6군단으로 피신했다. 이기붕 일가는 26일 밤에 경무대에서 보내준 차를 타고 6군단을 떠나 경무대 별관 경비실 옆에 있는 제36호 관사로 피신했다. 매카나기 주한 미대사가 이기붕 내외의 미국망명 신청을 받아주려던 참이었다.

"내가 원했던 것은 이기붕 일가가 미국 대사관을 통해 망명을 하든, 미국행 비행기를 타고 이 나라를 떠나든 그 순간을 사진으로 잡는 거였어. 데모대가 이기붕의 행적을 찾는 동안에 난 경무대 밖에 숨어서 이기붕 일가가 이동하기를 기다리고 있었지. 시각도 정확히 기억해. 4월 28일 새벽 5시 40분경에 총소리를 들었어. 큰일이 터졌다는 걸 직감했지만, 당장 경무대로 들어가 취재하는 건 무리였고 틈이 생기길 기다렸지. 경찰과 응급요원들이 출동했을 때 마침 경찰이 현장에서 채증을 할 카메라를 갖고 있지 않았기 때문에 내가 대신 현장을 찍을 수 있었지. 세간에는 이기붕의 맏아들이자 이승만의 양자가 된 이강석이 일가족을 쏘고 자살했다고 알려져 있지만, 현장을 본 나는 생각이 달라. 진상조사단의 말에 의하면 이기붕 부부와 둘째아들 이강욱은 이미 수면제를 먹고 숨을 거둔 상태에서 확인사살을 당한 거였고, 이강석은 복부와 머리에 각각 한 발씩 두 발의 총알을 맞은 상태였어. 수면제를 먹은 사람들은 자살한 걸로 볼 수 있지만, 이강석의 죽음은 자살이 아냐. 자기 몸에, 그것도 서로 다른 두 부위에 총을 쏜다는 건 불가능하거든."

최영훈은 이기붕 일가가 죽어있는 현장 사진을 보여주었다. 은산은 예전에 학교 다닐 때 그 사진을 얼핏 보기는 했지만 그때는 관심이 없어서 시신의 모습을 눈살 찌푸리고 슬쩍 바라보았을 뿐이지만 지금은 달랐다. 소파에 올려놓은 엉덩이가 들썩 움직일 정도로 놀랐다.

"관자놀이의 저 흔적은……!"

멍이 든 것처럼 보이기도 하는 둥근 흔적이 죽은 자들의 관자놀이마다 새겨져 있었다.

"이 사진을 보고 놀라는 걸 보니 자네도 황지니가 추적한 것이 무엇인지 알아낸 모양이군."

"학창시절에 저 사진을 봤을 때는 저게 있는 줄도 몰랐습니다!"

"사람의 눈은 이기적이지. 카메라는 있는 그대로 보여주지만 사람의 눈은 관심이 있는 것만 보거든. 똑같은 걸 봤어도 관심이 없으면 본 기억이 없기 마련이야. 음, 이기붕 일가 피살사건은 이대로 묻혀버렸지. 이승만 정권의 부정부패는 단지 이승만과 이기붕 단 둘이 저지른 게 아님에도 불구하고 말이야. 이승만이 하와이로 떠나고 이기붕이 죽자 대부분은 덮어져버렸지. 참 편리한 세상이야."

"혹시 정치인을 찍은 사진 중에 저렇게 연꽃무늬 문양이 관자놀이에 문신돼있는 걸 또 보신 적 없습니까? 이를테면 역대 대통령이나……."

최영훈은 고개를 저었다.

"미국까지 날아가 이승만을 취재했지만 저런 흔적을 발견하지는 못했어. 박정희 대통령도 마찬가지였고. 그 사람들은 영악해서 정점의 자리까지는 노리지 않아. 정점의 자리가 매혹적이긴 하지만, 적을 많이 만들어낼 우려가 있다고 보고 피하는 것 같아."

은산의 눈초리가 매처럼 날카로워졌다.

"그 사람들에 대해 많이 아시는 것처럼 보입니다."

"몰라. 바람이나 공기의 존재와 똑같지. 존재는 어렴풋이 느낄 수 있지만, 눈에 보이지 않고 심지어 카메라조차도 정확히 포착해낼 수 없어."

"그럼 여태까지 사진기자 생활 하시면서 보신 저런 관자놀이의 문신은 이기붕 일가가 유일했던 겁니까?"

"한 명이 더 있었지. 그 사진은 어디에도 내놓은 적이 없어."

"지금 저한테 보여주실 수 없습니까?"

"저 책꽂이 어딘가에 있는데 찾기가 번거로워. 보여줄 수는 없지만 그게 누군지 말해줄 수 있지. 바로 김재규야."

"네? 이해가 안 가는데요. 박정희 밑에서 부귀영화를 추구한 자들이 왜 박정희를 죽인단 말입니까? 김재규 본인이야 차지철과 알력이 있었으니 차지철과 박정희를 동시에 죽일 이유가 있었다고 할 수 있겠지만, 그들은 박정희가 없었다면 부귀영화를 누리지 못했을 텐데요."

"그 반대겠지. 박정희 덕분에 그들이 부귀영화를 누린 게 아니고 그들 덕분에 박정희의 권력이 그토록 오래간 거겠지. 김재규가 처형당하기 전날 몇몇 기자가 마지막 취재를 허락받으려고 했지만, 운이 좋은 건지 나만 현장에 참석할 수 있었어. 사진을 찍기는 했지만 기사화되지는 않았지. 아마도 훗날 김재규 처형과 관련해 괴소문이라도 퍼지면 내 사진을 증거로 내세울 요량이었던 것 같아."

"제가 아무것도 가지지 못한 서민이라서 그런지 권력자들의 암투는 잘 이해가 안 갑니다."

최영훈은 무언가 설명해줄 것처럼 입을 살짝 벌렸지만 다시 그대로 침묵을 지켰다. 초점이 맞지 않은 상태로 먼 곳을 지그시 바라보는 최영훈의 시선은 무언가를 떠올리려고 애쓰는 것 같았다. 은산은 다그치지 않고 대답이 나오기를 기다렸다.

"…… 내 제자 중에 〈부산일보〉 기자로 일하는 김기준이란 애가 있어. 사회부니까 서로 아는 사이였을 텐데."

"아는 사람입니다만 알고 지내는 사이는 아닙니다."

"걔가 국민보도연맹에 대해 심도 있는 취재를 하려 했던 모양인데, 그 당시 현장 사진을 찍은 적이 있는 날 찾아와 도움을 요청했어. 그즈음에 난 딱히 다른 바쁜 일이 있는 게 아니어서 기꺼이 도와주기로 했었지. 김

기준 걔가 참 설득을 잘해. 걔 하는 말 듣고 잠자던 기자의 욕망이 다시 살아났다고나 할까."

국민보도연맹은 해방 후 이승만 정권이 정권유지를 위해 고안해낸 좌익포섭 단체였다. 그 조직은 좌익세력에게 전향의 기회를 주겠다는 것을 대외적 명목으로 내세웠다. 그래서 조직의 이름도 '보호해 지도한다'는 의미로 보도연맹이 된 것이다. 그러나 실질적인 목적은 보호해 지도하기보다는 색출해 단속, 통제하겠다는 것이었다. 좌익이 자수하면 과거를 일체 묻지 않고 직업까지 알선해주는 등 철저한 신분보장을 약속했다. 문제는 보도연맹의 인원확충 과정에서 보도연맹 중앙본부가 지방에 목표 인원수를 할당한 데 있었다. 일선 행정기관들은 할당된 인원을 채우기 위해 사상과는 무관한 사람까지 끌어들이는 변칙행위를 감행했다.

"보도연맹 창설 1년 만에 6.25가 터지자 이승만 정권은 적에 동조할지 모른다는 단순한 가능성 하나로 보도연맹원들을 예방학살했지. 아무리 전시라도 사람을 죽이려면 단심재판이라도 하는 것이 마땅한데 재판도 없이, 마치 일본인이 조선인과 중국인을 죽였듯 일방적인 학살을 감행했지. 사실 재판이란 것 자체가 불가능하긴 했어. 보도연맹원들이 남한정부를 전복하기 위해 범죄를 저지른 적이 없고 사전에 음모조차 한 사실이 없어서 범죄 구성요건 자체가 성립되지 않았으니 말이야. 만약 정식 재판을 열었다면 처형까지 갈 사람이 몇 명이나 되었을까. 적에 동조할지 모른다는 가능성, 그것도 실은 말이 안 되는 게, 인민군이 점령한 지역에 보도연맹원이 있었다면 그 연맹원은 인민군에 의해 변절자로 낙인찍혀 무슨 험한 꼴을 당할지도 모르는데 적에게 동조했겠나? 보도연맹원들도 자신들의 그런 처지를 잘 알고 있었기에 전쟁이 터지자 지역별로 비상대책기구를 구성해 군에 성금과 위문품을 보내고 남한정부에 충성을 맹세하거나 군 입대에 앞장서는 등 발 빠른 움직임을 보였지. 내가 볼 때 보도연맹원들을 학살한 것은 그들이 인민군에게 동조할 가능성 때문이 아니야. 이승만 정권의 무능과 부패로 인해 권력을 잃을 것을 염려한 자들이 학살을 감행한 것이 분명해."

최영훈은 입 안이 마르는지 차를 연거푸 몇 모금 마셨다.

"김재규가 박정희를 저격한 이유나 동기와 관련해 미심쩍은 부분이 꽤 있었는데, 2001년쯤에 그런 부분에 대해 짐작을 하게 하는 일이 있었지."

"2001년에 무슨 일이 있었습니까?"

"내가 김기준이랑 보도연맹 사건을 다시 조사하기 위해 보도연맹 결성에 주도적인 역할을 한 사람들을 인터뷰하기로 했지. 몇몇은 이미 고인이 되서 인터뷰가 불가능했지만, 살아남은 사람들에게서라도 정확한 정보를 얻어내기 위해 그들을 설득했지. 서울지검 검사로 국회 프락치 사건을 수사했던 오제호 검사가 보도연맹을 직접 입안하고 결성에 주도적인 역할을 했기 때문에 그는 반드시 인터뷰해야 할 인물이었어. 그런데 인터뷰하기로 약속을 잡아놓은 날보다 나흘 전에 돌연 오제호 검사가 죽은 거야. 보도연맹 결성에 관여한 당사자들이 인터뷰를 꺼려해서 그들을 설득하는 데 힘이 들었는데, 김기준 걔가 간신히 설득해 진실을 듣게 된 순간에 오제호 검사가 고인이 된 거야. 고령이었으니 어쩌면 그 죽음이 당연한 거였는지도 모르지. 하지만 그 죽음의 순간이 너무나 절묘했어. 하필 우리가 찾아가기 나흘 전에 죽다니. 우린 고인이 사망했다는 소식을 전해 듣지도 못했어. 인터뷰를 하기 위해 찾아갔더니 이미 장례가 끝나 매장이 됐다니……. 인터뷰는 못 했더라도 만약 고인이 사망한 당일에 내가 찾아갔더라면 고인이 원화 멤버였는지 아니었는지를 확인해볼 수 있었을 텐데, 그것조차 불가능해졌어. 아, 이건 뭔가 있구나, 그런 생각이 들었지.

2001년에 그 일이 있은 다음에 난 보도연맹 사건을 추적하는 걸 포기했어. 김기준이는 그래도 포기하지 않고 끝까지 추적하겠다고 그랬지만, 솔직히 말해 난 겁이 났어. 조용히 노후를 즐기고 싶었지. 마침 마누라도 건강이 악화되어 내가 옆에 붙어있으면서 간호를 해야 하기도 했고. 난 마누라 간호를 핑계로 그 일에서 손을 뗐지."

은산은 식어버린 차를 마시며 최영훈을 응시했다. 최영훈은 아직 한 번도 은산을 똑바로 바라보지 않았다. 최영훈은 이제 몰티즈도 보이지 않는 텅 빈 마당을 바라볼 뿐이었다.

"김재규 얘기를 꺼내셨다가 보도연맹 사건을 말씀하신 건 2001년에 사망한 오제호 검사가 원화 멤버였을지 모른다, 그 말씀을 하고 싶으셨던 겁니까?"

"아, 김재규 얘기를 하던 참이었지. 나이를 먹으면 얘기를 하다가 처음에 무슨 얘기로 시작했는지 까먹게 된단 말이야. 보도연맹 사건으로 전국적으로 20만 명가량이 학살된 것으로 추정되고 있네. 특히 부산과 경남 지역에서 극심했지. 서울과 경기 지역은 6.25가 일어나자 이승만 정부가 황급히 후퇴하는 바람에 오히려 죽은 사람이 적었지. 그 여파 때문인지는 모르겠지만, 이승만 정권 때는 지역감정이 동서로 갈라진 게 아니고 남북으로 갈라졌네. 중부 사람과 남부 사람의 정치적 기호랄까 그런 게 달랐어. 지역감정이 동서로 갈라진 건 박정희 정권부터였지. 박정희 정권이야말로 서쪽을 배격하고 동쪽의 정서로 유지된 정권이라 할 만했지. 하지만 박정희 정권 말기에는 부정부패와 무능이 두드러지면서 동쪽에서도 반발이 일어났어. 김재규는 부마사태가 벌어지자 현장에 내려가 사태파악을 하고는 심상치 않다고 느꼈는지 박 대통령에게 온건한 조치를 건의했어. 하지만 옆에 있던 차지철이 불똥을 당기는 발언을 했지. 캄보디아에서는 삼백만 명을 죽여도 까딱없었는데 데모대 일이백만 명 죽이는 건 일도 아니다, 이런 식으로 말이야. 게다가 박 대통령은 차지철이 하는 말을 수긍했지."

"그럼 김재규는 차지철과의 알력 때문이 아니고 정말로 민주투사이기라도 한 양 몇백만 명의 목숨을 구하기 위해 박정희를 저격했단 말입니까?"

"아까도 내가 그런 말 했지? 그들이 박정희 밑에 붙어서 부귀영화를 누린 것이 아니고, 오히려 박정희가 그들 덕분에 장기집권을 할 수 있었던 거라고 말이야. 이미 경상도에서는 보도연맹 사건으로 수만 명이 학살된 적이 있었네. 박정희 때는 다행히 그 사건에 대한 기억을 억누르고 그쪽의 정서에 기대어 정권을 유지할 수 있었는데, 또다시 그쪽에서 몇백만 명이나 학살하게 된다면 무슨 수로 정권유지가 가능했겠나? 이제 그들한테는 박정희의 정권을 유지하는 게 중요한 것이 아니고 그들 자신의 권력을 유지하는 문제가 급박한 상황이 됐던 거야. 경상도에서 또 다시 대학살이 벌어진다면 그들도 자신들의 권력을 유지하는 문제를 장담할 수 없게 된 거야! 그런데 만약 박정희와 차지철이 죽는다면 당장은 그로 인한 불안요소가 있을 수는 있겠지만 동쪽은 여전히 표를 몰아줄 테니 그들의 권력을 계속 유지할 수 있게 되는 것이었지."

"하지만 부귀영화를 탐하는 그들이 자기네 편이었던 대통령을 저격했다는 것이 쉽게 납득되지 않는데요."

"이기붕과 김재규의 공통점이 있다네. 그게 그런 일을 가능하게 해주지."

"공통점요?"

"이기붕은 1957년경부터 불치의 병을 앓고 있었다네. 각부신경통에다

협심증으로 미국 월터리드 육군병원 등 여러 병원을 전전했으나 병은 점점 더 악화됐지. 그때, 그러니까 1960년 4월 25일 오후 여섯 시경에 자택 뒷문으로 피신할 때도 이기붕은 대소변을 보기 위한 변기와 신경통을 앓는 다리를 덮을 담요를 챙길 정도였지. 이미 몸을 가누지 못하는 상태였어. 설령 국민이 이승만과 이기붕을 용납한다 하더라도 이기붕은 이미 정치를 할 몸이 아니었던 거야. 김재규의 경우도 간이 나빠서 길게 잡아도 칠팔 년을 넘기지 못할 정도로 건강이 악화돼 있었지. 간이 나빠서 술은 아예 할 수도 없을 정도였어. 재판정에 나왔을 때는 안색이 검었고, 재판 중에 어지러워 쓰러진 적이 있을 정도였지. 청와대 근무 중에도 수시로 낮잠으로 체력을 보충할 정도였다지. 이기붕의 경우는 어차피 산송장이었으니 희생양이 되어도 억울할 게 없었고, 김재규의 경우는 어차피 더 살 수 있는 세월이 얼마 되지 않았기 때문에 기꺼이 십자가를 질 만했지. 소수를 희생시킴으로써 그들은 권력의 정점에 누가 있든 계속해서 부귀영화를 누릴 수 있게 된다네."

놀다가 싫증이 났는지 몰티즈 두 마리가 돌연 거실 새시에 매달려 짖었다. 그러나 주인은 강아지의 재롱에 미소만 지을 뿐 새시를 열고 강아지를 들여서 쓰다듬어주지는 않았다. 잠시 짖어대던 두 강아지는 이내 다른 놀이를 찾아 사라졌다. 강아지의 짖는 소리가 사라지자 은산이 물었다.

"그들이 왜 지니를 죽였을까요?"

"그거야 모르지. 하지만 추측컨대 황지니가 그 논문을 언론에 공개하면 자기들의 존재가 부각되어 사람들의 입방아에 오르게 될 테니 그걸 싫어한 것 같아. 지금 대통령은 탄핵에서 살아났다지만 여전히 세력이 약하니 만일 황지니가 원화 건을 터뜨린다면 대통령이 그들을 공적으로 삼아 상황을 타개하려 할지도 모르니 말일세. 국민도 오랜 세월 자신들을 지배해온 자들의 정체를 알게 되면 또 촛불시위에 나설지도 모르고. 20만 명을 죽였어도 아무 탈이 없었는데 여자 하나 죽이는 거야 일도 아니었겠지. 후후, 그런데 자네 지금 교묘히 상황을 몰아가는군. 자신은 살인범이 아니라고 말이야. 정말로 자네가 살인범이 아니라는 증거가 있나?"

"저는 간통을 저질렀지 살인을 저지른 게 아닙니다!"

최영훈은 엉거주춤 일어나 안색이 붉게 변한 은산을 내려다보았다.

"이제야 오나 보군."

"네? 누가요?"

"조카가 자넬 알아보고 신고한 모양인데. 자넨 이 소리가 안 들리나?"

사이렌 소리! 은산은 후다닥 현관으로 달려 나가 신발을 구겨 신고 주차해 놓은 차로 향했다. 시동이 걸리자마자 잔디가 파이도록 거칠게 차를 몰아 최영훈의 집을 빠져나갔다. 그러나 은산의 차는 멀리 갈 수 없었다. 어느새 경찰이 큰 도로에서 최영훈의 집으로 들어오는 도로를 막아놓고 기다리고 있었다. 은산은 욕을 내뱉으며 차를 유턴했다. 최영훈의 집 옆으로 비포장도로가 있었는데 그 길이 어느 쪽으로 통하는지는 몰라도 은산은 일단 그 길로 차를 몰았다. 다시금 빗방울이 떨어지기 시작했다. 비포장도로는 은산이 원하는 만큼의 속도를 내지 못하게 했다. 30미터쯤 차를 몰고 가다가 수박만한 물구덩이에 차바퀴가 빠지면서 헛돌았다. 은산은 1단으로 기어를 낮춘 다음에 용케 빠져나갈 수 있었다. 백미러에는 부리나케 쫓아오는 경찰차들이 비쳤다.

비포장도로는 차 하나가 지나가기에도 좁은 데가 여러 군데 있었다.

길가에 심어놓은 소나무에 앞범퍼가 부딪치며 떨어져나갔다. 운전석이 위아래로 거칠게 흔들려 엉겁결에 혀를 깨물었다. 잠깐 통증을 느꼈지만 은산은 쫓아오는 경찰차들이 백미러에 비치는 순간 통증을 잊었다. 천만다행으로 비포장도로는 39번 큰 도로로 이어졌다. 큰 도로르 들어서자마자 지나가던 버스와 부딪칠 뻔했지만 가까스로 버스를 피하고 그대로 가속을 했다. 그 버스는 은산이 모는 차를 피하다가 마주 오는 트럭과 부딪쳐 큰 사고를 냈다. 은산을 쫓던 경찰차 중 두 대만이 계속 은산을 쫓았고, 나머지는 교통사고를 처리하기 위해 그곳에 멈춰 섰다.

은산은 있는 힘껏 가속을 하다가 삼거리 신호등에 걸려 속도를 늦출 수밖에 없었다. 게다가 그 신호에 맞춰 맞은편 트럭이 유턴하면서 은산이 가려던 방향을 막고 있었다. 은산은 재빨리 방향을 틀며 안중 방향으로 차를 몰았다. 맞은편 차가 은산이 모는 차의 뒷범퍼를 받았지만 상관없었다. 떨어져나간 뒷범퍼가 고맙게도 쫓아오던 경찰차에 맞는 바람에 경찰의 추격 속도를 늦춰주었다.

쏟아지는 빗줄기는 점점 굵어졌다. 와이퍼 속도를 최고로 해도 앞이 잘 보이지 않았다. 안중 읍내로 들어선 은산은 앞뒤 범퍼가 다 날아간 차를 더 끌고 다닐 생각을 버렸다. 눈에 금방 띄기 때문에 차를 바꿔야 했다. 백미러로 보니 아직 경찰차가 보이지 않아 은산은 약간 마음을 놓고 차 속도를 늦춘 다음에 안중 읍내를 두리번거렸다. 마침 피자 배달원이 오토바이를 세워놓고 어느 건물 계단을 뛰어 올라가는 것이 보였다. 은산은 차를 세우고 그 오토바이로 바꿔 탔다. 배달통에는 찌그러진 헬멧도 들어있어 얼른 그것을 뒤집어쓰고 출발했다. 오토바이라 속도를 충분히 낼 수는 없었지만 헬멧으로 얼굴을 가릴 수 있었다. 게다가 배달 오토바이니 경찰의 눈을 속이기에 적당했다.

폭우에 쫄딱 젖었지만 은산은 한결 마음이 놓였다. 은산이 오토바이로 갈아타는 동안 인근 경찰이 다 출동했는지 큰 도로에는 수십 대의 경찰차가 몰려 있었다. 경찰이 웬만한 도로는 다 막고 검문검색을 했지만 은산은 논두렁길로 오토바이를 몰아 경찰에 걸리지는 않았다. 다만 오토바이에 기름이 넉넉하지 않아 이걸로 어디까지 갈 수 있느냐가 문제였다. 안중을 벗어나 여전히 논두렁길을 이용해 북쪽으로 달렸다. 이제 경찰을 어느 정도 따돌렸다는 생각이 들어 큰 도로로 접어들었다. 막 휴게소를 지나치려는데 은산의 천운이 아직도 다하지 않았는지 휴게소 편의점 앞에 택배 차량이 서있는 것이 보였다. 택배 기사가 물건을 꺼내 배달하려고 차를 비운 사이에 은산은 오토바이를 버리고 재빨리 택배 차량에 올라탔다. 시동도 끄지 않은 상태라 바로 출발할 수 있었다. 택배 기사가 욕을 하며 달려왔지만 차 속도를 따라잡을 수는 없었다. 은산은 그대로 차를 몰고 서울로 향했다. 중간에 한 번 경찰이 도로를 막고 차를 세우라고 지시할 때 간이 쪼그라들었지만 단순한 음주단속이라 은산은 아무 의심도 받지 않고 무사히 빠져나갈 수 있었다.

하지만 은산의 천운은 거기서 끝이었다. 지갑에 3만 원밖에 없어서 돈을 찾으려고 했더니 지급정지가 돼있었다. 무슨 수로 알아냈는지 경찰은 은산의 대포통장에 지급정지 조치를 취해놓았다. 아직 통장에는 몇백만 원이 남아 있었지만 이제 쓸 수 있는 총재산은 지갑에 들어있는 3만 원뿐이었다. 은산이 임원주란 이름으로 렌트한 차도 경찰이 파악했을 테니 이제 은산을 숨겨줄 위장신분은 하나도 남아 있지 않았다. 택배 차량도 도난신고가 됐을 테니 더 타고 다닐 수도 없었다.

'아직 지니가 추적하던 진실을 다 파악하지도 못했는데…….'

지니의 메모장에 이름이 적혀 있었던 것으로 기억되는 사람들은 다 찾아본 셈이었지만 은산은 아직도 지니의 살인범이 누군지 알아내지 못했다. 눈앞이 캄캄했다. 뭘 어찌해야 좋을지 알 수가 없었다. 문득 사이가 안 좋았던 친형이 생각났다. 캐나다에 있는 누나 생각이 간절했다.

은산은 택배 차량으로 돌아와 몸을 뉘였다. 쏟아지는 빗소리가 심란한 은산의 마음을 더욱 혼란스럽게 했다. 이제 진범을 추적할 방도도 더 이상 없으니 자수해야 할까? 변호사의 힘을 빌려 진범을 찾는 게 좋을까? 이 생각 저 생각으로 뒤척이던 은산은 새벽 무렵에 누군가가 차를 빼달라고 차문을 두드리는 소리에 잠이 깼다.

16_

새로운 빛

이제 시간을 더 지체할 수 없었다. 도난차량으로 도망 다니는 짓은 멍청한 행위일 뿐이었다. 하지만 훔친 택배 차량으로 할 수 있는 일이 하나 남아 있었다.

은산은 아침에만 해도 고등학교 동창 석인해 변호사를 만나 뒷일을 부탁하리라 생각했다. 이제 은산 단독으로 추적할 수 있는 건 더 남아있지 않았기에 신변보호를 받으면서 진실을 추적하려면 변호사의 도움이 필요하다고 생각했다. 점심을 차 안에서 빵과 우유로 때우고 은산은 쏟아지는 장맛비 소리를 들으며 낮잠을 잤다. 장맛비가 그치고 검은 구름 사이로 햇살이 드문드문 보일 즈음에 잠에서 깨어난 은산은 석 변호사를 찾아가려는 생각을 버렸다.

아직 만나야할 사람이 딱 하나 남아 있었다.

차 안에는 택배 기사의 얼룩진 모자가 있었고, 빤 지 오래되어 냄새가 나는 택배 기사의 조끼도 있었다. 화물칸에는 어제 배달하지 못한 택배물건이 반쯤 차 있었다.

"지니의 데스크톱에 분명 흔적이 남아있을 거야. 그리고 김민세 그놈이 지니의 죽음에 대해 아무것도 모를 리가 없어!"

은산은 혼잣말을 내뱉으며 택배 기사의 모자를 쓰고 조끼를 걸쳤다. 차에 아직 기름이 남아 있었다. 김민세의 집까지 가는 데는 부족하지 않았다. 은산은 공중전화로 김민세의 집에 전화를 걸었다. 김민세야 새로 시장이 됐으니 시정에 바빠 집에 있을 턱이 없지만 가정부는 있을 터였다.

"네, 택배 기삽니다. 한 시간 뒤에 도착 예정인데 집에 계십니까?"

"좀 빨리 오시면 안 될까요? 제가 파트타임 가정부라 30분 뒤면 퇴근하거든요."

"가능한 한 빨리 가겠습니다. 30분 안에 도착하도록 하겠습니다."

은산의 심장이 뛰었다. 이유는 알 수 없었다. 마치 판결을 받기 위해 법정을 찾아가는 기분이었다. 자기의 무죄를 증명해줄 무언가가 거기에 있을 것만 같았다.

묘한 기분이 들었다. 지니를 만나 데이트를 하러 가는 기분이었다. 초인종을 누르면 가정부가 택배물건을 받기 위해 나오겠지만, 기분으로는 지니가 문을 열고 자기를 맞아줄 것만 같았다. 남편과 같이 보낸 그 침상을 나와 자기 땀으로 적셔줄 것만 같았다. 지니를 생각하니 눈물이 고여 시야가 흐려졌다. 신호등이 흐릿하게 보이자 은산은 눈을 깜빡거려 눈물을 떨쳐냈다.

나이 지긋한 경비원이 차를 세웠다. 어제까지만 해도 경비원이 자기를 알아볼까 겁을 냈겠지만 이젠 겁을 낼 것도 없었다. 이제는 마지막이라고 생각하니 무서울 게 없었다.

"몇 동 몇 호요?"

은산은 김민세의 동과 호수를 말했다. 조금 언짢은 표정을 짓던 경비원은 택배물건이 작은 거라면 맡기고 가라고 했다.

"갈비세트라 맡길 수가 없어요."

순간 은산은 아차 싶었다. 그가 몰고 온 택배 차량은 냉장탑차가 아니었다. 그러나 다행히도 경비원은 알아차리지 못하고 그냥 통과시켜주었다.

"좀 있으면 거기 가정부 퇴근하니까 빨리 가보쇼."

은산은 지하주차장에 차를 세우고 적당한 크기의 택배물건을 들고 엘리베이터에 올랐다. 은산은 잠시 눈을 감고 김민세의 집 구조를 떠올렸다. 현관으로 들어가자마자 거실 벽 오른쪽으로 장식용 검이 놓여 있었던 것을 기억했다. 김민세는 탤런트 나한일처럼 검도로 유명한 사람이었고, 집에는 장식용 검이 몇 자루나 있었다. 진검이 두 자루 있었고, 목검도 몇 자루 있었다. 지금 흉기가 없는 은산으로서는 그걸 이용해 가정부를 위협할 생각이었다.

"네, 택배입니다."

"생각보다 일찍 왔네."

가정부가 현관문을 여는 순간 은산은 커다란 택배물건으로 가정부의 얼굴과 가슴을 확 밀치며 뒤로 넘어뜨렸다. 그대로 성큼성큼 집안으로 들어가며 넘어진 가정부의 배를 걷어찼다. 가정부가 비명소리도 내지 못하고 고통으로 신음하는 사이에 은산은 거실 오른쪽 벽을 확인하고 고풍스런 장식장의 유리를 깬 다음에 진검을 꺼내 들었다. 칼집을 던져버리고 시퍼렇게 날이 선 진검을 쓰러진 가정부 쪽으로 겨누면서 다시 현관으로 돌아가 문을 잠갔다.

"스카치테이프나 청테이프 어디 있지?"

배를 움켜잡은 가정부는 턱짓으로 테이프 있는 곳을 가리켰다. 은산은 가정부가 가리킨 서랍을 열고 청테이프를 꺼내 들었다.

"난 지금 더 이상 잃을 게 없는 사람이야. 허튼 짓 하면 정말로 목을 잘라버리겠어."

은산은 칼을 휘둘러 비싸 보이는 도자기 하나를 박살냈다. 그런 다음 겁에 질린 가정부의 입을 청테이프로 막고 손목과 발목을 묶었다. 내가 왜 이러지 하는 생각이 뇌리를 스쳤지만 은산은 조금의 망설임도 남기고 싶지 않았다. 간통으로 시작한 일이 이젠 너무 커져버렸다. 적어도 살인죄라도 피하려면 이 짓을 하는 수밖에 없었다. 신분을 숨기고 교수를 찾아다니는 식으로 진실을 찾을 때는 이미 지났다. 여기서 아무것도 밝혀내지 못한다면 평생 감옥에서 썩거나, 아니면 지니를 죽인 놈들 손에 의해 죽임을 당하고 말 것이었다.

남편 모르게 지니를 만나러 이 집에 몇 번 왔던 터라 은산은 집 구조를 대강 알고 있었다. 은산은 묶어놓은 가정부를 끌고 서재로 갔다. 서재에 있는 두 대의 컴퓨터를 동시에 부팅시킨 다음에 작업실로 가서 거기에 있는 컴퓨터도 부팅시켰다.

"컴퓨터가 또 있나?"

가정부는 턱짓으로 침실을 가리켰다. 가정부가 눈앞에 있어야 안심이 되기 때문에 은산은 가정부를 끌고 침실로 갔다. 침대 맞은편에 놓인 컴퓨터를 켠 다음 은산은 침실을 둘러보았다. 더블 침대가 아닌 자그마한 싱글 침대가 놓여 있었다. 화장대는 없었고, 장롱을 열어보았더니 남자옷뿐이었다. 지니가 죽었으니 남편인 김민세가 침실을 그렇게 바꾸는 것이 당연한 것이었다. 하지만 은산은 침실에서 새삼 지니의 죽음을 절감하고 눈앞이 캄캄해지는 것을 느꼈다. 벌써 김민세의 집 안에 지니의 흔적은 하나도 남아있지 않았다. 바람피우다 피살된 아내의 흔적을 지우고픈 김민세의 심정은 충분히 이해가 갔지만, 은산은 가슴 한 구석이 무너지는 것 같았다.

'나는 이제 혼자다. 지니가 추적하던 진실을 여기서 다 밝혀내게 되든, 아니면 진실이 결국 묻혀버리게 되든 이젠 난 혼자야.'

식도가 삼줄 꼬이듯 배배 꼬이는 것 같았다. 어디서 최루탄이라도 터진 듯 눈이 매웠다. 시퍼런 진검의 날 끝이 바들바들 떨렸다. 저도 모르게 흘린 눈물이 턱수염에 매달렸다.

컴퓨터가 부팅되는 속도는 매우 느렸다. 모니터를 바라보던 은산은 꽁꽁 묶인 채 떨고 있는 가정부를 바라보았다. 나이는 40대 중반쯤, 은산보다 열 살 정도 연상으로 보였다. 거친 운동을 즐긴 지니와는 달리 가정부의 몸매는 펑퍼짐해서 지니보다 10킬로그램은 더 무거워 보였다. 햇볕에 탄 지니의 까만 피부와는 달리 가정부의 목덜미는 하얬다. 겁에 질린 가정부의 눈은 눈물을 흘리고 있는 은산의 눈동자를 정면으로 응시하고 있었다.

은산은 가정부를 김민세의 침대 위로 쓰러뜨렸다. 거칠게 가정부의 옷을 찢고는 미친 짐승처럼 범했다. 오른손으로는 물컹한 젖가슴을 움켜쥐고 왼손으로는 자기의 눈물을 본 가정부의 눈을 가리고 발정난 짐승처럼 가정부를 범했다. 턱수염에서 떨어진 눈물이 벗겨놓은 가정부의 허연 넓적다리에 떨어졌다. 신경질이 났다. 화가 치밀었다.

가정부가 졸도한 듯 가만히 있자 은산은 일어나 컴퓨터 앞에 앉았다. 한글 파일과 워드 파일을 일일이 검색했다. 백업 파일도 샅샅이 찾아보았다. 은산이 원하는 문서는 없었다. 사진 파일을 뒤져보았다. 현직 유명인의 사진이 나오기를 기대했다. 관자놀이에 새긴 연꽃무늬 문신이 나오기를 기대했다. 아무것도 없었다.

"젠장!"

은산은 마우스를 내동댕이치고 칼을 들고 작업실로 달려갔다. 진검을 책상에 박아놓고 검색을 시작했다. 시스템 파일처럼 숨김 처리를 해놓았을까 싶어서 모든 파일의 숨김 처리를 해제하고 다시 검색했다. 은산이 찾는 내용은 하나도 없었다. 홧김에 키보드를 박살내고 서재로 가서 남은 컴퓨터 두 대를 뒤졌다. 마찬가지였다. 은산이 그토록 찾는 내용은 전혀 없었다. 문득 떠오른 생각에 임시저장 파일인 asv 파일을 검색했다. 깨끗하게 포맷이라도 한 것처럼, 지니가 작성한 파일은 하나도 없었다. 열불이 치솟아 모니터를 부수고 싶은 충동을 간신히 억누르고 다시 천천히 검색했다. 서재의 두 대, 작업실의 한 대, 모두 세 대의 컴퓨터 가운데 어느 것에서도 백업 파일이든 임시저장 파일이든 지니의 흔적이 있는 것은 없었다.

침실로 돌아왔다. 손발이 묶인 채 입이 틀어 막힌 가정부는 소리도 내지 못하고 울고 있었다. 왠지 모를 분노와 더불어 은산의 이성을 마비시키는 무언가가 치밀었다. 은산은 가정부를 또 범하고는 침실의 컴퓨터 앞에 앉았다. 두 번이나 그 짓을 한 탓인지 분노는 가라앉았다. 또박또박 천천히 검색어를 입력하고 엔터키를 눌렀다. C 드라이브를 다 검색한 다음에 D 드라이브를 뒤지던 중 파일 하나가 떴다. 'untitled.asv', 임시저장 파일 하나가 나왔다. 마우스를 누르는 검지가 떨렸다. 한글 프로그램을 띄워 그 파일을 읽어 들였다.

'역대 한반도의 정치세력 연구—원화의 시대별 변천사'

마우스 휠을 굴려 천천히 커서를 밑으로 내렸다. '서론'이라는 제목

다음에 글이 이어졌다.

'흔히 우리의 역사를 오천 년이라고 말하고 한때 요동과 만주 일대를 다스렸던 고구려와 발해의 역사를 언급하지만 본 논문에서 다루고자 하는 정치세력은 한반도로 한정한다. 원화는 이천 년 가까운 세월 동안 한반도를 다스린 정치세력이었지만, 그 세력은 한반도를 넘어 북쪽을 다스린 적이 없는 세력이기 때문이다. 대륙과 섬을 잇는 반도라는 요충지에 자리 잡고서도 외딴 섬에 갇힌 듯 한반도 안에서만 세력을 유지해온 그 정치집단…….'

모든 내장기관이 잘게 갈려서 바닥에 흩뿌려지는 것만 같았다. 은산은 멍하니 모니터만 바라보았다. 표제와 '서론'이라는 제목, 그리고 몇 줄 안 되는 글, 그게 전부였다. 서론은 원화라는 단어조차 언급하지 않고 끝나 있었다. 파일 이름이 'untitled.asv'이니 이렇게 내용이 보잘것없는 게 당연하기는 했다. 본격적으로 파일 제목을 지정하고 작성한 게 아니라 막 타자를 치며 시작하다가 저장도 하지 않고 그냥 끝내버린 파일이니 내용이 거의 없는 게 당연했다. 파일 이름 자체가 그 파일에 들어있는 내용이 얼마나 보잘것없을 것인지를 일러주고 있었다. 제목도 없는 임시저장 파일, 'untitled.asv'.

"흐흐흐흐……."

은산은 실성한 사람처럼 웃었다. 여기 오면 모든 게 해결될 줄 알았는데, 수많은 비밀이 말끔히 밝혀질 줄 알았는데, 아무것도 없었다. 지니의 죽음처럼 지니가 좇던 비밀도 사라지고 없었다. 지니가 무언가를 좇고 있었다는 은산의 기억, 그게 전부였다.

"으아아아악!"

은산은 모니터를 내동댕이쳤다. 박살난 모니터의 파편이 은산의 팔뚝을 스치면서 가벼운 상처를 냈다. 더욱 겁에 질린 가정부는 소리를 죽이며 울고 있었다. 분노가 가득한 표정으로 가정부를 돌아보는 순간 은산은 돌처럼 굳어버렸다. 침실 문에 한 남자가 서 있었다.

긴 목검을 들고 차가운 표정으로 은산을 노려보는 남자가 있었다. 은산은 컴퓨터 책상을 돌아보았다. 책상에 박아놓은 줄 알았던 진검이 없었다. 진검은 작업실 책상에 박혀 있었다.

남자는 한심하다는 눈빛으로 침대를 내려다보았다. 가정부가 몸을 움츠렸지만, 남자가 구해줄 것처럼 보이지는 않았다. 그는 한심하다는 눈빛을 은산 쪽으로 돌렸다.

"저렇게 더티한 놈한테 빠져들었다니, 그런 여자를 아내로 데리고 살았던 내가 더 한심하군."

"으아앗!"

은산은 소리를 지르며 김민세에게 달려들었지만 매섭게 휘두르는 목검에 왼쪽 어깨를 맞고는 그 자리에 주저앉았다. TV 오락프로에 나와 탤런트 나한일과 검술을 겨루었던 김민세였다. 단순히 재미 삼아 취미로 하는 검도가 아니고 진검으로 묘기를 부릴 정도의 김민세였으니, 은산이 덤빌 수 있는 상대가 아니었다. 통증은 말할 것도 없고, 부러진 것인지 금이 간 것인지 어깨가 순식간에 부어올랐다.

"남의 아내를 죽인 것으로 부족해 집에 무단침입해서 가정부까지 욕보여? 너의 더러운 짓의 끝은 어디까지인 거냐?"

"난 죽이지 않았어!"

"흉기로 쓰인 과도에 묻은 지문, 현장을 벗어나는 네놈을 목격한 사람의 증언, 뭐가 더 필요하지?"

"지니를 죽인 건 내가 아냐! 원화야!"

"그게 누군데?"

"모르는 척하긴!"

은산은 한 번 더 김민세에게 달려들었다. 김민세의 목검이 다시 날아왔다. 은산은 왼팔로 목검을 막았다. 그 충격으로 팔꿈치가 부러져나간 듯 고통스러웠다. 하지만 은산은 인생을 포기하는 마지막 심정으로 고통을 참고 김민세에게 계속 달려들었다. 목검은 연달아 은산의 복부를 찌르고 오른쪽 어깨를 가격한 다음에 머리를 쳤다. 머리에 목검을 맞는 순간 은산은 정신을 잃을 정도의 충격을 받았지만 쓰러지듯 김민세에게 달려들어 쥐어지지도 않는 주먹으로 간신히 따귀를 때릴 수 있었다. 그러나 그것으로 끝이었다. 은산은 거실 바닥에 시체처럼 쓰러졌다.

"끈질긴 새끼!"

김민세는 쓰러진 은산에게 침을 뱉고는 휴대전화로 경찰에 신고전화를 했다. 은산은 신고하는 김민세를 저지할 기운이 없었다. 퀭한 눈빛으로 김민세의 얼굴만 응시했다. 따귀를 맞은 충격과 분노 때문에 김민세의 볼은 시뻘겋게 달아 있었다.

"너, 왜 관자놀이가…… 그대로지?"

"아직 헛소리를 지껄일 기운이 남아 있었냐?"

"분명, 관자놀이에…… 문신이 있어야……."

"아, 그 모임을 말하는 건가. 참석한 적은 있지만 난 그 모임에 끼지 않았다. 난 더 큰 걸 노리는 사람이라서 적당히 부귀영화를 누리려는 그들하고는 다르거든. 5년 뒤에는 대권이다. 역대 봉황 중에 그 문신을 한 사람은 한 명밖에 없었어. 대권에 도전하는 사람은 그들과 거리를 두기 마련이지."

"한 명?"

"DJ, 너도 기자니까 예전 뉴스를 기억할 텐데? DJ가 대통령이 되기 전에 제안 받았던 20억 플러스 알파설 말이야. 사람들은 그 알파의 액수가 얼마일지 궁금해 했지만 그 알파는 돈이 아니었어. 그 모임에 끼워주고 그들의 지원을 받는 거였지. 마지못해 끼워준 거라서 대통령 임기 끝나고는 팽을 당했지만 말이야. 그래도 천수는 누리겠지. 지금 대통령은 그들하고 사이가 안 좋아서 아마 천수를 누리기는 힘들 거야."

"너, 너희들, 대, 대통령을 죽……."

김민세는 차가운 물수건으로 볼을 감싼 후 작업실 책상에 박힌 진검을 뽑아왔다.

"너희라고 지칭하지 말라니까! 난 그들과 한패가 아니야. 게다가 그들이 오스왈드(미국 케네디 대통령 저격범)처럼 멍청한 짓을 할 것이라고 생각하나? 저격하지 않고도 사람 죽이는 방법은 여러 가지야."

"왜, 왜 지니를 주, 죽였지?"

"나도 모르는 사실을 너한테 설명해줄 수는 없는 노릇이지. 난 넌지시 얘기를 해주었을 뿐이야. 내 아내가 너희들한테 관심이 있는 것 같다고. 그리고 아내는 스와핑을 거절했어. 내가 아는 건 이게 다야."

"너, 넌 어찌 아내가 그렇게 됐는데도……?"

돌연 김민세는 쥐고 있는 진검으로 쓰러진 은산의 손바닥을 찍었다. 은산은 입을 딱 벌렸지만 어찌나 고통스러운지 신음소리도 나오지 않았다. 은산에게서 튄 피가 김민세의 와이셔츠에 묻었다.

"네놈 입에서 아내란 단어를 듣고 싶진 않아. 임신한 여자를 버려두고 군대로 도망간 새끼가 감히 그딴 소리를 해?"

"무, 무슨 소리야……."

"지니가 왜 아기를 못 낳았는지 생각해본 적 없어? 네 새끼를 긁어낸 다음부터 임신이 안 되는 몸이 된 거다! 네가 지니의 인생에 엮이지만 않았어도 지니도 내 자식 낳고 그럭저럭 상류사회에 적당히 끼어 살았을 거야! 임신한 여자 버려두고 도망간 새끼가 가정 꾸리고 살아온 사람을 찾아와 인생을 망치려고 해? 네놈이야말로 지니처럼 난자당해 죽었어야 할 놈이야! 그래, 아내가 죽었는데도 왜 아무렇지도 않냐고? 첫 남자 못 잊어 바람난 여자를 위해 누가 눈물을 흘릴까, 엉? 자기 인생을 조져놓은 남자를 그래도 좋다고 따라다니는 여자를 누가 좋아해!"

김민세의 발길이 은산의 옆구리에 꽂혔다. 은산의 입에서는 신음소리보다 먼저 울음이 터져 나왔다. 다시금 김민세의 발길이 날아왔다.

"닥쳐, 시끄러워, 이 새꺄!"

김민세는 거실에 걸린 시계를 바라보고 중얼거렸다.

"멍청한 경찰놈들, 다 잡아놓고 끌고 가라고 대령시켜 놨는데도 늦게 와?"

침을 질질 흘리며 울던 은산은 김민세를 다시 바라보았다.

"뭘 봐? 다른 손바닥도 칼로 찍어줄까?"

"모든 게 내 탓이다. 지니가 그렇게 된 건 결국 내 탓이다. 나에게 살인죄를 적용해도 할 말이 없다. 하지만 이것만은 알고 싶다. 지니가 추적하던 그들은 누구냐. 내가 모든 걸 덮어쓸 테니 말해줘. 지니가 알았던 그걸 나도 알고 싶다."

"나도 몰라. 그중 몇몇 사람만 소개로 알 뿐이지 그들 전체는 알지 못해. 규모가 어느 정도인지, 그 힘이 어디까지 뻗어있는지 나도 몰라. 지니는 알았을까? 내가 생각하기엔 지니도 네가 아는 정도까지만 파악했을 거다. 어차피 그 논문은 완성된 것도 아니었고, 준비 중인 상태로 끝났으니까. 지니가 살아있었으면 그들을 다 파악했을까? 결코 아닐 걸. 그들은 한 사람이 발로 뛰어 조사한다고 파악될, 그런 작은 조직이 아니야. 그들은 바람과 같아. 존재는 하지만 그 존재를 묘사하거나 서술할 수 있는 조직이 아니지. 묘사나 서술이 가능한 조직이라면 그렇게 오래 살아남지도 못했겠지. 다만……."

"다만, 뭐냐?"

사이렌 소리가 들려왔다. 베란다 창으로 밖을 내다본 김민세가 중얼거렸다.

"내가 대통령이었다면 경찰청장부터 잘라내는 건데!"

"말해줘! 다만, 뭐냐!"

김민세는 거실에 대자로 뻗어있는 은산에게 다가가 눈물, 콧물, 침으로 범벅이 된 그의 얼굴을 인상을 찡그린 채 내려다보았다.

"그들의 존재를 알아챈 몇 놈이 그들한테 아부라도 떨려는지 어용단체를 만들려는 모양이야. 개신교 사람들이 주축이어서 그런지 '새로운 빛과 소금' 이라고 이름을 지었는데, 내가 한마디 거들어줬지. 요즘 사람들이 건강에 관심이 많은데 소금은 고혈압과 연관되어 이미지가 안 좋으니 소금은 빼라고 말이야. 좀 있으면 그 단체가 일어설 거야. 사람들은 그 단체가 새로운 권력집단이라고 생각하겠지만, 그들은 노골적으로 세상에 자기들 모습을 드러낼 단체 따위는 만들지 않아. 하지만 그 어용단체를 자세히 관찰하면 그 뒤에 있는 그들의 실체를 알 수도 있겠지."

"새로운 빛? 흥, 사람들을 현혹시킬 단체 이름으로서는 영 아니군."

"무슨 소리, 밝은 빛에 현혹되면 그 뒤의 어둠은 알아차리지 못하는 법이지! 걔들이 이름 하나는 잘 지었어. 그들이 날 도와줄지는 모르겠지만, 적어도 그 어용단체는 날 도와줄 거야. 뉴라이트(New Light), 내가 새로운 빛이 되어 그 어용단체를 이용하면 돼."

요란한 발자국 소리가 들려왔다. 은산은 모든 걸 체념하고 눈을 감았다.

신창원에게는 약간의 동정여론이 없잖아 있었다. 막가파 같은 악독한 살인마가 아니었다는 점, 그리고 도피 중에 사귀었던 여인들의 증언이 신창원을 괴물이 아니라 도둑질을 좀 했을 뿐인 마음 따뜻한 사람으로 인식시켜 주었다. 그 실체가 어떠했든 간에 말이다. 하지만 은산에게는 일체의 동정여론이 없었다. 대포통장을 만들어 놓고 공무원과 중소기업을 협박해 돈을 받아먹은 부패한 기자, 여자를 임신시켜 놓고 군대로 도망간 파렴치한, 나중에 가정을 꾸린 여자를 찾아와 바람피우게 하고 가정을 파괴한 패륜아, 가정으로 돌아가겠다는 여자를 살해한 악마, 진범을 찾겠다며 교수들을 찾아다닌 사이코, 여자를 죽인 것으로 부족해 남편까지 죽이겠다고 그의 집을 찾아간 괴물, 가정부를 꽁꽁 묶어 놓고 두 번이나 강간한 변태……. 은산을 변호해줄 것은 조금도 없었다. 게다가 은산이 도주하면서 일으킨 교통사고로 인해 한 명이 죽었고, 여섯 명이 중태였다. 은산이 도주하면서 입힌 재산피해도 여러 건 접수됐다.

고등학교 동창 석인해 변호사를 만난 은산은 별로 할 말이 없었다. 지니를 죽였다는 그 점 하나를 제외하고 나머지는 변명의 여지가 없었다.

"내가 네 동창이 아니었다면 이걸 맡지도 않았어. 나한테 전화했을 때 그때 바로 자수했으면 이렇게 사건이 꼬이지도 않았을 거 아냐!"

"난 진범을 잡고 싶었다. 그뿐이야."

"모든 정황과 증거가 널 진범이라고 말하고 있어! 그래, 네가 황지니를 살해하지 않았다는 얘기나 들어보자."

은산은 차분히 여태까지 자기가 추적한 모든 것을 말해주었다. 김민기한테 폐를 끼칠까봐 김민기가 대신 만나줬던 사람들에 대해서도 자기가 직접 만난 것처럼 얘기했다. 한반도에 상륙한 인도인들이 가지고 온 브라만교와 카스트 제도가 은밀히 뿌리를 내렸다는 것, 그들의 비밀결사 조직이 아직까지 이 나라를 장악하고 있다는 것, 그동안 가야, 신라, 고려, 조선을 망하게 한 그 세력이 아직도 이 나라를 쥐고 흔들고 있다는 것, 그 세력의 존재를 김민세 서울시장도 알고 있다는 것, 황지니가 그들의 존재를 공개할 것을 두려워해 그들이 황지니를 살해하고 그 죄를 자신에게 덮어씌웠다는 것, 그들의 존재가 드러나면 대통령을 복귀시킨 촛불시위가 다시 일어날까봐 그들이 두려워한다는 것…….

"나의 모든 범죄혐의를 인정한다. 다만 황지니를 죽였다는 건 부정한다. 내가 일으킨 범죄로 내가 사형언도를 받아도 할 말은 없다. 그러나 황지니를 죽인 진범은 밝혀내야 한다. 황지니를 죽인 진범만 밝혀진다면 난 무슨 벌을 받아도 달게 받겠다."

고개를 갸웃하며 은산의 얘기를 듣고 있던 석 변호사는 책상을 볼펜 끝으로 톡톡 치며 인상을 찌푸렸다.

"널 구할 방법은 방금 네가 한 말에서 찾을 수밖에 없겠구나."

"물론, 난 진실을 말하고 있으니까."

"아니, 내 말은 그런 뜻이 아냐. 너의 그 과대망상을 부각시켜서 형집행 정지로 정신병원에 들어가는 길이 최선이란 뜻이야."

"난 미친 게 아니야!"

"어이, 지금 여론이 어떤지 알고나 있냐? 사형제도를 부활시켜 너 같은 사이코를 사회에서 제거하자고 난리다. 내 사무실에도 너를 변호하지 말라는 전화가 하루에도 수십 통이다."

석 변호사를 빤히 바라보던 은산은 시선을 깔고 착 가라앉은 목소리로 말했다.

"부담 되면 그만둬. 국선변호사를 쓰면 되니까. 어차피 내 인생은 조질 대로 조졌는데 네 경력에 오점을 만들 필요는 없지."

"국선이 맡으면 너 빠져나갈 구멍도 아예 사라지는 거야. 어쨌든 끝까지 내가 맡을 테니까 내가 하자는 대로만 해. 이제 겨우 30대 중반 아니냐? 벌써 인생을 포기할 거야?"

"이 사회가 언제 전과자에게 갱생의 기회를 줬었냐? 난 정말로 이젠 끝이다."

"사형까지야 안 가겠지만 재수 없으면 무기징역이야. 포기하지 말고 나한테 맡겨."

정신병원이 감옥보다 나은 점이 무어냐고 은산은 묻고 싶었다. 석 변호사가 물러간 다음에 은산이 만난 사람은 누나였다. 은산이 체포됐다는 소식을 듣고 캐나다에서 첫 비행기를 타고 온 것이었다. 체포된 후 모든 것을 포기한 상태라 내내 무덤덤했던 은산이었지만 눈물범벅이 된 누나를 보니 절로 시야가 흐려졌다. 누나는 은산의 이름을 딱 한 번 부르고는 더 이상 말을 잇지 못했다. 은산 역시 아무 말도 못하고 눈물만 흘렸다.

"매형과 애들은 잘 있지?"

"아무렴, 넌 어쩌다……."

눈물만 쏟아내는 누나를 보고 은산은 간신히 말을 이었다.

"내 걱정은 하지 말고 누나 자신이랑 가족들에만 신경 써. 난 괜찮아. 내 동창이 잘나가는 변호사니까 무슨 수든 쓸 거야. 밖에 기자들이 난리일 테니 누나는 오늘 바로 돌아가. 나 때문에 누나가 피해 받는 건 싫어."

면회는 그걸로 끝이었다. 가족이나 친척은 더 찾아오지 않았다. 은산은 은근히 김민기가 찾아오기를 기대했지만 면회소 근처에 우글거리는 취재진이 두려웠는지 김민기는 끝내 찾아오지 않았다.

수사는 신속하게 진행됐다. 야당과 언론의 집중포화를 받은 경찰청장이 독려해서인지 은산은 하루에 다섯 시간 정도 수면을 취하는 시간을 제하고는 쉬지 않고 조사를 받았다. 순순히 조사에 응하던 은산도 현장검증하는 날에는 발악을 하며 거부했다.

"난 죽이지 않았어!"

경찰은 발악하는 은산을 발길질로 진압했다. 이후 은산은 더 이상 말을 하지 않고 침묵을 지켰다.

은산은 석 변호사의 도움으로 김민기와 연락을 취했다. 이미 김민기는 주간지 〈사건과 진실〉을 그만두었고, 새로 생긴 애인의 소개로 새 직장을 얻었다고 했다.

"진실? 그런 게 뭔진 모르지만 이젠 관심 없어요."

김민기의 반응에 은산은 지니가 죽은 것만큼 충격을 먹었다.

은산은 자기가 다녔던 주간지 편집장한테 연락을 취했다.

"이건 특종이에요! 판매부수가 폭증할 겁니다!"

그러나 편집장의 반응은 싸늘했다.

"자네 때문에 우리 회사의 모든 기자가 공무원이나 중소기업을 협박해 돈이나 뜯어먹는 사람으로 오해받고 있어. 당분간 우리는 자네와 연관된 어떤 기사도 싣지 않을 생각이야."

편집장이 전화를 끊어버리자 은산은 미친 사람처럼 웃었다.

"크크크……. 그렇구나, 그들이 무슨 수로 그토록 오랫동안 배후에서 권력을 누렸나 싶었더니 바로 이거로구나. 무관심하게 만들면 되는 거야. 무관심하면, 무지하면 누가 자기를 지배하든 상관없는 거야. 무슨 피해를 입든 무지하면, 무관심하면 상황도 모른 채 그럭저럭 세상을 살아갈 수 있는 거야. 오, 예수는 설법을 잘못 한 거야. 범사에 감사하라? 흥, 범사에 무지하라, 행복이 네 앞에 있다. 범사에 무관심하라, 천국이 너희 것이다."

은산은 기자들한테 포위당할 때마다 자기의 무죄와 '그들'의 실체를 주장하려 했다. 하지만 얼굴을 가리기 위한 마스크가 은산의 입을 막았다. 은산에게 씌워진 마스크는 말을 할 수 없게 하는 것이었다. 은산은 기자와 따로 만날 수도 없었다. 그나마 새어나간 은산의 몇 마디 말은 미친 자의 소리로 치부됐다. 유일하게 은산이 만난 기자는 블로그 기자였다. 정치나 사회 쪽 취재를 하는 기자이길 바랐지만 그 블로그 기자는 미스터리만 쫓는 기자였다.

"그러니까 서구사회를 지배해온 프리메이슨 같은 조직이 한국에도 있다는 말씀이시죠? 그 조직이 비밀유지를 위해 황지니 씨를 살해하고 고은산 씨에게 범행을 덮어씌웠다, 이거죠?"

나중에 은산은 석 변호사에게 그 블로그 기자의 뉴스 블로그가 어떤 것인지 물어보았다. 그 블로그는 하루에 수만 명이 다녀갈 정도로 인기 있는 블로그라고 했다. 음모론, 외계인, 미확인 비행물체, 세계의 불가사의 등을 추적하는 블로그라는 것이었다. 사람이 죽었는데, 그리고 한 사람의 인생이 좌우되는 사건인데 세상 사람들은 단지 미스터리 스릴러를 감상하듯 즐기고 있었다.

'내가 기자로서 이 세상에서 했던 일이 무엇이지? 뉴스거리를 제공하는 것, 그걸 몸으로 직접 실천해버렸다는 것, 그것만이 내 인생의 값어치였나?'

은산이 그 블로그 기자에게 해준 이야기는 음모론으로 각색되어 쫄깃한 안줏거리처럼 인터넷 댓글을 통해 퍼져갔다. 하지만 그뿐이었다. 어느 연예인이 마약 했다더라 하는 가십거리 그 이상도 그 이하도 되지 못했다.

공판 첫날 은산은 수갑이 채워진 채 법정 피고인석에 묵묵히 앉아 있었다. 판사가 들어와도 기립할 생각이 없었지만 석 변호사가 억지로 끌어당겨 마지못해 일어났다가 다시 힘없이 주저앉았다. 검사가 은산을 쏘아보며 범죄사실을 열거했지만 은산에게는 그것이 마치 남의 부부 이혼 얘기처럼 먼 일같이 들렸다. 석 변호사가 일어났다.

"이미 언론을 통해 얘기가 퍼졌고, 인터넷 상에서도 유명해진 음모론을 아실 겁니다. 피고는 거의 모든 피의사실을 인정하고 있지만 오로지 황지니 씨 살인만은 부정하고 있고, 진범은 따로 있다는 음모론을 제기하고 있습니다. 피고는 사회부 기자로서 주간지에 재직하는 동안 그런 음모론 관련 기사를 연재한 적이 있습니다. 기사를 작성한 기자들 자신도 믿지 않는, 오로지 흥미 위주로 판매부수 늘리기만 노리는 그런 기사거리에 지나치게 열중한 나머지 정신상태가……."

"난 미치지 않았어! 난 미친 게 아냐!"

은산이 돌연 버럭 소리를 질렀다. 당황한 석 변호사는 말문이 막혔고, 판사는 피고에게 정숙을 요구했지만 은산은 아랑곳 않고 소리를 질렀다.

"날 미친놈으로 몰아 정신병원에 가둘 생각일랑 버려! 다른 모든 피의사실을 다 인정한 내가 왜 거짓말을 하겠어! 난 지니를 죽이지 않았단 말이야! 지니를 죽인 건 그들이야!"

석 변호사와 경찰이 은산을 저지하려 했다. 그러나 은산은 필사적으로 저항했다. 은산은 수갑이 채워진 손으로 석 변호사의 얼굴을 때렸다. 그 순간 은산은 멈칫해서 휘둥그레진 눈으로 석 변호사의 얼굴을 바라보았다. 울긋불긋해진 석 변호사의 관자놀이에서 희미하게 원형의 연꽃무늬가 드러났다.

"너, 너…… 원화였냐! 그런데도 나한테 죄를 덮어씌워?"

판사는 난동을 부리는 은산을 보고 휴정을 선언했다. 은산은 그런 판사를 향해 발악했다.

"여기 이 녀석 관자놀이에 내가 말한 증거가 있잖아! 이 녀석과 한패인 자들이 진범이라고! 황지니를 죽인 진범! 뭘 휴정해! 계속해! 여기 증거와 진범이 있어!"

판사가 자리에서 일어났다. 은산은 자기를 저지하는 경찰을 발로 차서 쓰러뜨리고 자기가 앉아있던 의자를 들어 그 자리를 피하려는 판사에게 던졌다. 의자는 판사의 뒤통수를 스쳤고, 판사는 분노로 시뻘게진 얼굴을 하고 은산을 노려보았다. 화가 치밀어 할 말을 잊을 정도라는 표정이었다. 그런 판사를 보고 은산은 다시금 멍해졌다.

"너, 너는 뭐야, 네 관자놀이에도……."

석 변호사의 관자놀이에 나타난 연꽃무늬 문신이 판사의 관자놀이에서도 확연하게 드러났다. 판사는 화끈거리는 볼을 손바닥으로 가리고 퇴장했다. 경찰이 은산을 제압하고 전기충격기를 사용했다. 갑작스런 충격으로 은산은 정신이 혼미해졌지만, 그래도 발악을 멈추지 않았다. 은산은 법정이 떠나갈 듯 소리를 질렀다.

"난 죽이지 않았어!"

작가후기

댄 브라운의 《다빈치코드》를 보면 소설 맨 앞부분에 이런 말이 씌어 있다. "이 소설에 나오는 예술작품과 건물, 자료, 비밀종교의식에 대한 모든 묘사는 정확한 것이다." 소설이란 완전한 허구이지만 거기에 사실성을 부여하고 싶어 하는 작가의 간절함이 느껴지는 말이다. 하지만 한국에서는 이와는 전혀 다른 말이 필요하다.

"이 소설에 나오는 인물들 모두와 그 인물들이 주장하는 내용은 현실과 무관한 허구입니다."

이 소설의 모티브는 DJ정권 시절에 경찰이 대우자동차 노동자들을 무자비하게 진압하는 장면에서 떠올랐다. 처음으로 국민의 직접선거로 정권이 바뀐 것인데도 노동자들을 다루는 모습은 군사정권과 전혀 다를 바가 없는 것을 보고, 이 나라는 대통령이 아닌 다른 누군가가 다스리는 것은 아닐까 하는 생각이 떠올랐다. 소설 속에서 '20억+알파설'이 언급된 건 소설의 모티브가 DJ정권 시절에 떠올랐기 때문이다. 물론 '20억+알파설'은 DJ를 음해하기 위한 허구라는 것이 지난 정권 때 법정판결로 드러났으니 오해하시지 않았으면 한다.

이 소설은 많은 교수님들의 저작을 바탕으로 만들어졌다. 그러나 그분들의 학술적 성과는 소설의 모티브와 소재가 되었을 뿐이며, 소설 속의 내용이 그분들이 주장하는 바와 일치하는 것은 아니다. 관심이 있는 독자께서는 그 교수님들의 저작을 직접 보시고 작가가 얼마나 절묘하게 거짓말을 했는지, 그분들의 저작에는 원래 무슨 내용과 주장이 담겨져 있는지 확인해보시길 바란다. 이 소설로 인해 그분들의 저작을 비롯해 인문서적의 판매량이 증가하고 독자께서도 역사와 인문 분야에 대해 더 많은 관심을 갖게 된다면 무척 다행이겠다.

인도 음악에 대해서는 중앙대 음대 전인평 교수님의 논문을 참고했다. 해로를 통한 문화의 전파에 대해서는 동국대 윤명철 교수님의 저서를 참고했다. 허황옥에 대해서는 한양대 김병모 교수님의 저서와 대한독립운동총사편찬위원회 김병기 님의 저서를 인용했다. 고대 가야인의 DNA에 관한 이야기는 한림의대 김종일 교수님과 서울의대 서정선 교수님의 논문을 참고했다. 이분들의 연구결과는 거의 왜곡 없이 인용했다고 생각한다.

서강대 이종욱 교수님이나 황토현문화연구소장이신 신정일 님, 충청대 의상디자인학과 강사이신 최해율 님, 서울시립대 김영욱 교수님, 영남대 정석종 교수님, 재야사학자 이태길 선생님께는 죄송하다는 말씀을 드리고 싶다. 소설의 스토리 구성을 위해 캐릭터 자체를 변형시켰기 때문이다. 김영욱 교수님의 경우는 아예 성별을 바꾼 경우이고, 최해율 강사님의 경우는 등장인물과 밀접한 관계가 있는 것으로 묘사했다. 허구의 인물 설정으로 인해 혹시 누를 끼쳤다면 사과를 드리고 싶다. 그분들이 주장한

바도 왜곡했는데 캐릭터까지 변형했으니 더욱 송구스럽다. 그러나 이 작품은 어디까지나 소설이니 이 점과 관련해 독자께서 오해를 하지 않으시기를 바란다.

영남대 김호동 교수님, 성신여대 김창현 교수님, 경상대 손병욱 교수님, 국민대 김영수 교수님, 재야사학자 조광환 님, 〈부산일보〉 김기진 기자님 등 여러 분의 저서는 스토리 진행을 위해 왜곡했음을 밝힌다. 양해를 구해야 할 사람이 몇 분 더 계신데, 여러 도서관에 그 많은 자료를 다 반납한 후라 기억이 나지 않는다. 부디 아량을 베풀어주시기를 빌 뿐이다. 소설가 황석영 님의 경우는 소설 《장길산》 때문에 정석종 교수님과 연관되는 바람에 이 작품에 등장하시게 됐는데, 뵙지도 않은 분의 하시지도 않은 말씀을 인용하듯 서술하다보니 좀 찔리기는 했지만 동업자 정신으로 이해해주시리라 믿는다. 본인이 원하지 않았지만 이 작품에 등장하신 여러분께 양해를 구한다. 인기인이 겪는 유명세와 비슷한 것이라고 생각해주시길 빈다.

소설의 스토리 진행을 위해 변형시키고 왜곡시킨 부분이 제법 있긴 하지만, 이 소설에서 거론된 '패턴'은 실제로 존재한다고 본다. 나라의 흥망성쇠가 그 패턴에서 벗어난 적이 거의 없다는 건 역사가 증명해준다.